MAX MEIER-JOBST
BONUSTRACK

MEIN LEBEN MIT PETER
UND ANDERE GESCHICHTEN

Bibliografische Information der Deutschen Nationalbibliothek:
Die Deutsche Nationalbibliothek verzeichnet diese Publikation
in der Deutschen Nationalbibliografie; detaillierte bibliografische Daten sind im Internet über http://dnb.dnb.de abrufbar.

© 2018 Max Meier-Jobst

Umschlagfoto © Yalana (via dreamstime.com/yalanas_info)

Herstellung und Verlag: BoD – Books on Demand, Norderstedt

ISBN: 9783752888898

Inhalt

Ein kleiner Schritt
Torsten, 33, Zaungast beim Jugendturnier, wird auf die Probe gestellt, als ein Spieler davon- und ihm in die Arme läuft.

Perfekte Welle
Abiturient Julian fährt zum ersten Mal nur mit Freunden in den Urlaub und fühlt sich wie das fünfte Rad am Wagen.

Bonustrack – Mein Leben mit Peter
Das Leben eines Jungen gerät aus den Fugen, als seine heimliche Beziehung zu einem doppelt so alten Mann auffliegt.

Anmerkung des Autors
Alle Geschichten sind in sich abgeschlossen. Die letzte („Bonustrack – Mein Leben mit Peter") ist eine Fortsetzung meines autobiografisch inspirierten Romans „Die Sache mit Peter", jedoch auch für Leserinnen und Leser verständlich, die dieses Buch (noch) nicht kennen. Bis auf diese sind die Erzählungen lose angeregt von gleichnamigen Popsongs. Eine direkte Verbindung zwischen den Geschichten und den zitierten Interpreten und Titeln besteht in keinem Fall. Außerdem gilt wie immer: Mögliche Ähnlichkeiten mit tatsächlichen Personen und wirklichen Ereignissen sind vom Autor nicht beabsichtigt und natürlich reiner Zufall...

Drüben auf dem Hügel
(»Digital ist besser«, Tocotronic, 1995)

Zum letzten Mal zog Thomas die Tür hinter sich zu. Das kleine Reihenhaus war nun vollständig leer. Seine Frau und sein Sohn waren bereits vorgefahren und nahmen den Möbelwagen allein in Empfang, während er den Nachmittag genutzt hatte, um alles, was sie zurückgelassen hatten, zu entsorgen und das Haus besenrein zu hinterlassen.

Die Idee, vor seinem endgültigen Aufbruch noch einmal auf den Hügel hinter der Neubausiedlung zu steigen, kam einfach so über ihn; eine spontane Eingebung, die er sich nicht rational erklären konnte. Er ließ den Wagen stehen und überquerte die Oadby-and-Wigston-Straße zu Fuß. Das, was die Bewohner der Trabantenstadt Norderstedt-Mitte „den Hügel" nannten, war eigentlich ein alter Müllberg. Doch die Natur hatte die vor Jahren geschlossene Deponie längst zurückerobert, die etwa 20, maximal 25 Meter hohe Erhebung war vollständig überwuchert.

Irgendwann erkannte die Stadtverwaltung, welche Attraktion der grüne Hügel in einer ansonsten ausnahmslos flachen Landschaft darstellte und installierte einen Aussichtspunkt auf dem Gipfel des winzigen Bergs. Der Trampelpfad wurde zum Spazierweg ausgebaut, ein paar Bänke aufgestellt und eine lange, am Boden angebrachte Rutsche montiert, auf der die Kinder fortan den Hügel hinunterglitten. Auch Thomas' Sohn liebte den Hügel und vor allem diese Rutsche.

Oben angekommen, setzte sich Thomas auf die Bank, von der aus man die beste Aussicht auf den roten Abendhimmel hatte. Auch wenn man von dort bis weit hinein nach Hamburg blicken konnte – die Stadt, in der er geboren wurde – lag die Heimat, die er nun zurückließ, direkt zu seinen Füßen. Hier hatte er seine erste Anstellung gefunden, seine Frau kennengelernt und seine Familie gegründet.

Nun war er, der einst stolze Hanseat, Beamter des Landes Schleswig-Holstein und als solcher den Launen seines Dienstherren genauso unterworfen wie die Bevölkerung der vier Gemeinden, die 1970 entgegen ihren Willen von der Kieler Regierung zur Fantasiestadt Norderstedt vereinigt wurden. Eigentlich war jemand anderes für die Stelle vorgesehen, doch da diese Person kurzfristig absprang, hatte man ihm ein Angebot gemacht, das er nicht abzulehnen vermochte.

Während er an die neue Herausforderung dachte, die ihn am nächsten Morgen, mit Beginn des Schuljahrs 1988/89, erwarten würde, hörte Thomas plötzlich ein Rascheln. Es kam irgendwo aus den Bäumen, die rechts und links des Plateaus in den letzten Jahren gewachsen waren. Als er vor etwa fünf Jahren zum ersten Mal auf den Hügel gestiegen war, hatte er die Pappeln aus der Ferne noch für Gestrüpp gehalten, doch innerhalb kürzester Zeit waren sie zu stolzen Bäume in beachtlicher Größe angewachsen.

Nun sah er, wer das Rascheln ausgelöst hatte. Ein kleiner Junge kletterte auf den höchsten Baum, unmittelbar neben der Aussichtsplattform. Er war sieben oder acht Jahre alt und trug ein Superman-Kostüm.

Erst sagte Thomas nichts – das Kind hatte ihn entweder nicht bemerkt oder ignorierte ihn ebenfalls – doch als der Junge immer höher kletterte, bis fast ganz hinauf in die Baumkrone, bekam er ein mulmiges Gefühl und sprach ihn an. „Junger Mann, das ist gefährlich. Komm bitte wieder runter. Du brichst dir die Knochen, wenn du von da oben herunterfällst."

„Ich falle nicht runter", antwortete der Junge. Tatsächlich stellte er sich beim Klettern sehr geschickt an und erklomm die immer dünner werdenden Äste spielend, grazil wie ein Äffchen. „Außerdem kann ich fliegen, ich bin nämlich Superman."

Wie zum Beweis streckte er in luftiger Höhe seine Arme aus und wackelte übermütig auf und ab, bis ein lautes Knacken zu hören war. Der Ast unter ihm brach und der Junge rutsche hinab, landete jedoch zum Glück nur wenig tiefer auf einem anderen, etwas dickeren Ast.

Während sich Thomas fast zu Tode erschreckt hatte, schien der glimpflich ausgegangene, aber dennoch nicht ungefährliche Sturz den Kleinen kaum zu beeindrucken. Er machte noch immer keine Anstalten, den Baum zu verlassen. Vermutlich glaubte er wirklich, er würde Superkräfte besitzen. Der Vater fühlte sich bestätigt darin, dass er seinem Sohn weder Comics zu lesen gab noch Zeichentrickserien im Fernsehen anschauen ließ.

„Das wäre fast schiefgegangen. Du solltest jetzt wirklich wieder herunterklettern."

„Erst, wenn mein Vater kommt."

Thomas sah sich um, in der Hoffnung, den Vater des Jungen irgendwo in der Nähe ausfindig zu machen, doch die beiden waren ganz allein auf dem Hügel. „Da oben sieht er dich doch gar nicht. Warte doch lieber hier unten auf ihn", versuchte er erneut, den Jungen dazu zu bewegen, seine riskante Kletterpartie zu beenden.

„Und ob er mich hier sehen kann. Sogar besser als von da unten, wenn er angeflogen kommt."

Das Kind schien für sein gar nicht mehr so junges Alter über eine sehr lebendige Fantasie zu verfügen, dachte Thomas. Um ihn zu überzeugen, musste er sich wohl oder übel auf seine Geschichte einlassen, auch wenn er es überhaupt nicht mochte, wenn Erwachsene gegenüber Kinder vorgaben, in deren infantile, spielerische Welten einzutauchen.

„Dein Vater hat also auch Superkräfte, so wie du? Dann findet er dich mit seinem Röntgenblick bestimmt genauso, wenn du dich hier unten in den Büschen versteckst."

„Mein Vater hat keinen Röntgenblick. Mein Vater ist ein Außerirdischer!"

Wieder begann der Junge, sich in Richtung des Gipfels hochzuarbeiten. Die gesamte Baumkrone der Pappel kam gefährlich ins Schwanken, als er sich am Stamm nach oben zog.

Thomas war mit seiner Geduld am Ende. „Jetzt reicht es! Du kommst sofort da runter!", rief er.

„Erst, wenn mein Vater kommt", wiederholte der Junge seelenruhig, ja fast schon frech. Begriff er denn nicht, dass er jeden Augenblick in die Tiefe fallen würde?

Wieder ging dem Sturz ein lautes Knacken voraus, doch diesmal gab es keinen Ast, der ihn auf seinem Weg nach unten längere Zeit aufhielt. Zwei oder dreimal verhakte er sich kurz, zuletzt mit der Schärpe seines Superman-Kostüms, doch dann riss sie und blieb als Fetzen im Baum hängen, während der Rest der Verkleidung sich samt dem kleinen Kinderkörper unaufhaltsam dem Boden näherte.

Nur der Geistesgegenwart des aufmerksamen Lehrers war es zu verdanken, dass der Sturz des Jungen nicht mit einem verhängnisvollen, möglicherweise tödlichen Aufprall endete. Der gefallene Superheld landete direkt in seinen Armen, weich und sicher.

Der Junge hatte langes, blondes Haar und sah Thomas aus seinen weit geöffneten, tiefblauen Augen an. „Du siehst gar nicht aus wie ein Außerirdischer", sagte er, als wäre das die größte Überraschung an Thomas' letztem Abend in Norderstedt-Mitte.

„Ich bringe dich jetzt nach Hause. Wo wohnst du?", sagte der Lehrer, nachdem er den Jungen abgesetzt und beide den ersten Schock überwunden hatten.

„Im Wagen bei Mama. Ich zeig dir den Weg", sagte er und nahm die Hand des Mannes. Schweigend liefen sie den Hügel hinunter, nicht in Richtung der Siedlung, sondern einem anderen Trampelpfad stadtauswärts folgend. Thomas hatte in der Zeitung vom Bauwagenplatz gelesen, der sich am Fuß des alten Müllbergs am Rantzauer Forstweg angesiedelt hatte, doch bislang keinen der Bewohner jemals zu Gesicht bekommen.

Er ließ sich von dem Jungen zu dem Wagendorf führen. Etwa ein Dutzend buntbemalter Bauwagen standen kreuz und quer auf einer Wiese verstreut. An einem zentralen Platz brannte ein Lagerfeuer, um das sich einige langhaarige Gestalten gesellten.

Die Behausung, auf die sie zuliefen, bestand als einzige nicht aus einem Bau-, sondern einem alten, grünen Campingwagen. Der farbige Anstrich kaschierte nur oberflächlich die Rostflecken und zahlreichen Dellen des heruntergekommenen Reisemobils.

„Mama! Ich habe Papa mitgebracht, wie ich es dir gesagt habe", rief der Junge.

Was war das nur für ein seltsames Kind, dachte sich Thomas. Wollte er sich einen Spaß mit seiner Mutter erlauben? Oder glaubte er etwa tatsächlich, seinen Vater gefunden zu haben?

Die Tür des Campingwagens öffnete sich und eine schlanke,

großgewachsene Frau trat ins Freie. Sie trug eine löchrige Jeans und eine zu kurze, helle Bluse, die ihren Bauch freiließ. Ihr schwarzes, zerzaustes Haar wirkte ungepflegt und doch musste sich Thomas eingestehen, dass die Mutter des Jungen nicht unattraktiv war. Auch kam sie ihm seltsam vertraut vor, obgleich er sich ziemlich sicher war, dass er sie nicht kannte – so wie er eigentlich niemanden in dem ihm völlig fremden, sogenannten alternativen Milieu kannte.

„Hat er was ausgefressen?", fragte ihn die Fremde, ohne auf das einzugehen, was der Junge gesagt hatte.

„Sie sollten besser auf ihn aufpassen. Er ist vom Baum gefallen."

„Hast du dich verletzt?" Besorgt sah sie ihren Sohn an, der sofort mit dem Kopf schüttelte. „Nur mein Mantel ist kaputt gegangen."

„Ich nähe dir einen neuen, Schatz." Jetzt wandte sie sich wieder Thomas zu. „Danke, dass Sie ihn nach Hause gebracht haben", sagte sie und rang sich ein Lächeln ab. Schüchtern streckte sie ihm die Hand entgegen. „Ich bin Lisa."

„Thomas Plötz", antwortete der Lehrer und schüttelte ihre Hand.

„Das ist mein Papa", sagte der Junge.

„Das kann gar nicht dein Papa sein", erwiderte die Mutter. Jetzt war ihr Lächeln nicht mehr gequält, sondern wirkte aufrichtig, was sie in Thomas' Augen noch hübscher erscheinen ließ.

Die schöne, aber verrückte Frau machte eine kleine Pause und fügte anschließend mit gleichbleibend ruhiger Stimme hinzu: „Du weißt doch, Jonas: Dein Papa ist ein Außerirdischer."

Paradies
(»Opium fürs Volk«, Die Toten Hosen, 1996)

Auf der Wiese am Ende der kleinen Sackgasse, auf der sie gestern Abend noch den Hund von der Leine gelassen hatte, stand plötzlich ein Zirkuszelt, umringt von einem halben Dutzend Wagen und einem umzäunten Freiluftstall.

Sie konnte sich nur dunkel daran erinnern, dass hier, keine fünfhundert Meter von dem Haus, in dem sie wohnte, schon einmal ein Zirkus gastiert hatte, es musste Jahre her sein, in ihrer frühen Kindheit. Jetzt, wo sie im gleichen Maße gewachsen wie die Welt um sie herum geschrumpft war, kam es ihr unglaublich nah vor: Die Zirkusleute hatten ihr Zelt praktisch in ihrem Garten aufgeschlagen. Sie konnte die Tiere von ihrem Zimmer aus hören, das Wiehern der Pferde und das Schnauben des Kamels, oder war es ein Dromedar?

Marina interessierte sich nicht mehr sonderlich für Tiere, schon gar nicht für Pferde, selbst ihren Hund liebte sie nur noch aus Gewohnheit, und natürlich war sie mit ihren vierzehn Jahren viel zu alt, um sich über einen Zirkus in ihrer Nachbarschaft zu freuen, zumal einen kleinen, unbedeutenden – und dennoch, irgendetwas daran faszinierte sie.

Vielleicht war diese Faszination allein dem Entzücken darüber geschuldet, was aus einer einfachen, durch ständiges, akribisches Mähen verödeten Wiese buchstäblich über Nacht geworden war: Ein erfrischend unordentlicher Haufen, ein bunter Fleck inmitten all der geordneten Reihenhäuser und Doppelhaushälften.

Marina liebte Verwandlungen aller Art. Wie oft hatte sie sich gewünscht, über Nacht eine andere zu werden. Skandalös oft, zumindest in den Augen ihrer Eltern, wechselte sie Haarfarbe, Musikgeschmack, Klamotten und sogar Freunde. Aber ihre Eltern, ihren Wohnort, den konnte sie nicht wechseln, noch nicht. Für quälend lange Jahre würde sie noch an dieses langweilige Leben, an diese Siedlung gebunden sein. Wie schön, dachte sie, wenn sich wenigstens die Siedlung veränderte, wenn auch nur vorübergehend.

Woher diese Zirkusleute wohl kamen? Waren sie auch Ausländer? Marina, deutscher Pass hin oder her, fühlte sich als Ausländerin. Und das, obwohl ihre in Polen geborenen Eltern sich bemüht hatten, ihre Tochter so deutsch wie möglich zu erziehen, wobei sie mit deutsch auch zwanzig Jahre nach ihrer Ankunft noch immer Strenge und Disziplin verbanden.

Das wie aus dem Katalog entsprungene Reihenendhaus, den zu jeder Jahreszeit penibel gepflegten Garten, den trotz vieler Heimatbesuche neuwertigen VW-Kombi sowie einen exzellenten Ruf bei allen Mitgliedern der örtlichen katholischen Gemeinde hatten sie sich dank dieser Tugenden erarbeitet und bewahrt – bei Marina jedoch waren sie vorerst gescheitert.

Eigentlich hätte sie für die Schule lernen müssen, morgen würden sie eine Englischarbeit schreiben, aber sie zog es vor, sich die Fingernägel zu lackieren und dabei Musik zu hören. Ihre Boygroup-Phase hatte sie hinter sich, jetzt stand sie auf härtere Jungs und Klänge, ganz zum Leidwesen der Mutter, die nachmittags zu Hause war und alles mitanhören musste. Marina war unsicher, ob sie mal wieder nicht angeklopft oder sie ihr Klopfen nicht gehört hatte, auf jeden Fall stand sie plötzlich im Raum. „Mach die Musik leiser, sofort! Ich ertrage der Lärm nicht mehr."

„Den Lärm! Akkusativ!", korrigierte sie Marina. Trotz mustergültiger Integration waren ihre Eltern zum Zeitpunkt ihrer Immigration einfach schon zu alt gewesen, um noch mit der Selbstverständlichkeit eines jungen Menschen die neue Sprache zu ihrer eigenen zu machen. Marina liebte es, sie auf ihre Fehler hinzuweisen, vordergründig, weil sie sich dadurch überlegen fühlen konnte, insgeheim aber auch, weil ihr akzentfreies Muttersprachlerdeutsch das einzige war, worauf die Eltern an ihr noch stolz sein konnten.

Doch ihre Anmerkung war irgendwo in den E-Gitarren untergegangen oder vielleicht auch absichtlich von der Mutter überhört worden, denn sie fuhr unbeirrt mit ihrer Schelte fort, ebenso unbeirrt wie Marina sich weigerte, etwas an der Lautstärke zu ändern. „Und warum lernst du nicht für Englisch? Für wen lackierst du dich die Fingernagel? Heute Abend wirst du nicht mehr rausgehen, Marina, das verspreche ich dir!"

„Und wer geht dann mit dem Hund?"

„Du brauchst keine lackierte Fingernagel, um Gassi zu gehen! Und auch nicht für die Schule!"

Marina wusste selbst nicht genau, warum sie sich die Finger lackierte, außer vielleicht, dass sie dadurch einen Grund hatte, wenn auch einen schlechten, nicht mit dem Englischlernen anfangen zu müssen.

Damit ihre Mutter sie in Ruhe ließ, holte sie ihr Vokabelheft hervor, drehte die Musik ein wenig leiser und tat so, als wolle sie jetzt wirklich lernen.

Es wurde langsam dunkel, der Vater war von der Arbeit gekommen, das Abendessen schon in Vorbereitung, es war also Zeit für den letzten großen Gang. Ihre Mutter hielt das Versprechen nicht, Marina am Ausgehen zu hindern, rollte jedoch mit den Augen, als sie das Haus verließ, frisiert und geschminkt und aus mütterlicher Sicht nicht nur zu leicht für die Jahreszeit, sondern auch zu frivol für ihr Alter bekleidet.

Sie lief mit dem Hund, der alt und träge geworden war, wie jeden Abend nicht weiter als bis zur Wiese, große Runde hin oder her. Das Zirkuszelt war unbeleuchtet, man erkannte nur die Konturen, es sah ein bisschen aus wie ein Ufo. Aus zwei Wohnmobilen und einem Holzwagen drang Licht, leider waren die Gardinen zugezogen oder die Fenster ganz aus Milchglas. Zu gerne hätte Marina einen Blick auf die Menschen dahinter geworfen und gesehen, wie sie lebten, auf so engem Raum.

Die Zirkustiere schienen schon zu schlafen, doch der Hund witterte sie natürlich trotzdem. Aus Gewohnheit hatte Marina ihn beim Betreten der Wiese von der Leine genommen, so dass er ungehindert auf die Bestallungen zulaufen konnte. Der Zaun hielt ihn davon ab, den vergleichsweise exotischen Gästen auf seiner Wiese einen Besuch abzustatten, aber nicht, sie mit lautem Bellen zu begrüßen – einem Bellen, wie es ihm Fremde menschlicher Natur schon lang nicht mehr entlockten.

Erst jetzt schlug der Wachhund der Zirkusleute an, auch er hinter Gittern, und bellte mit Marinas um die Wette. Die Pferde und das Kamel oder Dromedar und auch die anderen, kleineren

Tiere, die Marina noch gar nicht zu Gesicht bekommen hatte, blieben weiterhin still und unbeeindruckt vom Kläffen der beiden Hunde, ebenso wie die Zirkusleute in ihren Wägen. Mit Sicherheit waren sie es gewohnt, dass die Hunde von Passanten und Spaziergängern aufgeregt auf den ungewohnten Besuch in ihrem Revier reagierten.

Marina leinte den Hund an und zog ihn mühsam von den Stallungen und der Wiese weg, endlich verstummte auch das Bellen. Am liebsten wäre sie einfach wieder nach Hause gegangen, doch da die notwendigen Geschäfte noch nicht getätigt waren, machte sie noch einen Rundgang durch die Siedlung.

Als sie wieder in ihre Sackgasse einbog, sah sie im Licht der einzigen Straßenlaterne einen Jungen, den sie nicht kannte. Nachdem er in den Briefkasten der Nachbarn etwas eingeworfen hatte, war er nun auf dem Weg zu ihrem Hauseingang.

„Das kannst du gleich mir geben, ich wohne da", sagte sie, als sie sich ihm von hinten näherte. Ruckartig drehte er sich um, er hatte sie und den Hund nicht kommen gehört, sein Gesichtsausdruck wirkte auf Marina ein wenig so, als habe sie ihn bei etwas Verbotenem erwischt.

Er war hübsch, ungefähr in ihrem Alter, aber trotzdem wirklich hübsch, er hatte ein niedliches Gesicht, selbst im Halbdunkeln sah man es, sehr feine Gesichtszüge, dazu buschiges, leicht gelocktes Haar, das ihm in die Stirn fiel. Sein etwas verunsicherter Blick gefiel ihr, seine Augen hatten etwas Wildes.

Er brauchte einen aus seiner Sicht sehr peinlichen Augenblick zu lang, um zu verstehen, was das hübsche Mädchen mit dem Hund, der nietenbesetzten Jacke, der kurzen Hosen, den rosa gesträhnten Haaren und den Strumpfhosen von ihm wollte, doch dann reichte er ihr endlich den Flyer und versuchte zu lächeln.

„Ah, du bist vom Zirkus! Wenn ich jüngere Geschwister hätte, würde ich mir ja eine Vorstellung angucken, aber ich bin leider Einzelkind", sagte sie, ebenfalls lächelnd, aber weniger gequält als er, denn wie immer fiel es ihr leicht, kommunikativ und selbstbewusst aufzutreten, wenn ihr Gegenüber den Anschein machte, genau das nicht zu können.

15

Der Zirkusjunge fühlte sich geschmeichelt, dass sie mit ihm sprach und gleichzeitig gekränkt von dem, was sie sagte, was leider überwog, so dass er etwas zu defensiv reagierte. „Unser Zirkus ist doch nicht nur was für kleine Kinder. Wir sind schließlich kein Kasperletheater oder so."

„Na gut, wenn du mir eine Freikarte besorgst, dann komme ich", sagte sie, noch immer kokett, aber schon nicht mehr ganz so sicher, ob ihr der Zirkusjunge wirklich gefiel.

„Ich würde ja gerne, aber da muss ich erst meinen Vater fragen."

„Und ich muss jetzt erst mal da rein", entgegnete sie, schnippisch im Ton. Er sprang zur Seite, bereute sofort seine kindische Ehrlichkeit, während sie die Tür aufschloss und sich plötzlich sicher war, dass es keinen Zweck hatte, Jungs in ihrem Alter interessant finden zu wollen.

„Ich besorge dir eine, morgen hast du sie im Briefkasten!", rief der Zirkusjunge ihr noch nach, etwas verzweifelt schon, bevor sie endgültig im Haus verschwand. Im Vorbeigehen streichelte er noch kurz ihren Hund, der sich jedoch ebenso unbeeindruckt gab.

Ihr Haus war das letzte auf seiner Route gewesen. In seinem Wagen warteten nur noch ein Teller mit belegten Broten und zwei quengelnde Brüder auf ihn, so dass er beschloss, noch ein wenig seinem voyeuristischen Hobby nachzugehen, was umso aufregender war, wenn man einen der Bewohner kannte, wenn auch nur flüchtig.

Angefangen hatte er damit, als er noch ein kleiner Junge war. Damals trug er die Prospekte tagsüber, im Hellen, aus. Die Leute waren meist freundlich zu ihm, sie grüßten ihn sogar, wenn sie ihn am Briefkasten sahen, und er lächelte zurück, doch je intensiver seine Blicke wurden, umso skeptischer wurden ihre. Vielleicht, weil er älter geworden war, vielleicht aber auch, weil er die Angewohnheit hatte, immer etwas länger als nötig zurückzuschauen, auf ihre schönen Gärten, ihre geschmückten Terrassen und dekorierten Hauseingänge.

Erst langsam begriff er, dass die Menschen in all den Wohnstraßen, in den 30er-Zonen und Sackgassen ihre Einfahrten nicht für Leute wie ihn mit Gartenzwergen geschmückt hatten, dass das „Herzlich Willkommen" auf ihren Fußmatten nicht ihm galt, die Blumenkästen und Traumfänger nicht seinetwegen an den Fenstern hingen.

Er war ein Eindringling, zunächst nur mit Blicken und von öffentlichen Wegen aus, doch irgendwann verhielt er sich wirklich so, wie Eindringlinge sich verhalten: Er suchte den Schutz der Dunkelheit und setzte sich über Grenzen hinweg.

So auch an diesem Abend. In der Gewissheit, dass der alte, träge Hund nicht bellen würde, schlich er um das Reihenendhaus herum. Die Pforte zum Garten war nicht abgeschlossen, die Rollläden zum Wohnzimmer um diese Uhrzeit bereits zur Hälfte heruntergelassen, damit man nicht vergaß, sie vor dem Zubettgehen ganz zu schließen, aber immer noch weit genug geöffnet, um mehr als nur einen Blick ins Innere zu erhaschen.

Das Abendessen war angerichtet. Die ganze Kleinfamilie saß am Tisch, alle scheinbar fröhlich, denn es schmeckte gut und der Vater erzählte gerade irgendetwas Lustiges von der Arbeit, von diesem trotteligen Kollegen, das sogar Marina zum Lachen brachte. Und wenn da nicht ihre bunten Haare und ihr über die Maßen geschminktes Gesicht gewesen wären, die den Zirkusjungen, anders als die Eltern, nicht störten, ganz im Gegenteil, und wenn in ihrem Lachen und ihrer Geselligkeit nicht schon eine halb unbewusste, halb berechnende Entschuldigung für die Englischarbeit enthalten wäre, die sie am nächsten Tag verhauen würde, wovon der Zirkusjunge natürlich nichts wissen konnte – so hätte man die Szene als perfekt beschreiben und die Familie eine Bilderbuchfamilie nennen können.

So war es immer: Die Feinheiten, die Hintergründe entgingen ihm, er sah, selbst wenn er durch Scheiben blicken konnte, nur die schönen Fassaden ihrer aufgeräumten Häuser und Leben. Und da er nicht blöd war, ahnte er genau das schon lange, weshalb sich in seine Bewunderung, in den Neid und all die Sehnsucht stets auch ein Gefühl von Ablehnung, Abgrenzung und Freude über die Anders- und Einzigartigkeit seines nomadischen Schaustellerlebens mischte.

An diesem Abend überwog jedoch ohne Frage die Sehnsucht, die so stark war, dass er, entgegen seiner Gewohnheit und trotz aller Routine, unvorsichtig wurde. Das Essen ging zu Ende, er fror bereits, es wäre an der Zeit gewesen, zu gehen, doch er blieb noch immer im Garten der Familie stehen, in der Hoffnung auf eine Fortsetzung, auf ein Solo des Mädchens. Im Wohnzimmer wurde der Fernseher angemacht, schwer zu erkennen, ob zwei oder drei Köpfe sich an die ledrige Eckcouch lehnten.

Marina hatte, welch Überraschung, wenig Lust, den restlichen Abend mit ihren Eltern zu verbringen und unter dem willkommenen Vorwand, noch weiter lernen zu wollen, verabschiedete sie sich von ihnen. Nur kurz protestierte ihre Mutter, sie hätte doch auch früher damit anfangen statt immer auf den letzten Drucker – die Umlaute vergaß sie des Öfteren, ihre Tochter verzichtete jedoch diesmal bewusst darauf, sie zu korrigieren.

Hätte Marina wirklich gelernt, dann wäre der Abend ganz anders verlaufen, denn dann hätte sie Licht anmachen müssen, zumindest die kleine Schreibtischlampe, und dann hätte sie der Zirkusjunge mit etwas Glück, wenn sie sich im richtigen Winkel des Raumes aufgehalten hätte, noch eine Zeit lang vom Garten aus beobachten können, unbemerkt. Doch da sie sich gern mit Dunkelheit umgab, in Gedanken und in Wirklichkeit, war der einzige Schalter, den sie umlegte, der auf dem ‚Play‘ an ihrem Discman stand und der sie diskret mit passender, düsterer Musik versorgte.

Sie legte sich aufs Bett, erst sah sie nur an die Decke, dann schloss sie kurz die Augen, doch bald schon blickte sie aus dem Fenster und es dauerte nicht lang, bis sie ihn entdeckte. Er stand dicht an der Terrassentür, aus der noch immer genügend Licht fiel, um ihn zweifelsfrei zu identifizieren, aber nicht genügend, damit er zweifelsfrei erkennen konnte, dass die Person, nach der er sich am meisten sehnte, sich längst nicht mehr im Wohnzimmer befand, in das er so eifrig gaffte.

Der erste Schreck löste in ihr einige unschöne Gedanken aus, vielleicht lag es auch an den Filmen die sie in letzter Zeit heimlich gesehen hatte, aber schnell dämmerte ihr, dass er sie nicht überfallen wollte, sein Zirkus vermutlich auch keine Tarnung für eine kriminelle Killerbande war, dass er kein Serienmörder oder Sextäter, sondern einfach nur ein kleiner Spanner sein musste.

Sie beschloss, den Spieß umzudrehen, ging aus dem Zimmer und leise die Treppen hinunter, noch immer, ohne Licht anzumachen, öffnete behutsam die Haustür, damit weder ihre Eltern noch der Spannerjunge sie hörten und schlich sich langsam durch den Garten an ihn heran.

Kurz bevor sie etwas sagen wollte, schien er ihren Blick in seinem Nacken gespürt zu haben und drehte sich zum zweiten Mal an diesem Abend ruckartig um.

Marina hatte sich gewünscht, er würde zu Tode erschrecken und schreien wie ein Mädchen, doch er stammelte und stotterte bloß und wirkte, als wäre sein einziger Wunsch, auf der Stelle im Erdreich zu verschwinden, es einem der Maulwürfe gleichtuend, die sich, zum Leidwesen des Vaters, unterhalb des Rasens breit gemacht hatten.

„Es tut mir leid, ich wollte nicht... Ich dachte nur...“

Hätte er sich erschreckt, gar gefürchtet vor ihr, dann hätte sie ihn vermutlich ausgelacht und zum Teufel geschickt, aber so unsicher, so verschüchtert wie er war, konnte sie nicht wütend auf ihn sein, fand ihn sogar wieder auf unerklärliche Weise niedlich.

„Machst du das überall, wo du hinkommst, erst die Prospekte austeilen und dann den Leuten in die Fenster glotzen?“

„Es ist nicht so, wie du denkst!“

„Was denke ich denn?“

„Die Gartentür war offen. Ich breche nirgendwo ein und ich klaue auch nichts!“

„Das habe ich auch nicht gedacht.“

Dann schwiegen sie beide, der Junge war kurz davor, einfach zu gehen, aber Marina stand ihm im Weg und machte keine Anstalten, sich zu entfernen. Er hätte direkt an ihr und der Hauswand vorbei zum Tor gemusst und das traute er sich nicht.

„Keine Angst, ich tu dir nichts und ich verpfeif dich nicht bei meinen Eltern. Nimm mich einfach mit“, sagte sie, als wüsste sie, was er dachte, als habe er sie erneut durchschaut.

„Das geht nicht“, sagte er, und weil es viel zu hart und plötzlich kam und die Wahrheit war, fügte er noch hinzu: „Leider."

„Warum denn nicht? Musst du erst wieder deinen Papi um Erlaubnis fragen?"

Ja, sie konnte gemein und verletzend sein, aber das Gute war, meistens merkte sie es noch und es tat ihr leid. „Ach, komm schon. Du schuldest mir was. Du hast gesehen, wie ich lebe, jetzt möchte ich auch sehen, wie du lebst", lenkte sie ein.

„Es geht echt nicht. Ich teile mir den Wagen mit meinen zwei kleinen Brüdern, die schlafen wahrscheinlich schon." Langsam verstand er, dass sie ihn wirklich nicht verpfeifen, ja noch nicht einmal zum Teufel schicken würde, und damit kam eine Spur von Selbstbewusstsein zurück. „Außerdem habe ich noch gar nicht gesehen, wie du lebst. Welches von den Zimmern da oben ist deins?"

Sie wollte so etwas erwidern wie Das geht dich gar nichts an, aber dann dachte sie: Ich werde diesen Jungen nie wieder sehen, in ein paar Tagen ist er schon in einer anderen Stadt, und vielleicht zeigt er mir ja vorher doch noch seinen Zirkus, also warum nicht? Alles war besser als für Englisch zu lernen (oder nicht zu lernen und ständig genau daran denken zu müssen).

„Komm mit, ganz leise, damit meine Eltern uns nicht hören! Schleichen bist du ja vermutlich gewohnt, als Spanner…"

Der Zirkusjunge, der tatsächlich gerne spannte und dabei darüber nachdachte, wie es wäre, kein Zirkusjunge zu sein, konnte nicht fassen, dass er zum ersten Mal in seinem Leben auf das Zimmer eines Mädchens eingeladen wurde, und das auch noch ausgerechnet nachdem er von diesem Mädchen beim Spannen ertappt worden war, was ebenfalls eine Premiere darstellte.

Als sie oben waren, schloss Marina die Tür sicherheitshalber hinter ihnen ab und zog sogar die Vorhänge zu, auch wenn es nun niemanden mehr gab, der von draußen hätte hineinsehen können, aber man wusste ja nie, und machte Licht an. Sie setzten sich aufs Bett, sie sah ihn und er nur die Wände an.

„Bist du Fan von den Toten Hosen?", fragte er, was eine völlig überflüssige Frage war, warum hätte sie sonst ihr ganzes Zimmer mit Postern der Band schmücken sollen?

Aber Marina war auch aufgeregt, seitdem sie das Haus mit ihm betreten hatte deutlich mehr noch als bei seiner Enttarnung im Garten, und daher antwortete sie nicht mehr schnippisch, sondern war nach längerem, beiderseitigem Schweigen dankbar für diesen Gesprächseinstieg. „Ja, unter anderem. Und was hörst du so für Musik?"

„Alles mögliche, was so im Radio läuft", sagte er und hoffte, sie würde ihn nicht nach seinem Lieblingskünstler fragen, denn dann hätte er mit Blümchen antworten müssen, von der er alle Maxis besaß und, als wäre das nicht schon schlimm genug, in die er auch noch hoffnungslos verschossen war.

Doch sie stellte eine viel näherliegende, längst überfällige Frage: „Wie heißt du eigentlich?"

„Kevin, und du?"

„Marina." Sie hatte gehofft, er hätte auch einen exotischeren Namen.

„Ist das spanisch oder italienisch?"

„Nichts davon, ich bin Polin."

„Sprichst du Polnisch?". Wieder eine Frage, die ich nicht hätte stellen müssen, weil die Antwort auf der Hand liegt, dachte er, aber diesmal irrte er sich, denn obwohl Marina gerade eine Phase durchlebte, in der sie einen gewissen Stolz auf ihre nichtdeutsche Identität entwickelt hatte, waren ihre Polnischkenntnisse eher mau und ihre Bereitschaft, dies zu ändern, ungefähr so wenig ausgeprägt wie jene, sich mit Englischvokabeln auseinanderzusetzen.

„Geht so, ehrlich gesagt. Meine Eltern sprechen nur deutsch mit mir und die Verwandten sehe ich bloß ein- bis zweimal im Jahr. Und du, woher kommst du, also ursprünglich?"

„Na von hier, schon immer."

Marina war enttäuscht, diese Antwort hatte sie nicht erwartet. „Aber du kommst sicherlich viel rum, oder? Wo wart ihr schon überall?"

Der Zirkusjunge nannte Namen von Orten, die allesamt in der Nähe oder bestenfalls in den Nachbarbundesländern lagen und als er spürte, dass sie etwas anderes von ihm erwartet hatte, sagte er am Ende seiner Aufzählung, beinahe entschuldigend: „Aber früher waren meine Eltern in ganz Europa unterwegs. Da sind sie noch mit dem Zirkus von meinem Großonkel mitgefahren, der ist gerade in Österreich."

„Aha". Marina fragte sich, ob es an ihrem Alter lag oder ob sie es nie mehr loswerden würden, diese ständigen Gefühlsschwankungen zwischen aufrichtigem Interesse und absoluter Gleichgültigkeit. Was sollte sie bloß von Kevin halten? Wie dieses Gespräch weiterführen, das am spannendsten, am verheißungsvollsten gewesen war, als es noch gar nicht begonnen hatte, und das nun drohte, sterbenslangweilig zu werden?

Und dann dachte sie darüber nach, was sie mit ihm anstellen sollte, wenn die Mutter oder der Vater plötzlich klopften. Könnte man ihn unter dem Bett oder im Schrank verstecken, wie die Liebhaber in schlechten Komödien?

Dieses Gedankenspiel verdeutlichte ihr, wie außergewöhnlich, ja beinahe gefährlich die Situation war, in die sie sich begeben hatten, ein klandestines Treffen mit einem fremden Jungen, mitten in der Nacht oder zumindest lange nach Einbruch der Dunkelheit und während die strengen Eltern unten nichts ahnend vor dem Fernseher saßen.

Das konnte nur noch getoppt werden, ja das musste darauf hinauslaufen, dass man irgendetwas Krasses tat, nur was? Und wie damit beginnen? Von Kevin ging nichts aus, außer wahlweise süße oder öde Schüchternheit, und da Marina glaubte, jede Tat beginne mit Worten, sagte sie plötzlich und unvermittelt: „Bist du noch Jungfrau?"

Kevin kannte die Frage bislang nur von irgendwelchen größeren Cousins oder fiesen Klassenkameraden, er hatte dann natürlich stets mit Nein geantwortet, doch jetzt, so überrascht, eine solch indiskrete Frage von einem Mädchen gestellt zu bekommen, konnte er nicht anders, als schweigend zu nicken.

Marinas ungläubige Reaktion glich der von Großcousins und Klassenkameraden, doch diesmal fühlte es sich gut an. „Ach was, das glaube ich dir nicht. Ich weiß doch, was man über euch Zirkusleute sagt: in jeder Stadt eine andere!"

Sie hatte keine Ahnung, was man über Zirkusleute sagte und

glaubte Kevin sehr wohl, dass er noch Jungfrau war, im Übrigen genauso wie sie, wonach er sie selbstverständlich nicht zu fragen traute, aber Marina hoffte, ihn mit ihrer koketten Unterstellung nicht nur aus der Reserve zu locken, sondern ihm auch ein wenig zu schmeicheln.

Er lächelte bloß, noch immer verlegen, aber ehrlich, sie hatte ihr Ziel erreicht. Als Antwort kam nun doch eine Gegenfrage, höflich und harmlos im Vergleich: „Hast du denn einen Freund?"

„Nichts Festes", sagte Marina und kam sich unglaublich erwachsen vor.

„Hmm, verstehe", sagte Kevin, doch er verstand gar nichts, alles was er wusste, war, dass ihm die Antwort nicht gefiel.

Wieder entstand ein betretenes Schweigen und Marina war sich sicher, Worte würden sie jetzt nicht mehr retten können, also schritt sie zur Tat: Ohne Vorankündigung überwand sie den halben Meter Bettdecke, der sie noch trennte und gab ihm einen zaghaften, aber zuckersüßen Kuss, auf die Wange, kindlich und unschuldig, wie ein kleines Mädchen, das einen Frosch in einen Prinzen verwandeln möchte.

Endlich drehte er sich zu ihr, sie sah seine feinen, auf einmal hochroten Gesichtszüge und er blickte ihr tief und innig in ihre weit geöffneten, stark bemalten Augen, während ihre Herzen synchron zu Höchstleistungen aufliefen.

Millisekunden später wären sie hingegen fast stehengeblieben, das arme, verwirrte Herz des Jungen ebenso wie das des nur scheinbar unerschrockenen Mädchens, ein Beinahe-Infarkt ausgelöst durch eine schrille Frauenstimme. „Marina, wieso ist Licht noch an bei dir? Du hast morgen Schule, es ist spät!", rief die Mutter, barsch der Ton und holprig der Akzent.

„Ja, ich geh gleich ins Bett!", antwortete Marina, so schnell und beflissen, dass die Mutter eigentlich hätte misstrauisch werden müssen, doch da es wirklich schon spät war und sie keine Lust auf Diskussionen mehr hatte, machte sie keine Anstalten, die Tür zu öffnen, und so entging ihr, dass diese – entgegen der häuslichen Gepflogenheiten – abgeschlossen war und es entging ihr ebenfalls, wer sich dahinter neben ihrer Tochter noch aufhielt.

Sie warteten, bis die Schritte der Mutter sich entfernt hatten, und obwohl eigentlich noch gar nichts geschehen war, überkam die beiden Teenager ein wohliges, warmes Gefühl: das Verknalltsein, diese stärkste und schönste aller Drogen, die gerade auf einen noch jungen Körper so unglaubliche Wirkung hatte.

„Bleib doch heute Nacht bei mir und schleich dich morgen früh aus dem Haus, wenn alle noch schlafen", flüsterte sie ihm ins Ohr.

„Nein, ich muss los. Meine Eltern bringen mich um, wenn sie merken, dass ich immer noch nicht zu Hause bin."

Für ihn war es selbstverständlich, doch für Marina klang es seltsam, wenn der Zirkusjunge von ‚zu Hause' sprach und so flammte in ihr ein anderer Wunsch wieder auf, den sie vor lauter Aufregung schon fast wieder vergessen hätte.

„Dann warten wir noch ein bisschen, bis meine Eltern im Bett sind und gehen beide! Irgendwo muss es doch einen Platz für mich geben in deinem Zirkus", sagte sie, ernster gemeint als es klang. „Ich kann zwar keine Kunststücke, aber ich bin gut im Schminken und könnte mich um die Kostüme kümmern!"

Das macht schon meine Mutter, wollte er sagen, doch er besann sich gerade noch rechtzeitig, hatte er doch schlagartig verstanden, warum dieses wunderschöne Mädchen sich in ihn verknallt hatte, obwohl er jung und unerfahren und ein feiger Spanner war: Sie liebte den Zirkus an ihm. Nicht wegen der Tiere, der Clowns oder der Zauberer, die sie allesamt nicht interessierten, sondern weil er ein Versprechen war. Er wusste, er würde es nicht einlösen können, und trotzdem wollte er die Illusion für sie noch eine Weile am Leben halten, wie der Magier den Glauben des Publikums an seine Tricks. „Ja, das wäre toll. Lass uns morgen nach der Premiere treffen, dann zeige ich dir alles."

Sie warteten noch eine Weile schweigend, dann ging Marina alleine auf den Flur, zeigte ihm an, dass die Luft rein war und er schlich aus dem Haus. Es gab keinen richtigen Abschied, geschweige denn einen richtigen Kuss, aber das Spannende war ja ohnehin meist nicht das, was passiert oder nicht passiert war, sondern das, was noch alles passieren konnte.

Marina lag lange wach, dachte über vieles nach, nur nicht über ihre Englischarbeit. Unausgeschlafen und dennoch gut gelaunt erschien sie am nächsten Morgen zur Schule, sie hatte noch nicht einmal daran gedacht, sich einen Spicker vorzubereiten.

Eigentlich gut, dass wir nicht ins Ausland fahren werden, dann brauche ich auch kein Englisch, dachte sie. Zwischen jeder notdürftig oder aufs Geratewohl beantworteten Klausuraufgabe spann sie neue Gedanken dieser Art an, ohne auch nur einen davon zu beenden, sie hörte einfach auf, darüber nachzudenken, wenn es am schönsten war und scherte sich nicht darum, ob ihre Hoffnungen unbegründet, ihre Pläne unrealistisch oder ihre Erwartungen überzogen waren.

„Marina ist mal wieder nicht in unserer Welt", rief ihr jemand an diesem Tag zu, ein anderer fragte sie, wie sie das machen würde, mit offenen Augen schlafen, und wieder ein anderer, was sie bitteschön heute genommen hätte. Das Schlimme war, diese Sprüche kamen nicht zum ersten Mal und noch nicht einmal mehr von den Lehrern, die Lehrer hatten sie längst als hoffnungslosen Fall aufgegeben, sondern von ihren vermeintlichen Freunden.

Ich werde euch nicht vermissen, dachte sie, niemanden werde ich vermissen, so wie mich im Grunde niemand vermissen wird. Ich werde frei sein, mir mein eigenes Geld verdienen, auf Festwiesen und Jahrmärkten, ein kleiner Wagen und die Straße werden mein Zuhause sein, mein Zuhause wird dort sein, wo du zu Hause bist, überall, Kevin, für immer.

Es kam die große Pause und Marina überlegte ernsthaft, ob sie jetzt schon, Stunden vor der Premiere, zu ihm gehen und sich einen halben Tag frei nehmen sollte, wegen Migräne oder dergleichen, das tat sie öfter, sie beherrschte die Unterschrift ihrer Mutter besser als ihre eigene, aber dann kam es ganz anders.

Sie war schon auf dem Weg zum Tor, da fiel ihr Blick auf eine Gruppe kleiner Jungs, Siebtklässler allesamt, die Fußball auf dem Schulhof spielten, was nicht weiter auffällig gewesen wäre, wenn nicht mittendrin ein vergleichsweise großer Junge herausgeragt wäre – es war Kevin!

„Was machst du denn hier?!", rief sie, ein bisschen zu überrascht und freudig, denn der Zusammenhang zwischen Zirkuskind und Schulpflicht war wieder so eine Idee, die sie zwar irgendwann im Laufe der vergangen Stunden mal an-, aber nicht bis zum Ende gedacht hatte.

Auch Kevin war überrascht, sie hier zu treffen, an der Haupt- und Realschule, die ihn während der kurzen Zeit ihres Gastspiels in dieser Gegend aufnahm. Sie hatten überhaupt nicht über so etwas Profanes wie Schule gesprochen und er war komischerweise wie selbstverständlich davon ausgegangen, sie wäre Gymnasiastin. Gingen nicht all diese hübschen, behüteten Kinder in den gepflegten Einfamilien- und Reihenhäusern auf bessere Schulen?

Der Ball flog ihm ins Gesicht, es war ein teurer, ordentlich aufgepumpt und hart geschossen noch dazu, obwohl das alles Pimpfe waren. „Was glotzt du so blöd? Ist das etwa deine Freundin, die schräge Rockerbraut?", rief einer der zwölfjährigen Rotznasen, der Schlimmste von allen.

Bislang war es eigentlich gut gelaufen, immerhin ließen sie ihn mitspielen, auch das war keine Selbstverständlichkeit. Sie hatten ihn ins Tor gestellt, weil er mit Abstand der Größte war, er, der zweimalige Sitzenbleiber ohne festen Wohnsitz. Würde es jetzt werden wie immer, würde er sich prügeln, wieder Ärger riskieren, seine Ehre verteidigen, seine Eltern enttäuschen und Klischees bestätigen müssen, und alles nur, damit sie ihn dann erst recht nicht in Ruhe ließen, eine ganze Woche lang quälten, alle gegen einen, einer gegen alle?

Er tat so, als hätte es nicht wehgetan, als wäre gar nichts passiert und hoffte, sein Gesicht würde nicht zu sehr glühen und Marina ihn verstehen, denn dann würde sie jetzt einfach gehen und ihn wie vereinbart heute Nachmittag nach der Aufführung hinter der Manege treffen, doch natürlich blieb sie stehen.

Endlich spielte er den Ball ab, doch er war unkonzentriert und schoss ein wenig zu stark, das noble, bunt bemusterte Markenleder flog im eleganten Bogen über den Zaun, hinaus auf die Straße.

„Ey, Zigeuner, was machst du denn? Das ist der original EM-Ball, wehe du hast ihn in einer Minute nicht wieder, du Spasti!"

Ohne ein Widerwort lief der Junge los, einfach an Marina vorbei. „Kevin!", rief sie ihm hinterher, und es klang wie eine Frage und nicht wie eine Aufforderung. Plötzlich beschlich sie der absurde Gedanke, dass alles, was sie gestern mit diesem Jungen erlebt hatte, nicht echt, sondern bestenfalls ein Traum gewesen war.

„Die Rockerbraut passt doch prima zu dir. Kann sofort als Clown in deinem Zirkus anfangen, so wie die aussieht", sagte der Schlimmste von allen und alle Jungs, wirklich alle, lachten – sogar Kevin, gequält zwar, aber er lachte, alle hatten es gesehen, während er wort- und grußlos an ihr vorbeiging, noch immer so, als wäre sie unsichtbar.

Allerhöchstens aus dem Augenwinkel beobachtete er, wie sie schließlich ging, war erleichtert und traurig zur gleichen Zeit, und er wäre noch viel trauriger gewesen, hätte er sie wenigstens noch einmal angesehen und die Tränen bemerkt, die ihr aus den Augen kullerten.

Marina schloss sich auf ihrem Zimmer ein. Als ihre Mutter nach Hause kam und an der Tür klopfte, murmelte sie etwas von wegen Migräne und mieser Englischarbeit in ihr Kissen und dann weinte sie weiter, sie holte sogar ihre Kuscheltiere und die Backstreet-Boys-CDs wieder hervor, doch auch das spendete keinen Trost mehr.

Als sie die Kopfhörer irgendwann abnahm, hörte sie den Zirkusdirektor sprechen und das Orchester spielen, wobei die Pauken und Trompeten deutlich erkennbar vom Band kamen, der spärliche Applaus hingegen war echt, ihr Zimmer war ein akustischer Logenplatz.

Sie schloss das auf Kipp geöffnete Fenster und zog sogar die Vorhänge zu, obwohl durch das Grün der Bäume und Hecken nur die Spitze des benachbarten Zirkuszelts zu sehen war.

Als es nicht nur in ihrem Zimmer, sondern auch draußen dunkel geworden war, dachte sie kurz darüber nach, zu ihm zu gehen und ihn zur Rede zu stellen, doch dann entschied sie sich dagegen, aus Angst, wieder weinen zu müssen, und so gut es tat, in ein Kissen zu weinen, so schlimm war es, wenn man es vor anderen tat.

Stattdessen gelang es ihr, die Trauer in Wut umzuwandeln, die

Hosen halfen ihr dabei. Es war Abend geworden, doch statt großer Runde war weiterhin große Depression angesagt, da halfen auch keine mehr oder weniger freundlichen Aufmunterungen der Mutter.

Kevin hingegen stand wie am Abend zuvor im Garten, sogar dann noch, als die Eltern sämtliche Rollläden bereits heruntergelassen hatten und das Licht in allen Zimmern ausgegangen war. Er warf kleine Steine an ihr Fenster, doch sie bekam nichts davon mit, durch ihre Kopfhörer abgeschirmt von der Welt dort draußen, von all ihren Verheißungen und Illusionen.

Irgendwann gab er auf. Er schmiss die Freikarte mit dem darauf gekritzelten Herz in den Briefkasten und platzierte den Adidas-EM-Ball oder was davon übrig geblieben war vor der Tür, so dass man ihn nicht übersehen konnte, genau wie eine Katze ihrem Herrchen einen toten Vogel direkt auf die Fußmatte legt.

Schließlich ging er hinüber zu seinem Wagen, wo seine Brüder bereits schliefen und seine Mutter ihm zur Strafe nicht einmal mehr Brote hingestellt hatte. Er betrachtete im Spiegel seine blauen Flecken und war froh darüber, dass er zumindest diesen Schmerz klar zuordnen konnte.

Voller Hoffnung und in der Gewissheit, zwar zu spät und zu brutal aber letzten Endes dennoch richtig gehandelt zu haben, schlief er ein, ohne zu ahnen, dass Marinas Mutter am nächsten Morgen den gesamten Briefkasteninhalt für Reklame halten und in die blaue Tonne befördern würde, ohne ferner zu ahnen, dass Marinas Vater immer als erster das Haus verließ und keinen Unrat vor seinem Haus liegen lassen konnte, noch nicht einmal, wenn er in Eile war und zur Arbeit musste, und vor allem, ohne die leiseste Ahnung davon, dass er Marina nie wieder sehen würde, denn etwa zur selben Zeit hatte sie beschlossen, dass sie doch recht gehabt hatte: Jungs in ihrem Alter interessant zu finden war ebenso zwecklos wie die Hoffnung, ihrem Leben vor der Zeit entkommen zu können.

Asyl im Paradies
(»Paradies«, Silly, 1996)

Der Vater und sein Sohn verließen Berlin in der Mittagshitze. Es war so heiß, dass sich der Himmel auf der Fahrbahn spiegelte. Seit er den Jungen von der Schule in Charlottenburg abgeholt hatte, fiel zwischen den beiden kein Wort mehr als unbedingt nötig.

Erst als Daniel bemerkte, dass die Stadt endgültig hinter ihnen lag, brach er sein Schweigen. „Wir fahren doch nicht etwa in den Osten?", fragte er, wobei er das letzte Wort ganz besonders abfällig aussprach, so als kostete es ihn Überwindung, es überhaupt in den Mund zu nehmen.

„Ich habe doch gesagt, es ist eine Überraschung. Es wird dir gefallen." Als Daniel zur Welt kam, war die DDR bereits Geschichte. Die Mauer in seinem Kopf, da war sich Jürgen sicher, hatte ihm seine Mutter einbetoniert.

„Es ist so warm hier drinnen, ich sterbe gleich! Papa, warum machst du bei dir das Fenster nicht runter?" Natürlich kannte Daniel den Grund. Durchzug wäre tödlich für Jürgens Schulter gewesen. Wie oft hatte er seinen Vater so gesehen, bei den langen Autofahrten im Sommer Richtung Süden, wenn der stechende Schmerz plötzlich gekommen war und so stark wurde, dass Jürgen sofort rechts ranfahren musste, um die Hand fest auf die linke Schulter zu drücken. „Es ist, als würde mir jemand ein Messer zwischen die Knochen schieben", hatte er versucht, das seltsame Leiden, das ihn seit seiner Jugend immer wieder heimsuchte, zu beschreiben.

Es tat noch Stunden danach weh, doch meist hatte er nach ein paar Minuten die Zähne zusammengebissen und war weiter gefahren, damit sie rechtzeitig zum Abend die Pension an der französischen Grenze erreichten.

Noch ein paar Mal beschwerte sich Daniel über die Hitze im Wagen, doch sein Vater ging nicht auf ihn ein. Irgendwann machte Jürgen das Radio an. Sofort begann sein Sohn damit, die Sender zu wechseln. Er schaltete nicht nur weiter, wenn Werbung oder Nachrichten kamen, sondern auch mitten in der Musik. Kein

Lied schien gut genug zu sein, um es für zweieinhalb Minuten ertragen zu können.

Es lief gerade „It's My Life" von Bon Jovi, als Daniel wieder den Sender wechseln wollte und Jürgen genug hatte. „Entweder, du lässt das jetzt bleiben oder ich mache das Radio ganz aus."

„Mir doch egal!"

Wie sein Vater diese drei Worte hasste! Zum Glück war die Diskussion beendet, da Daniel sich entschlossen hatte, sein Handy herauszuholen und über Kopfhörer Musik zu hören.

Jürgen schaltete das Radio aus. Jetzt waren nur noch die Fahrtgeräusche, das gleichmäßig martialische Kreischen der E-Gitarren und die schnellen, dumpfen Bässe zu hören, die blechern aus Daniels Kopfhörern drangen. Er hörte die Musik vom Beifahrersitz so laut und deutlich, dass er sich Sorgen um die Gesundheit des Gehörs seines Sohnes machte.

Nicht nur deswegen wäre es vermutlich das Beste, wenn er Daniel sein Telefon abnehmen würde, dachte er sich. Doch Jürgen wollte keinen Streit. Er war froh, dass der Junge beschäftigt war und offenbar eine Musikrichtung gefunden hatte, die ihm gefiel. Auch wenn er den Gedanken nicht loswurde, dass Daniel nur deshalb solch harte Klänge hörte, weil sie ihn wie eine zweite Haut von seiner Umwelt abschotteten.

Jürgen dachte daran, wie es war, als sein Sohn noch keinen Schutzschild aus Unnahbarkeit um sich herum aufgebaut hatte. Als er seinem Vater noch anvertraute, was ihn beschäftigte und es noch Dinge gab, die sie miteinander verbanden. Etwa die Modelleisenbahn, an der sie über Jahre hinweg zusammen gearbeitet hatten. Oder die endlos langen Nachmittage, an denen sie beim gegenseitigen Vorlesen in die Geschichten von Michael Ende eingetaucht waren.

„Ich hab Hunger!", schrie Daniel plötzlich, ohne seine Kopfhörer abzunehmen oder die Musik auszumachen. Er rechnete nicht damit, dass sein Vater ihm diesmal Beachtung schenken würde und war erstaunt, als sie keine zwei Minuten später an der nächsten Raststätte anhielten. Der Junge bestellte sich drei Cheeseburger, eine doppelte Portion Pommes mit Ketchup, eine große

Cola und einen Milchshake als Nachtisch, was ihm seine Mutter, zumindest in dieser Kombination und Menge, niemals erlaubt hätte.

Bevor sie weiterfuhren, kam sie doch, die Frage, die Jürgen schon viel früher erwartet hätte. „Wann sind wir endlich da, Papa?"

„Bald." Wie immer, wenn Daniel keine zufriedenstellende Antwort erhielt, wiederholte er die Frage einige Male, doch sein Vater blieb standhaft und verriet weder Ankunftszeit noch Ziel ihrer Reise. Ihm war bewusst, wie widersprüchlich er handelte, indem er ihm nichts erzählte und sich gleichzeitig im Stillen über das Schweigen seines Kindes ärgerte. Aber er konnte das, was er vorhatte, unmöglich in Worte fassen. Noch nicht.

Der Junge setzte sich die Kopfhörer wieder auf. Er behielt sie auch dann noch in den Ohren, nachdem der Akku seines Telefons längst leer war. Jürgen bemerkte es sofort und war erleichtert.

Die Ferien hatten in Berlin und in den meisten Bundesländern noch nicht begonnen, dennoch herrschte an diesem Freitagnachmittag, vermutlich wegen des guten Wetters, viel Verkehr auf der A19. Die Sonne stand bereits tief, als sie die Küste erreichten.

Daniel wusste noch nicht einmal, dass sie ganz in der Nähe des Meeres waren. Die Ortsschilder sagten ihm nichts. Als kleiner Junge konnte er die Hauptstädte sämtlicher Staaten aufsagen und fand sie auf dem Globus, den Jürgen ihm geschenkt hatte, beinahe mit geschlossenen Augen. Doch die deutsche, insbesondere die ostdeutsche Geographie, kümmerte ihn genauso wenig wie seine Mutter. Der Osten, das war für Mutter und Sohn nur dieses seltsame Land, durch das man durch musste, wenn man von Westberlin in die Sonne des Südens fahren wollte – und das Land, aus dem zufällig der Mann kam, den sie einmal geliebt hatten.

Ein einziges Mal waren sie zu dritt in Dierhagen gewesen. Es hatte nahezu ununterbrochen geregnet. „Nächstes Jahr fahren wir wieder nach Frankreich", hatte Jürgens damalige Frau schon am ersten Abend gesagt. Doch auch unabhängig vom Wetter, konnte sie dem Häuschen ihrer Schwiegermutter in dem kleinen Ostseebad nicht viel abgewinnen. „Ich fühle mich von ihr beobachtet, auch wenn sie gar nicht da ist. Überall hängen ihre Fotos. Es riecht sogar nach ihr! Ich kann unmöglich mit dir schlafen, nicht in ihrem Bett."

Daniel war damals etwa vier Jahre alt gewesen, sein Vater erwartete daher nicht, dass er sich an irgendetwas davon erinnern konnte. Doch als Jürgen den Wagen in der Einfahrt parkte und der Junge die vom Wind schwer gezeichneten, tief gebeugten Fichten sah, die auf dem Deich hinter dem Haus standen, als er ausstieg und der salzige, sandige Geruch der See in seine Nase drang, da überkam Daniel das Gefühl, an einem vertrauten Ort angekommen zu sein.

Zum ersten Mal seit ihrem Aufbruch aus der Stadt ließ er den Gedanken zu, dass dieses Wochenende mit seinem Vater möglicherweise anders, vielleicht sogar besser sein würde, als die unzähligen langweiligen davor.

Jürgen öffnete den Kofferraum und Daniel sah, dass sein Vater zwei große Reisetaschen und einen Rollkoffer darin verstaut hatte. „Was willst du denn mit so viel Gepäck?"

„Da sind auch deine Sachen drin. Jetzt steh nicht blöd rum und hilf mir lieber", sagte Jürgen und reichte ihm eine der Taschen. Erst jetzt wurde Daniel bewusst, dass sie diesmal gar keinen Zwischenstopp in der Wohnung eingelegt und etwas für ihn zusammengepackt hatten, wie sie es sonst immer taten, wenn er und sein Vater übers Wochenende wegfuhren.

Alles, was er im Haus des Vaters an persönlichen Gegenständen aufbewahrte, waren eine Zahnbürste, ein paar Klamotten zum Wechseln und alte Spielsachen, mit denen er schon lange nicht mehr spielte. Das allein konnte die riesige Tasche, die er ihm in die Hand gedrückt hatte, unmöglich so schwer machen.

Als sie die Diele des Bungalows betraten, stellte Jürgen fest, dass es nicht mehr nach seiner Mutter roch, sondern nur noch nach Staub. Seit sie nicht mehr so gut laufen konnte und auch kein Auto mehr fuhr, waren ihre Aufenthalte im Ferienhaus rar geworden.

„Du schläfst hier, würde ich vorschlagen", sagte Jürgen und zeigte auf eine große Ledercouch, die mit einem weißen Tuch abgedeckt war. Die Wände – mit Ausnahme der Seite, an der ein Regal mit alten Büchern stand – waren voller Bilder. Es gab kaum einen weißen Fleck dazwischen. Zum Teil waren es verblasste Zeichnungen, zum Teil vergilbte Fotos, etliche davon in Schwarzweiß. Viele zeigten Daniels Großvater, den der Junge nie kennen gelernt hatte.

Als Jürgen sah, wie die Augen seines Sohnes sich auf die Bilderrahmen richteten, meinte er, so etwas wie Neugierde oder gar Interesse in seinem Blick erkannt zu haben. Er nahm eines der Fotos und reichte es Daniel. „Das bist du vor etwa zehn Jahren auf genau diesem Sofa. Erinnerst du dich, dass du schon mal hier warst?"

„Weiß nicht, kann sein", sagte sein Sohn und versuchte, eine gleichgültige Miene aufzulegen. „Und was machen wir jetzt hier?", fragte er, so gelangweilt er nur konnte.

„Wir gehen schwimmen." Aus einer der Taschen holte Jürgen Handtücher und zwei Badehosen hervor, eine davon gehörte Daniel. Er war also schon heute Vormittag in der Wohnung gewesen und hatte für ihn gepackt, schlussfolgerte der Junge.

Obwohl die Sonne fast untergegangen war, sank die Temperatur kaum. An der Küste wirkte die Hitze, durch den leichten Wind, jedoch bei weitem nicht so drückend wie in der Stadt.

Sie erwischten genau den richtigen Zeitpunkt. Als sie den Deich überquert hatten und über die Dünen auf den Strand zuliefen, versank die Sonne gerade am Horizont im Meer. Jürgen neigte sonst nicht zu Kitsch oder Gefühlsduselei, doch wenn er einen solchen Sonnenuntergang sah, fiel es ihm jedes Mal schwer, die Tränen zurückzuhalten. Es war so schön, dass es schmerzte.

Der rote Abendhimmel tauchte den ganzen Strand in ein sanftes Licht und ließ selbst die bleichen Körper des Vaters und seines Sohns gebräunt erscheinen. Das Wasser war erfrischend, vielleicht sogar fast ein wenig kühl, wie immer an der Ostsee, egal wie warm die Luft war. Doch an einem so heißen Tag störte es nicht, im Gegenteil, es tat gut.

Erst schwammen sie eine Weile friedlich nebeneinander, dann traute sich Jürgen, seinem Sohn ein klein wenig Salzwasser ins Gesicht zu spritzen.

„Lass das!", rief der Junge.

Missmutig und etwas zaghaft spritzte Daniel dennoch zurück. Da wusste der Vater, dass es sich nun so entwickeln würde, wie er gehofft hatte. Wenn er etwas aus den vielen Sommern an der Côte d'Azur gelernt hatte, dann, dass sich eine Wasserschlacht, wenn sie erst einmal in Gang gekommen war, durch nichts mehr aufhalten ließ.

Es war kein bloßes Nassmachen, sie kämpften wirklich. Im Licht der untergehenden Sonne bildeten der Mann und der Junge ein Knäuel. Ihre Körper waren ineinander verwoben. Mal drückte der Große den Kleinen unter Wasser, mal war es umgekehrt.

Jürgen war erstaunt, fast erschrocken darüber, wie viel Kraft sein Sohn mittlerweile hatte. Seine Tritte unter Wasser, das ganze Körpergewicht des Teenagers an seinem Rücken, das unnachgiebige Ziehen an seinen Armen – all das tat wirklich weh.

Natürlich nicht so, wie seine Schulter schmerzte, wenn sie längere Zeit der Zugluft ausgesetzt war. Auch nicht so, wie es wenige Minuten zuvor wehtat, als er den Sonnenuntergang betrachtete. Es war ein anderer Schmerz, einer, der ihn daran erinnerte, dass er lebte und dass er seinen Sohn liebte. Ein Schmerz, von dem Jürgen sich wünschte, er würde niemals aufhören.

Die Wasserschlacht, auch das hatte sich nicht geändert, endete erst, wenn der Vater sich geschlagen gab. „Ich gebe auf, du hast gewonnen", rief er dann, und anders als früher war es nicht einmal mehr gespielt. Konnte man Unterwasser blaue Flecken bekommen? Es fühlte sich jedenfalls so an.

Auch was dann geschehen würde, wusste Jürgen. Immer wenn er kapitulierte, sich nicht mehr wehrte, dann wurden auch die Schläge des Kindes weniger, waren seine Attacken nicht mehr ganz so aggressiv, sondern zunehmend albern. „Aufhören, ich kann nicht mehr!", winselte der Vater dennoch um Gnade, nur scheinbar im Spaß.

Jetzt begann Daniel, während er immer noch um sich schlug und spritzte, zu lachen. Es war ein kratziges Lachen, man merkte, dass er in den Stimmbruch kam. Aber er lachte und das war das

Entscheidende. Jürgen lachte ebenfalls und auch das war nicht gespielt.

Noch immer klammerte sich Daniel an seinen Vater, aber er hatte aufgehört, nach ihm zu schlagen. Während für den Jungen das Beste vorbei war und sein Lachen langsam einem zufriedenen Grinsen wich, kam für Jürgen nun die Belohnung. Der Grund, weshalb es sich lohnte, all die Strapazen des rauen Spiels zu ertragen, war genau dieser Augenblick, in dem sich Vater und Sohn so nahe waren, dass sich ihre reglosen Körper auf eine Art und Weise berührten, die Jürgen als zärtlich empfand. Die einzige Zärtlichkeit, die es zwischen ihnen noch geben konnte.

Für Daniel hingegen konzentrierte sich der Höhepunkt ihres Spiels auf den Moment, in dem er seinen Vater besiegen konnte. Das Innehalten danach war, trotz aller Nähe, nichts anderem als der Erschöpfung des Jungen nach dem anstrengenden Kampf geschuldet. Je älter er wurde, umso weniger ermüdeten ihn die Schlachten mit seinem Vater – zumindest jene, die im Wasser stattfanden und körperlich ausgetragen wurden. Das allein war der Grund, weshalb die Augenblicke von Sommer zu Sommer kürzer wurden. Augenblicke, von denen das Kind, das schon lange keines mehr sein wollte, gar nicht ahnen konnte, wie viel sie seinem Vater bedeuteten.

Das Abendessen bestand aus Dosenravioli mit Tomatensauce, die Jürgen im Küchenschrank fand und auf dem Gasherd erwärmte. Nach dem Essen gingen sie ins Wohnzimmer. Vielleicht ist jetzt der richtige Zeitpunkt, dachte sich Jürgen, doch er ahnte bereits, dass es diesen Zeitpunkt nicht geben würde und beschloss, noch zu warten.

Eigentlich wollte er sich neben seinen Sohn auf das Ledersofa setzen, doch der Junge hatte es sich bereits bequem gemacht und seine langen, noch immer wachsenden Beine ausgestreckt, so dass Jürgen mit dem Ohrensessel seines Vaters vorliebnahm.

Ohne um Erlaubnis zu fragen, griff Daniel nach der altmodischen Fernbedienung, die auf dem gekachelten Couchtisch lag, doch der kleine Röhrenfernseher ließ sich nicht einschalten. „Sie ist kaputt", sagte Jürgen. Vermutlich waren nur die Batterien leer.

In jedem Fall aber musste man aufstehen, um den Fernseher einzuschalten und den Kanal zu wechseln – was Jürgen freute, da es den bequem gewordenen Daniel vom Zappen abhalten würde. Außerdem bekam man mit dem alten Gerät ohnehin nicht besonders viele Programme zu sehen, so dass sie den restlichen Abend damit zubrachten, mäßig lustige Comedy- und Sketch-Sendungen auf Sat1 zu sehen.

Gegen Mitternacht bemerkte Jürgen, dass Daniel auf dem Sofa eingeschlafen war. Er machte den Fernseher aus und deckte seinen Sohn zu. Danach setzte er sich auf die Kante des Sofas, legte behutsam die linke Hand auf Daniels Oberköper, während er mit der rechten leicht durch das Haar des Jungen fuhr.

Einige Minuten lang harrte der Vater so aus, genoss die einseitige, aber friedvolle Zärtlichkeit, bis Daniel plötzlich, ohne erkennbaren Grund, wach wurde und abrupt vor seinen Berührungen zurückwich. Gekränkt von der Zurückweisung und zugleich beschämt, weil er sich seinem so schwierig gewordenen Sohn ungefragt genähert hatte, nahm Jürgen seine Hände vom Körper des Jungen.

Offenbar war echte Nähe zwischen den beiden nur noch möglich, wenn eine schützende Hülle aus Wasser sie umgab und ihre Körper schwammen, getragen von den Eindrücken eines Kampfes, bei dem es keinen echten Gewinner gab.

„Wo ist mein Handy?", fragte Daniel, eindringlich und mit wacher Stimme, so als hätte er gar nicht wirklich geschlafen.

„Wofür brauchst du jetzt dein Handy?", entgegnete sein Vater. Auch wenn er die Antwort kannte oder zumindest erahnte, so wunderte er sich doch über den Zeitpunkt und die Vehemenz, mit der Daniel seinen Wunsch äußerte.

„Ich brauche es eben! Wo ist es?" Er klang so erregt und wütend, als würde er ernsthaft befürchten, sein Vater habe ihm das Telefon gestohlen. Daniel richtete sich auf und sah sich im Zimmer um.

„Es steckt bestimmt noch in der Hosentasche deiner Jeans", sagte Jürgen. Nach dem Schwimmen war der Junge in eine andere, kurze Hose geschlüpft, die er auch jetzt noch trug und die zu den

Sachen gehörte, die sein Vater für ihn von zu Hause mitgebracht hatte.

Seitdem sie ihm sein erstes Handy geschenkt hatte, war es zur Gewohnheit geworden, dass ihm seine Mutter, wann immer er nicht zu Hause übernachtete, eine SMS vor dem Schlafengehen schrieb, sich nach ihrem einzigen Kind erkundigte und ihm eine gute Nacht wünschte. Erst als er das Telefon gefunden hatte, fiel Daniel wieder ein, dass der Akku leer war. Vergeblich versuchte er, es wenigstens noch einmal kurz zum Laufen zu bringen.

„Gib mir mal dein Handy, Papa."

„Dani, es ist nach Mitternacht. Deine Mutter schläft schon. Sie hatte heute Spätschicht und bestimmt eine anstrengende Woche, du solltest sie jetzt nicht mehr stören."

„Seit wann sorgst du dich um Mama? Ich will ihr nur eine SMS schicken, also gib mir bitte dein Handy!"

Jürgen wurde nervös. „Bist du nicht langsam zu alt für Gute-Nacht-Wünsche an Mama per SMS?" Er wusste, wie gemein die Frage war, denn natürlich freuten sich Mutter und Vater gleichermaßen über jede SMS, die sie von ihrem Sohn bekamen, doch anders als ihr schrieb er ihm so gut wie nie.

Jürgens rhetorische Frage hatte ihren Zweck dennoch erfüllt. Daniel wollte vor seinem Vater nicht wie ein Muttersöhnchen dastehen. Und da es schon spät war und es eigentlich keinen Anlass gab, bestand er nicht weiter darauf, ihr zu schreiben. Dennoch schlief er schlecht ein, was nur zum Teil an der ungewohnten, staubigen Umgebung, der Hitze und dem vergleichsweise unbequemen Sofa lag.

Als er das erste Mal aufwachte, war es noch mitten in der Nacht. Daniel machte Licht an und sah, wie die nur halb zugezogenen Gardinen flatterten. Er stand auf und lief in den Flur, um nachzusehen, woher der Luftzug kam. Da bemerkte er, dass die Tür des Bungalows offen stand.

In der Angst, es mit einem Einbrecher zu tun zu haben, rannte er ins Schlafzimmer, um Jürgen Bescheid zu sagen, doch das Bett war leer. Für einen Moment dachte Daniel, sein Vater hätte ihn ein zweites Mal verlassen, doch dann sah er, dass das Gepäck noch neben dem Bett stand.

Er ging nach draußen und fand Jürgen auf dem Terrassenstuhl. Der Vater schien nicht überrascht, dass sein Junge dort auftauchte. „Hast du in Berlin schon mal so viele Sterne gesehen?", fragte er ihn.

Tatsächlich war der Himmel in dieser mondlosen Nacht klar und wunderschön. „In Berlin nicht, aber in Frankreich", antwortete der Junge.

„Aber das hier ist deine Heimat", sagte Jürgen. Er schien wirklich zu glauben, dass der Sternenhimmel dadurch anders oder schöner war.

„Meine Heimat ist Berlin."

„Deine Heimat reicht von hier bis in die Berge." Sein Vater fuchtelte dazu mit den Händen herum und Daniel fragte sich, ob er mal wieder etwas getrunken hatte.

„Komm, wir machen einen kleinen Spaziergang an den Strand. Ich zeig dir was", sagte Jürgen, und obwohl Daniel keine Spaziergänge mochte, folgte er ihm – vielleicht weil er noch nie einen mitten in der Nacht gemacht hatte, vielleicht aber auch nur, weil er Angst hatte, was passieren würde, wenn er nicht mitkommen würde. Wenn sein Vater wirklich getrunken hatte, galt es, sich in Acht vor ihm zu nehmen.

Bevor sie losgingen, holte sein Vater eine Schaufel aus dem Gartenhäuschen. „Wofür brauchst du die denn?", wollte Daniel wissen.

„Das wirst du gleich sehen", lautete die wenig beruhigende Antwort seines Vaters. Sie liefen über den Deich und die Dünen bis zum Meer, nur mit T-Shirt und Boxershorts bekleidet, doch es war niemand da, der sie so hätte sehen können. Sie hatten den Strand ganz für sich allein.

„Was wolltest du mir denn jetzt zeigen?", fragte Daniel, obwohl er ahnte, dass die Antwort in Gestalt des schwarz-silbern im Licht der Sterne schimmernden Meeres bereits vor seinen Augen lag. Doch er irrte sich.

„Wir müssen in diese Richtung", sagte sein Vater und zeigte mit der Schaufel auf ein weit entferntes Licht am rechten Rand des scheinbar endlos langen Strandes.

Das Licht ging an und wieder aus, es musste folglich zu einem Leuchtturm gehören, auf den sie zusteuerten wie zwei Schiffbrüchige. „Ist es noch weit? Ich bin müde, Papa", beklagte sich Daniel nach einigen Minuten.

„Nein, es ist nicht mehr weit. Du kannst morgen ausschlafen."

Daniel befürchtete bereits, sie würden bis zum Leuchtturm laufen, der noch immer unerreichbar weit weg wirkte. Er schien sich im gleichen Tempo, in dem sie auf ihn zuliefen, von ihnen zu entfernen. Doch auf der Höhe einer der kleinen Holzhäuser, in denen tagsüber die Lebensretter ihren Dienst verrichteten, verließen sie den Strand.

In dem schmalen Waldstreifen dahinter war es trotz ausbleibenden Mondscheins gerade noch hell genug, um den Baum zu finden, den Jürgen suchte. Die knorrige, uralte und am Boden entlang gewachsene Weidbuche stach zwischen den Fichten und Kiefern so sehr hervor, dass sie selbst Daniel, der sich für Bäume wenig begeistern konnte, sofort aufgefallen war.

Jürgen nahm seine Schaufel und begann, neben der Wurzel zu graben.

„Was machst du da?"

Daniel bekam keine Antwort. Er fragte sich, ob sein Vater jetzt vollkommen den Verstand verloren hatte, vor allem nachdem er immer schneller grub und gar nicht mehr aufhörte, auch als das Loch schon so tief war, dass man einen Menschen darin hätte vergraben können.

„Es muss hier sein. Ich weiß es genau, dass es an dieser Stelle sein muss", sagte Jürgen. Er klang verzweifelt.

„Was zur Hölle muss da sein?", fragte Daniel, doch wieder erntete er nur Schweigen. Auch wenn sein Vater versuchte, es zu unterdrücken, hörte Daniel ihn schniefen und wusste, dass er weinte. Warum erzählte er ihm nicht, weshalb oder wonach er grub?

„Ich gehe jetzt nach Hause, Papa. Du kannst ja gerne weiter nach Schätzen buddeln, dir dein eigenes Grab schaufeln oder was auch immer du hier machst, aber ich bin müde und leg mich jetzt ins Bett."

Jürgen drehte sich nicht um, da er befürchtete, selbst in der Dunkelheit des nächtlichen Waldes könnte sein Junge die Tränen sehen, die ihm noch immer unweigerlich die Wangen hinunterflossen. Er grub noch ein wenig tiefer, doch nach ein paar Minuten gab er völlig entkräftet auf. Erst da merkte er, dass Daniel noch immer hinter ihm stand.

Jürgen war gerührt davon, dass sein Sohn auf ihn wartete und deutete es als ein stummes Zeichen der Zuneigung. Doch Daniel war nur deshalb noch nicht alleine zurück gegangen, weil eine seltsame Angst ihn lähmte. Nicht die Einsamkeit und auch nicht die Dunkelheit fürchtete er, sondern das, was sein Vater in ihrem Schutz tat.

Schweigend liefen sie zurück zum Bungalow. Keiner der beiden traute sich, dem anderen zu erzählen, was in ihm vorging.

Daniel war müde und wollte trotzdem nicht einschlafen. Noch lange lag er mit geöffneten Augen auf dem Sofa, die Tür zum Flur stets im Blick.

Dann schlief er doch ein und wachte erst auf, als die Sonne bereits schien und sein Vater den Terrassentisch deckte. Er war schon beim Bäcker gewesen und hatte frische, belegte Brötchen und Croissants mitgebracht. Der Samstag schien genauso heiß zu werden wie der Freitag. Was sie in der Nacht erlebt hatten, kam Daniel seltsam unwirklich vor, als wäre es nur ein Traum gewesen. Er versuchte, nicht mehr daran zu denken.

Ein langes, sonniges Wochenende lag vor ihnen. Der angenehm warme Wind trug bereits die Stimmen der ersten Badegäste in den Garten des Bungalows. Auch wenn man den Strand wegen des Deichs, der schiefen Bäume und der Dünen von der Terrasse aus nicht sehen konnte, waren sie klar und deutlich zu hören.

Jürgen wollte in den Ort fahren und frische Lebensmittel besorgen. „Kommst du mit?", fragte er seinen Sohn, doch wie erwartet schüttelte er den Kopf, froh darüber, das Ferienhaus und die Umgebung allein erkunden zu können, während sein Vater weg war.

„Soll ich dir für den Strand nachher was zu lesen mitbringen? Die Sport-Bild?"

„Nö. Hab ich schon gelesen diese Woche."

„Den Kicker von Donnerstag auch schon?", hakte der Vater nach.

„Dir ist vielleicht entgangen, dass wir Sommerpause haben. Wer liest schon in der Sommerpause den Kicker? Da steht nichts Interessantes drin! Es sind doch noch nicht mal Turniere dieses Jahr. EM und WM, falls du nicht weißt, was ich meine."

Fußball war eine der wenigen Sachen, über die man sich mit dem Jungen noch richtig gut unterhalten konnte – und ausgerechnet für dieses Thema interessierte sich sein Vater überhaupt nicht. Natürlich musste Daniel ihm das jedes Mal, wenn die Sprache dennoch darauf kam, unter die Nase reiben.

Endlich stieg er in den Wagen und fuhr davon. Der Bungalow war das letzte Haus in der letzten Straße vor dem Strand. Es war eigentlich gar keine richtige Straße, stellte Daniel fest, sondern mehr ein Weg, die Fahrbahn war weder gepflastert noch geteert, sondern sandig und uneben. Auch wenn der Strand selbst bereits von Tagesausflüglern besiedelt wurde, herrschte in der dahinter gelegenen Urlaubssiedlung jetzt, außerhalb der Schulferien, wenig Betrieb.

Der einzige Mensch, dem Daniel bei seinem morgendlichen Gang begegnete, war ein alter Mann, der im Vorgarten seines kleinen Hauses mit Gartenarbeit beschäftigt war und dem Jungen freundlich zunickte. Erst hatte er nur flüchtig hingesehen und es gar nicht bemerkt, doch jetzt, wo er ihn grüßte und er sich zu dem Alten umdrehte, sah er es: Der Mann war nackt! Er schnitt seine Hecke wie Gott ihn schuf und so, dass es jeder sehen konnte.

Schon gestern Abend am Strand war Daniel eine Frau aufgefallen, die außer einem hauchdünnen Slip keine weiteren Kleidungsstücke trug. Ein paar Mal hatte er sich heimlich nach ihr umgedreht, so wie er es auch an der Côte d'Azur oder am Wannsee schon getan hatte. Das war jedoch etwas völlig anderes als der verstörende Anblick des schrumpeligen Geschlechts eines Rentners mit Gartenschere in der Hand.

Daniel befürchtete, dass er noch weiteren nackten Senioren begegnen würde und entschloss sich daher, umzukehren und seinen

Spaziergang zu beenden. Stattdessen wollte er sich im Bungalow nach einem Zeitvertreib umsehen.

Nachdem er eine Weile in den alten Büchern im Regal geblättert hatte, ohne dass ihn irgendetwas davon besonders ansprach, sah er sich die Bilder an der Wand an. Mit Ausnahme des Fotos, das ihn als Vierjährigen, seine Mutter und seinen Vater zeigte sowie ein paar Aufnahmen seiner Großmutter, erkannte er niemanden, auch wenn einige der abgebildeten Leute ihm bei Familienfeiern sicherlich bereits begegnet waren.

Der Kühlschrank brummte, war aber leer, und in der Vorratskammer standen nur einige Konserven. Auch der Spiegelschrank im Schlafzimmer enthielt nichts bis auf ein Fach mit Bettwäsche, sauber gefaltete Handtücher und ein paar verschieden große Bügel. Sein Vater hatte das Gepäck noch nicht ausgepackt, es stand neben dem schmalen Doppelbett auf dem Boden.

Daniel klappte zunächst den Rollkoffer auf, in dem sich außer der Kleidung seines Vaters nichts weiter befand. Dann öffnete er den Reißverschluss einer der beiden Taschen. Sie war bis zum Rand vollgestopft mit seinen Klamotten. Darunter waren sogar langärmelige Hemden und winterliche Pullover. Es wirkte so, als habe sein Vater wahllos den halben Kleiderschrank des Jungen eingepackt.

Irritiert und verunsichert durch das, was er entdeckt hatte, wollte Daniel sich gerade daran machen, die zweite Tasche zu inspizieren, doch da hörte er den Wagen seines Vaters kommen. Er beeilte sich, die erste Tasche wieder zu schließen, klappte den Koffer zu und verließ das Schlafzimmer. Instinktiv ahnte Daniel, dass sein Vater sauer geworden wäre, wenn er ihn dabei erwischt hätte, wie er das Gepäck durchsuchte.

Während er ihm dabei half, den üppigen Lebensmitteleinkauf auszupacken und in der Küche zu verräumen, kam ihm eine Idee. „Papa, kann ich mal kurz an die Sachen, die du für mich mitgebracht hast?"

„Was brauchst du denn?", fragte Jürgen.

„Das Ladekabel für mein Handy. Ich will es aufladen, damit ich nachher am Strand noch Musik hören kann."

„Mist, das habe ich vergessen. Tut mir leid."

„Wieso sind wir gestern nicht noch kurz zu Hause vorbeigefahren, dann hätte ich mir mein Zeugs selber packen können?"

„Hör zu, wir kaufen dir ein neues Kabel, einverstanden?", wich Jürgen der Frage aus.

„Jetzt sofort?"

„Nein, heute nicht mehr, ich war doch gerade erst einkaufen. Einen Tag wirst du ja wohl auch ohne dein Handy auskommen."

„Aber morgen ist Sonntag, da haben die Läden zu, falls du das vergessen hast."

Die belehrende, vorwurfsvolle Art seines Sohns konnte Jürgen schon immer zur Weißglut bringen – und dazu, dass er Dinge sagte, die unüberlegt waren und die er später zutiefst bereute.

„Dann kaufen wir eben am Montag ein neues Kabel."

„Am Montag sind wir doch schon wieder in Berlin."

Jürgen wusste, dass es keinen richtigen Zeitpunkt gab, aber dieser erschien ihm ganz besonders ungeeignet, also schwieg er und hoffte, dass die Angelegenheit damit erst einmal vom Tisch wäre, womit er natürlich falsch lag.

„Am Montag sind wir doch schon wieder in Berlin!", wiederholte Daniel seinen letzten Satz, lauter und mit Nachdruck, als wäre es ein Befehl und keine Feststellung.

„Hör zu, Dani, ich wollte eigentlich noch abwarten und es dir in Ruhe erklären, aber da du vermutlich keine Ruhe geben wirst, sage ich es dir jetzt. Wir werden am Montag noch nicht nach Berlin zurückfahren. Wir werden jetzt eine Zeit lang hierbleiben. Deine Mutter weiß Bescheid und mit der Schule ist alles geregelt. Wir werden es uns gut gehen lassen, versprochen."

„Ich glaube dir kein Wort." Zu oft hatte sein Vater ihn belogen. Er hatte ihm versprochen, ein Baumhaus zu bauen, das Finalspiel seiner Mannschaft zu besuchen, die Modelleisenbahn endlich fertig zu stellen und ihn niemals zu verlassen. Nichts davon hatte er gehalten.

Unbeirrt fuhr sein Vater fort. „Andere Kinder würden sich freuen, an einem solchen Ort Ferien zu machen, während der Rest noch zur Schule gehen muss! Dani, du hast doch gestern schon gesehen, wie schön es hier ist. Weshalb willst du zurück nach Berlin? Ist es denn zu viel verlangt, wenn du noch ein paar Tage hier mit mir verbringst, mein Sohn? Das hier ist doch das Paradies auf Erden! Als ich so alt war wie du, habe ich diesen Ort geliebt und ich liebe ihn noch immer. Wer weiß, vielleicht ist es das letzte Mal, dass wir überhaupt jemals die Möglichkeit haben, Zeit miteinander zu verbringen!"

Jürgen redete immer schneller und aufgeregter, sein Sohn sah ihn fassungslos an. „Mama hat das nicht erlaubt, habe ich recht? Weiß sie überhaupt, wo wir sind?", fuhr er seinen Vater an.

„Ich muss deine Mutter nicht um Erlaubnis bitten, du bist auch mein Sohn! Wenn es nach ihr ginge, dürfte ich doch überhaupt nicht mehr mit dir reden! Sie will mir den Umgang mit dir verbieten, wusstest du das?"

Nein, das wusste Daniel nicht, und es beunruhigte ihn noch mehr als alles, was Jürgen zuvor erzählt hatte, denn was er hingegen sehr genau wusste, war, wie zornig sein Vater werden konnte, wenn er sich ungerecht behandelt fühlte. Er und seine Mutter hatten diesen Zorn oft genug zu spüren bekommen, als sie noch mit ihm zusammenlebten.

„Was hast du mit ihr gemacht? Was hast du mit meiner Mutter gemacht?", schrie er.

Noch bevor sein Vater etwas erwidern oder ihn daran hindern konnte, lief Daniel hinaus in den Flur, griff zum Hörer des Telefons, das auf der kleinen Anrichte stand, und wählte die Nummer seiner Mutter. Sekunden später drang ein Klingeln aus dem Nebenraum.

Es war eindeutig ihr Klingelton, eine dezente, liebliche Melodie. Daniel hatte den Ton für sie eingestellt, weil er fand, dass er so gut passte – zu der zierlichen Frau, die er über alles liebte.

Er legte den Hörer beiseite, riss die Tür zum Schlafzimmer auf und versuchte, das Klingeln zu orten. Es drang aus der zweiten, größeren und schwereren Reisetasche, in die Daniel noch nicht hineingesehen hatte.

Jürgen blieb wie versteinert in der Küche stehen. Erst in diesem Moment wurde ihm bewusst, was er getan hatte. Dabei war es noch nicht einmal sein größter Fehler gewesen, dass er die Dummheit begangen hatte, nicht daran zu denken, ihr Handy auszuschalten. Daniel hätte es so oder so herausgefunden. Der Junge war vierzehn. Man konnte ihn nicht mehr so leicht hinters Licht führen.

Nachdem er am Freitagvormittag die Klinik verlassen hatte, war er direkt zu ihr gefahren. Er wollte, dass sie ihm ihre unverständliche Entscheidung ins Gesicht sagte, statt sich hinter dem feigen Brief ihres Anwalts zu verstecken. Warum nahm sie ihm Daniel weg? Er sah seinen Sohn doch ohnehin nur noch alle 14 Tage an den Wochenenden.

Das, was er ihr zu sagen hatte, würde sie vielleicht noch umstimmen. Doch obwohl sie zu Hause war, öffnete sie ihm nicht. Er wartete im Auto, den Eingang im Blick. Und tatsächlich schlich sie sich aus dem Haus, keine Viertelstunde nachdem er Sturm geklingelt und sie ihn durch die Gardinen gesehen, aber beschlossen hatte, ihm keine Chance mehr zu geben.

Er wusste, dass sie an diesem Freitag erst am Nachmittag zur Arbeit musste. Sie war mittlerweile zwar nicht mehr in seiner Station eingesetzt, aber ihren Dienstplan sah er sich dennoch heimlich im Schwesternzimmer an. Soweit es möglich war, vermied er jede gemeinsame Schicht mit seiner Ex-Frau.

Wahrscheinlich fuhr sie dennoch zu ihrem Freund, um ihm vorzuheulen, wie schlimm ihr Ex war und wie sehr er sie belästigte. Er wusste, dass er sie nur noch ein einziges Mal behelligen müsste, dann würde sie für alle Zeiten ihre Ruhe vor ihm haben.

Wie so oft im Sommer, hatte sie die Balkontür auf Kipp offen gelassen, so dass er nichts weiter tun musste, als hinter das Haus zu gehen und die wenigen Meter vom Boden bis ins Hochparterre am Balkongeländer hochzuklettern, so wie Daniel es manchmal machte, wenn er mit der Nachbarkindern im Hof Fußball spielte und seine Mutter ihn zum Abendessen rief.

In der Aufregung um das unangekündigte Auftauchen ihres Ex-Manns hatte sie ihr Handy auf dem Küchentisch liegen lassen. Jürgen steckte es vorsichtshalber ein. Auf dem großen Schrank im Flur sah er den alten Rollkoffer, mit dem sie schon in die Flitterwochen gefahren waren, natürlich nach Südfrankreich – seine erste Reise ins westliche Ausland, kurz nach der Wende. Im Schrank fand er die beiden ausfaltbaren, großen Reisetaschen. Wie Daniel bereits richtig erraten hatte, ging er anschließend in das Zimmer des Jungen und schaufelte wahllos Klamotten in eine der Taschen.

Als er fertig mit Packen war, suchte er nach etwas zu trinken. In der Küche wurde er fündig, nur eine Flasche Eierlikör im Kühlschrank, aber sie war immerhin fast noch voll. Das müsste reichen, dachte er sich. Er setzte sich auf die Küchenzeile, genauer gesagt, auf die freie Arbeitsfläche zwischen der Mikrowelle und dem Messerblock. Hier wollte er auf seine Ex-Frau warten, ein letztes Mal.

Doch sie kam und kam nicht und Jürgen wusste, dass Daniel bald von der Schule heimkehren würde. Wenn er ihn nicht rechtzeitig abholte, war sein ganzer Plan – falls das, was er vorhatte, diesen Namen überhaupt verdiente – hinfällig.

Deswegen hatte er die Wohnung durch die nur zugezogene Haustür verlassen, das Gepäck in den Kofferraum geladen, war zu Daniels Schule gefahren und anschließend weiter auf direktem Wege, mit nur einem einzigen Zwischenstopp an einem Raststätten-Schnellrestaurant, an die Ostsee.

Inzwischen überzeugte sich Daniel davon, was – neben dem Handy seiner Mutter – noch in der zweiten Tasche war. Als er wieder in die Küche des kleinen Bungalows kam, liefen dem Jungen die Tränen ins Gesicht. Jürgen erinnerte sich nicht mehr, wann er seinen Sohn das letzte Mal hatte weinen sehen. Es kam ihm vor, als wäre es Jahre her.

„Ich will nach Hause, Papa. Ich will zu Mama. Ich will, dass alles wieder ist wie früher. Ich will, das alles wieder gut ist.“

Jürgen nickte, auch wenn er wusste, dass das unmöglich war, doch er tat, was sein Sohn von ihm verlangte. Sie packten alles zusammen und fuhren davon.

„Was wolltest du gestern Nacht im Wald, Papa?“, fragte er ihn, als sie auf die Landstraße einbogen.

„Ich habe eine Kiste gesucht. Vor über 30 Jahren habe ich sie vergraben, da war ich in deinem Alter. Aber sie ist nicht mehr da.“

„Und was war in der Kiste, Papa?" Endlich klangen seine Fragen nicht mehr genervt oder vorwurfsvoll. Es interessierte ihn wirklich.

„Die Uhr meines Vaters, die schon mein Großvater trug. Es war das Wertvollste, was er besaß. Er hat sie mir hinterlassen, bevor er in den Westen geflohen ist und deine Oma und mich für immer verlassen hat. Ich wollte sie damals nicht haben, weil ich sauer auf ihn war. Deshalb habe ich sie vergraben. Doch ich denke, du solltest sie bekommen. Leider hat sie wohl jemand vor uns gefunden. Es tut mir leid."

Daniel schwieg und machte einen betroffenen Eindruck. Er schämte sich, für das was er gedacht hatte. Wie konnte er seinem Vater so etwas zutrauen?

„Papa, wenn du willst, können wir, bevor wir zu Mama fahren, noch ein bisschen zu dir gehen und die Modelleisenbahn aufbauen. Dann hast du sie wenigstens nicht umsonst mitgeschleppt."

„Ja, das können wir machen", sagte er und fuhr seinem Jungen durchs Haar. Diesmal wich er nicht zurück.

Als sie den Ort verließen, von dem Jürgen glaubte, dort ein letztes Mal noch glücklich zu werden, spürte er erneut einen unerträglichen Schmerz. Und diesmal kam er weder von der Sonne noch von der Schulter und auch nicht davon, dass er seinen Sohn so sehr liebte. Sondern vom Tumor in seinem Kopf, der ihn töten würde.

Freisein

(»Die neue S-Klasse«, Sabrina Setlur, 1997)

Mit dreizehn war der Flughafen mein Lieblingsort auf Ibiza. Ich mochte das Weltläufige, die Betriebsamkeit, die Routine. Ich beneidete und bewunderte die Menschen in ihren Uniformen hinter den Schaltern und an den Computern, die ihren Aufgaben nachgingen, so freundlich und gleichbleibend wie die Ansagen, die vom Band in drei Sprachen kamen. Ich liebte die Rolltreppe beim Check-In, soweit ich wusste, die einzige auf der ganzen Insel, und die Scannerkassen im Dutyfreeshop – die modernsten, die ich kannte. Ich mochte sogar die Toiletten, die immer sauber waren.

Oben angekommen, im Wartebereich hinter den Sicherheitskontrollen, überwältigte mich der Blick durch die verglaste Front auf die Landschaft hinter dem Vorfeld jedes Mal aufs Neue, genauso wie sie jeden überwältigte, der auf Ibiza landete oder abflog. Nur oberflächlich bildete die scheinbar naturbelassene Idylle einen Gegensatz zur sterilen, funktionalen Atmosphäre des Flughafens.

Im sanften Licht der untergehenden Sonne an jenem Frühsommerabend wirkten die alte Finca, das sanierte Windrad, das sich nie drehte, die Salzfelder der Salinen, die Hügel und das Meer, das dazwischen hervorschimmerte, wie Attrappen. Sie waren eine perfekte Fortsetzung der hintergrundbeleuchteten Werbeflächen mit Fotos von Sandstränden, die überall im Flughafengebäude angebracht waren.

Ich fiel schon lange nicht mehr auf diese Illusion herein, aber dennoch begeisterte sie mich immer wieder, gerade weil ich um ihre Künstlichkeit wusste. Dieses Postkartenpanorama zeigte nicht das echte Ibiza. Das echte Ibiza war eine zerklüftete Landschaft aus Bettenburgen, Millionärshügeln, Großraumdiskotheken und Kleinkunstmärkten. Eine Insel voller Widersprüche und Umweltsünden. Ibiza war alles, nur nicht naturbelassen, aber auch nicht sauber und nicht ordentlich, anders als der Flughafen beziehungsweise seine pittoreske Hintergrunddekoration suggerierten.

Die Insel war das Chaos in meinem Kopf, ein verlorenes Paradies. Mein verlorenes Paradies. Mit dreizehn, meine Hölle.

Der Flughafen hingegen – ein Himmelstor in eine aufgeräumte Welt. Eine Welt voller Registrierkassen und Rolltreppen. Einer urbanen, vernetzten Welt, die mich aufnahm, jede Ferien aufs Neue, und die, anders als die Insel, nicht vorgab, besonders oder schön zu sein und mir gerade deshalb so unglaublich besonders und schön erschien.

Für die anderen Menschen an Bord war das, was für mich gerade begann, bereits vorbei. Ich fühlte mich ihnen überlegen, weil ich dort wohnte, wo sie nur Urlaub machten, und doch wünschte ich mir, einer von ihnen zu sein.

Damit meinte ich nicht die wenigen Kinder, die mit mir an Bord waren, sondern die Erwachsenen. Ich war nicht so naiv, zu glauben, dass es mir an einer Schule in Deutschland besser gehen würde als es mir auf Ibiza ging. Wenn man dreizehn war und sich für Dinge wie Registrierkassen und Rolltreppen begeistern konnte, hatte man es nirgendwo einfach.

Der Himmel war wolkenlos. Von meiner Seite aus sah ich Ibiza an uns vorbeiziehen. Ich sah den Sa Talaiassa, den mit fast 500 Metern höchsten Berg der Insel und einer der wenigen, der weder mit Villen verbaut noch von Waldbränden gezeichnet war (letzteres ging oftmals ersterem voraus).

Ich erinnerte mich an einen Ausflug, den wir dorthin gemacht hatten. Wie wir an der kleinen Kapelle vorbeikamen und Toni, unser Katalanischlehrer, uns erklärte, dass dort in den Siebzigern zweihundert Menschen starben, beim schlimmsten Flugzeugunglück in der Geschichte der Balearen.

Wir waren schon über dem Wasser und ließen die Insel hinter uns, als ich darüber nachdachte, was passieren würde, wenn wir in diesem Moment abstürzten. Würden sie dann auch eine Kapelle bauen, und wenn ja, wo?

Der Flug verlief ruhig. Ich lehnte das Spielzeug, das mir die Stewardess geben wollte, dankend ab. Es wurde dunkel, so dunkel, dass es keinen Spaß mehr machte, nur aus dem Fenster zu schauen. Ich holte etwas zu lesen hervor - „Líneas", die Zeitschrift des spanischen Eisenbahnverbandes. Noch so eine seltsame Vorliebe von mir.

Eigentlich hatte ich die Ausgabe schon ausgelesen, doch ich wollte, dass der Typ im Hawaiihemd und seine tätowierte Freundin neben mir mitbekamen, dass ich Spanisch konnte, dass ich zwar genauso blond war wie sie aber nicht so blöd.

Wie immer hoffte ich, bei der Landung die Wolkenkratzer zu sehen, doch ich erkannte nur ein paar verschwommene, diffuse Lichter. Vielleicht saß ich auf der falschen Seite, vielleicht war auch nur das Wetter mal wieder zu schlecht. Dass in den Hochhäusern der Banken zu dieser Zeit, um elf Uhr abends, vermutlich nur noch wenige Lichter brannten, auf diesen Gedanken kam ich nicht. Ich war der festen Überzeugung, dass diese Stadt niemals schlief, wie in der Werbung. Frankfurt war das New York meiner Kindheit.

Obwohl die Stewardess hübsch war und sehr freundlich zu mir, wünschte ich mir erneut, erwachsen zu sein, als sie mich an die Hand nahm und dem Bodenpersonal des Frankfurter Flughafens übergab. Das Gefühl verstärkte sich ins Unermessliche, als sich herausstellte, dass niemand gekommen war, um mich abzuholen. Seit der Scheidung, dem Umzug und vor allem ihrer Operation bekam meine Tante ständig alles Mögliche durcheinander, und so dachte sie wahrscheinlich, ich würde erst am nächsten Tag ankommen. Eigentlich machte mir das nichts aus, ich wäre nur zu gern allein mit dem Zug zu ihr an die Bergstraße gefahren, denn Bahnfahren mochte ich noch lieber als Fliegen. Aber natürlich ließen sie mich nicht.

Wir glitten durch das Flughafengebäude mit einem flüsterleisen Elektroauto, das mich an das Caddy erinnerte, mit dem ich vor einiger Zeit in Begleitung einer befreundeten Millionärsfamilie über den Golfplatz von Ibiza fahren durfte.

Die Frau vom Bodenpersonal brachte mich in einen Raum mit Spielzeug, der wie ein Kindergarten eingerichtet war. In einer Ecke auf dem Boden saß ein einsamer, indisch aussehender, etwa zehnjähriger Junge und spielte mit Matchbox-Autos. Ich fragte mich, was er, oder besser gesagt, wer ihn hier verloren hatte, und er fragte sich vermutlich dasselbe von mir, während sich unsere unsicheren Blicke für einen Moment lang kreuzten. Dann spielte er weiter und niemand sagte etwas.

Erst riefen sie meine Tante mehrfach aus, danach sollte ich versuchen, sie telefonisch zu erreichen. Es meldete sich nur der Anrufbeantworter. Das war immer so. Aus irgendeinem Grund mochte sie es nicht, ans Telefon zu gehen. Ich sagte, dass ich am Flughafen auf sie wartete und ich wusste, dass sie es hören und so schnell wie möglich kommen würde, doch die Frau vom Bodenpersonal tat noch immer besorgt. „Wenn sie in einer Stunde nicht hier ist, muss ich den Kinder- und Jugendnotdienst einschalten", sagte sie. Ich überlegte kurz, ob das eine interessante Erfahrung sein könnte und ich darauf hoffen sollte, dass meine Tante es so schnell nicht schaffte, entschied mich dann aber dagegen und war froh, als sie schließlich kam.

Es war die erste Nacht, die ich im neuen Zuhause meiner Tante verbrachte. Ich war enttäuscht, dass sie das alte Häuschen oberhalb der B3, am Fuß des Kirchbergs, verkauft hatte und zu ihrem Lebensgefährten in dessen unscheinbares Reihenhaus in der Weststadt gezogen war. Ich kannte ihn schon seit zwei Sommerferien und wir mochten uns, auch wenn ich mit ihm nie so viel unternahm wie mit meinem Onkel, einem pensionierten Beamten. Der neue Freund meiner Tante war etwas jünger und arbeitete noch, als Ingenieur bei einem Halbleiterhersteller. Er war oft dienstlich verreist und kam selten vor acht Uhr abends nach Hause.

An meinem ersten Ferientag in Deutschland tat ich das, was ich jedes Jahr tat: Ich setzte mich aufs Fahrrad und fuhr durch den Ort. Meine Tante bestand darauf, dass ich eine viel zu enge Regenjacke trug, da es nieselte. „Du bist das Wetter nicht gewohnt, du erkältest dich sonst", sagte sie. Als ich anfing, darunter zu schwitzen, zog ich sie aus und stopfte sie in den Rucksack.

In jedem Supermarkt sah ich nach, ob sie neue Kassen angeschafft hatten, doch es war noch alles wie im letzten Jahr. Ich fuhr mit den Rolltreppen alle drei Etagen des kleinen Kaufhauses in der Fußgängerzone ab und überzeugte mich im Anschluss davon, dass die Kassiererinnen bei Aldi noch immer sämtliche Artikelnummern auswendig konnten.

Nachdem ich ihnen eine Weile ehrfürchtig beim Eintippen zugesehen hatte, entdeckte mich der Marktleiter. „Kann man dir helfen?", fragte er, aber es klang eher wie „Was glotzt du so blöd?", also ging ich lieber schnell. Doch selbst wenn er netter gewesen wäre, hätte ich mich niemals getraut, ihn darum zu bitten, nur ein einziges Mal an der Kasse sitzen und etwas eintippen zu dürfen. Auch wenn ich mir kaum etwas sehnlicher wünschte.

Nach dem Mittagessen fuhr ich noch nach Bensheim-Auerbach, in die Vororte im Ried und danach sogar hoch in die Odenwald-Stadtteile, die mir früher so entfernt und exotisch vorgekommen waren. In Schöneberg hatte ein neuer Bäcker aufgemacht, doch enttäuscht stellte ich fest, dass die Kasse uralt war - konventionell mit Preiseingabe statt Artikelnummererfassung.

Auf einmal erschien mir mein zweites Zuhause gar nicht mehr so verheißungsvoll. „Bensheim ist die schönste Stadt der Welt", hatte ich als kleiner Junge allen Ernstes zu meiner Tante gesagt. Jetzt war ich mir zum ersten Mal nicht mehr so sicher. Konnte man einer Stadt entwachsen sein wie einer zu kleinen Regenjacke?

Die Regenwolken hatten sich verzogen und es war wärmer geworden. Ich schlief bei offenem Fenster. Schließlich war es die nächtliche Geräuschkulisse der Weststadt, die mich mit meiner zweiten Heimat versöhnte: das gleichmäßige Rauschen der Autobahn im Hintergrund, von Zeit zu Zeit überlagert durch einen ratternden Güterzug. Ich bildete mir ein, dass das ganze Reihenhaus ins Schwanken geriet, wenn einer dieser Züge über den nahegelegenen Bahndamm durch den Ort fuhr.

Da wusste ich plötzlich, was Bensheim wieder zur schönsten Stadt der Welt für mich machen würde: die Tatsache, dass es einen Bahnhof hatte. Ein Bahnhof war noch besser als ein Flughafen, da man ihn auch mit dreizehn nutzen durfte, ohne von Stewardessen eskortiert zu werden.

Am nächsten Tag konnte ich, anders als erhofft, noch nicht zum Bahnhof gehen. Es war Samstag, der Freund meiner Tante hatte frei und wir machten einen Ausflug nach Heidelberg. Immer wenn wir dorthin fuhren, musste ich an das Lied mit dem verlorenen Herzen denken, das mir meine Tante beim Zubettgehen vorgesungen hatte, als ich noch klein war. Dennoch wäre ich lieber nach Frankfurt gefahren, aber meine Tante mochte die Stadt nicht. „Frankfurt ist ein Drecksloch", pflegte sie zu sagen.

In Heidelberg war alles sauber und die Stadt wie immer zauberhaft, aber das ewige Spazierengehen auf dem Philosophenweg langweilig. Der Blick auf das Schloss war schön, aber konnte in meinen Augen nicht annähernd mit der Skyline von Frankfurt mithalten.

Am Sonntag kam mein Onkel zu Besuch nach Bensheim, der mittlerweile in Darmstadt ein winziges Apartment bewohnte. Er lud mich zu sich ein und meine Tante erlaubte mir, alleine hinzufahren, so dass ich am nächsten Tag endlich zum Bahnhof konnte.

Ich kaufte eine Kindertageskarte und nahm den Interregio, der mich in zehn Minuten nach Darmstadt brachte. Das Wetter war wieder schlechter geworden, so dass wir nach einem kurzen Stadtrundgang mit der Straßenbahn zur Wohnung meines Onkels fuhren, wo wir türkische Pizza aßen, die wir bei der Dönerbude um die Ecke geholt hatten.

Ich fragte meinen Onkel, ob er mit mir nach Frankfurt fahren würde, um die Wolkenkratzer anzuschauen. „Ich mag diese hässlichen Dinger nicht", sagte er. „Was hältst du stattdessen von einer Radtour nächstes Wochenende in den Odenwald? Oder die Bergstraße entlang an den Bickenbacher Badesee, wie früher?"

„Mal sehen", antwortete ich.

Da mir langweilig und es noch früh war, nutzte ich meine Tageskarte aus, indem ich noch ein paar Mal zwischen Darmstadt und Bensheim hin und her fuhr, einfach so. Mal mit dem Interregio, mal mit der Regionalbahn, mal mit dem Stadtexpress, mal mit dem Regionalexpress. Ich hielt mich nicht lange am Bahnhof auf, sondern nahm immer sofort dem nächsten Zug zurück.

Das Spiel wiederholte ich tags darauf, ohne meiner Tante oder ihrem Freund etwas davon zu erzählen. Ich ging früh aus dem Haus und sagte, ich würde einen Ausflug mit dem Rad machen, schloss es aber am Bahnhof an und fuhr den ganzen Tag hin und her. Nur zum Mittagessen kam ich kurz nach Hause. Ich stellte mir vor, ich wäre Schaffner und hätte jetzt Pause. Es war ein tolles Gefühl. Da wusste ich, was ich für den Rest der Ferien machen wollte.

Doch meine Tante schöpfte Verdacht, als ich sie um Geld bat. Ich musste ihr gestehen, was ich wirklich vorhatte. Sie fand es zwar sonderbar, aber sie kannte mich, es überraschte sie nicht. „Du musst mir versprechen, dass du dich nicht von Fremden ansprechen lässt, dass du vor sieben Uhr zu Hause bist und dass du nur bis Darmstadt fährst, auf keinen Fall weiter bis nach Frankfurt", sagte sie. Ich fragte mich, ob die Fremden, die einen in Frankfurt ansprechen könnten, gefährlicher waren als die in Darmstadt, sagte aber nichts und nickte, ihre einzigen drei Bedingungen akzeptierend.

Am dritten Tag versuchte meine Tante vergebens, mich für etwas anderes zu begeistern. „Ich fahre heute nach Heppenheim und besuche meine liebe Freundin Heidi. Komm doch mit, Basti freut sich sicherlich." Ich hatte keine Lust auf andere Kinder, schon gar nicht auf Heidis Sohn Basti, der sich für nichts außer schnelle Autos und Kartfahren interessierte, also sagte ich nein. Schließlich liebte ich meine Ferien gerade deswegen so sehr, weil ich während dieser Zeit keine anderen Kinder ertragen musste.

Da mir meine Tante kein Geld mehr für die Fahrkarte geben wollte, kaufte ich mir eine Tageskarte von meinem Taschengeld. Ich kam auf fast zwanzig Touren, brach damit alle Rekorde der Vortage. Ob jemals zuvor ein Mensch an einem einzelnen Tag so oft zwischen Darmstadt und Bensheim hin- und hergefahren war? Es tat gut, einzigartig zu sein. Auch wenn Einsamkeit der Preis dafür war.

Am Bahnhofskiosk besorgte ich mir ein dickes Kursbuch der Deutschen Bahn, in dem ich während der Fahrten las. Obwohl mir dabei nicht langweilig wurde, bekam ich langsam Lust, noch andere Strecken auszuprobieren. Da meine Tante mein skurriles Hobby zwar tolerierte, sich aber weigerte, es zu finanzieren, stand allerdings zu befürchten, dass daraus nichts werden würde.

Doch dann kam mir eine Idee: Ich stellte mich am frühen Abend vor die Fahrkartenautomaten und nah mir vor, so lang zu warten, bis ich sah, dass jemand mit Kindern ein Ticket nach Darmstadt lösen wollte. Fast eine ganze Stunde verging und ich rechnete schon nicht mehr damit, erfolgreich zu sein, als ich doch noch Glück hatte: Eine Frau kaufte mir die Karte für ihre Tochter ab, die etwa in meinem Alter war. Da sie noch am selben Abend wieder zurückfuhren, zahlte sie mir sogar fast so viel, wie Hin- und Rückfahrt sie tatsächlich gekostet hätten.

Während ich gut gelaunt, ja fast euphorisch durch meinem Verkaufserfolg nach Hause fuhr, dachte ich über Bensheim nach und dass es vielleicht wirklich nicht die schönste Stadt der Welt war. Es lag irgendwo in der Mitte – zwischen hübsch und hässlich, groß und klein, provinziell und städtisch, Flachland und Gebirge, Rhein-Main und Rhein-Neckar. Kurzum: Der Ort stand genauso zwischen allen Stühlen wie ich.

Eine dieser Eigenschaften als Übergangsstadt kam mir besonders gelegen. Ich entdeckte sie, als ich das Kursbuch und weitere Broschüren studierte, die ich am Bahnhof mitgenommen hatte. Bensheim und der gesamte Kreis Bergstraße waren eingebettet in zwei Verkehrsverbünde. Wenn man in den Norden fuhr, Richtung Darmstadt oder Frankfurt, galt der Tarif des RMV, also des Rhein-Main-Verkehrsverbundes, wenn man hingegen in Richtung Heidelberg oder Mannheim unterwegs war, benötigte man eine Fahrkarte des Verkehrsverbundes Rhein-Neckar, kurz VRN.

Im VRN fand ich ein Angebot, für das es keine Entsprechung im RMV gab: Ein sogenanntes Ticket 24 Plus, das in der höchsten, verbundweiten Preisstufe gerade einmal 20 Mark kostete. Anders als die Tageskarten im RMV war man an keine bestimmte Strecke gebunden und konnte sogar noch bis zu vier weitere Leute mitnehmen. Ich dachte an die nette, großzügige Frau, die mir mein Ticket für ihre Tochter abgekauft hatte. Bestimmt hätten die beiden sich gegen eine Gebühr auch von mir mitnehmen lassen.

Mein Geschäftsmodell war geboren. Ab sofort brauchte ich nicht mehr den Schaffner zu spielen. Jetzt könnte ich wirklich Leute befördern. Und meine Leidenschaft zum Ferienjob machen.

Ich erzählte meiner Tante nichts von meinen Mitfahrern. Sie dachte, ich wäre nach wie vor allein unterwegs. Ich achtete darauf, dass ich mich an ihre Regeln hielt: Ich fuhr nicht nach Frankfurt, sondern genau in die andere Richtung. Ich war immer pünktlich zum Abendessen um sieben wieder zu Hause. Und was die Sache mit den Fremden betraf: Nicht sie sprachen mich an, sondern ich sie. Das hatte sie mir schließlich nicht verboten.

Am Anfang fiel es mir schwer, mich zu überwinden. Ich sprach nur Leute an, die einen sympathischen, offenen Eindruck machten und wenn sie skeptisch waren, versuchte ich erst gar nicht, sie zu überreden. Mit der Zeit wurde ich offensiver und fragte jeden, der eine Fahrkarte kaufte.

Eines behielt ich jedoch immer bei: Ich achtete darauf, dass meine Kunden nicht erfuhren, was ich tat und dass ich ziellos war. Ich sprach sie erst an, wenn ich sah, welchen Ort sie am Automaten ausgewählt hatten. „Entschuldigen Sie, fahren Sie nach Worms? Da muss ich zufällig auch hin! Ich habe eine Fahrkarte, auf der bis zu fünf Personen fahren können. Normalerweise kostet Sie die Einzelfahrt acht Mark dreißig, aber ich könnte Sie für fünf mitnehmen." So oder so ähnlich begann ich meine Akquise, die mit der Zeit immer erfolgreicher wurde.

Am liebsten waren mir Kunden, die mir keine Fragen stellten und dafür von sich erzählten. Ich sog die Geschichten der Leute auf, ich mochte ihren Dialekt, auch wenn ich nicht in der Lage war, so zu sprechen wie sie.

Wenn sie etwas von mir wissen wollten, erfand ich Geschichten. Von Freunden, die ich in Worms, Landau, Schwetzingen, Weinheim oder wohin auch immer wir gerade unterwegs waren, besuchen wollte, obwohl ich nirgendwo jemanden kannte – und von den meisten Orten nur die Bahnhöfe.

Am lukrativsten und unproblematischsten waren Reisegruppen. Sie beschäftigten sich in erster Linie mit sich selbst und beachteten mich kaum. Ich konnte ihnen zuhören, ohne mich in die Gespräche einmischen zu müssen. Ich fühlte mich immer noch einzigartig, aber nicht mehr einsam.

Mein Schulenglisch reichte gerade so aus, um am Heidelberger

Hauptbahnhof Amerikaner oder Japaner zu rekrutieren. Einmal nahm ich sogar von Mannheim nach Heidelberg ein junges katalanischsprachiges Studentenpaar mit. Sie waren die ersten, denen ich erzählte, woher ich wirklich kam und wir verstanden uns prächtig. Am Ende baten sie einen anderen Fahrgast, ein Foto von uns zu dritt machen. Wir tauschten E-Mail-Adressen aus und sie sagten, ich solle mich unbedingt bei ihnen melden, wenn es mich mal nach Barcelona verschlagen würde.

Ein mittelalter, mürrisch dreinblickender Mann am Neustädter Hauptbahnhof, der zu den weniger sympathischen gehörte und dennoch von mir angesprochen wurde, war schließlich der erste, der mir meine Geschichte nicht abkaufte. „Du willst doch nur nach Mannheim, weil ich da hinfahre. Ich hab dich doch gestern schon hier rumlungern und die Leute ansprechen sehen."

Ich merkte, wie mir das Blut in den Kopf schoss und bekam Panik. Würde er sich über mich beschweren? War das, was ich tat, vielleicht gar nicht erlaubt? Würde man meine Tante, womöglich sogar meine Eltern benachrichtigen?

Doch der Mann verpfiff mich nicht. „Sei froh, dass du nicht mein Sohn bist. Der müsste sich was anhören von mir. Das ist doch Wahnsinn, mit wildfremden Leuten durch die Gegend fahren, nur um sich das Taschengeld aufzubessern!", sagte er und ließ mich stehen.

Es beruhigte mich, dass er mich nicht durschaut hatte, auch wenn er das sicherlich dachte. Ich tat es nicht wegen des Geldes. Zumindest nicht in erster Linie. Ich fuhr schließlich auch, wenn ich keinen Mitfahrer fand. Dass ich ein Junge war, der die meiste Zeit seines Lebens auf einer kleinen Insel verbracht hatte, auf der es keinen einzigen Meter Schiene gab und deshalb süchtig nach dem Bahnfahren war, das konnte er natürlich nicht wissen. Daher nahm ich es als Kompliment, dass er mich für geschäftstüchtig hielt und dass er glaubte, ich täte gar etwas Gefährliches, etwas, das er seinen Kindern nie erlauben würde.

Tatsächlich liefen die Geschäfte nicht schlecht. An guten Tagen hatte ich meine morgendliche 20-Mark-Investition bereits gegen Mittag wieder eingefahren. Dann legte ich eine Leerfahrt oder

einen Bahnhofsstopp ein, aß die Brote, die mir meine Tante ge-
schmiert hatte und kaufte mir danach noch eine Brezel beim Bäcker oder Süßigkeiten am Kiosk. Ich gab aber nie alles aus, sondern sparte immer einen Teil, so dass schon nach wenigen Tagen
eine stattliche Summe zusammen gekommen war.

Vom ersten selbstverdienten Geld meines Lebens kaufte ich
mir in der Multimedia-Abteilung ganz oben im Drogeriemarkt
Müller in Mannheim eine Doppel-CD, den Sampler „Bravo Super
Show 98", eine Sonderausgabe aus der Bravo Hits-Reihe.

Mannheim war der einzige Ort, an dem ich manchmal den
Bahnhof verließ. Ich kannte die Stadt von früheren Besuchen mit
meiner Tante. Im letzten Jahr, kurz nach der Operation, hatte ich
sie in ein Perückenstudio in der Nähe des Paradeplatzes begleitet.

Erfreut stellte ich fest, dass es neben dem Wasserturm, unter
dem wir damals geparkt hatten, ein weiteres, noch höheres Gebäude in der Stadt gab: das Collini-Center mit etwa 30 Etagen. Es war
ein reines Wohnhaus. Ich wartete einen Moment vor dem
Haupteingang, bis ein Bewohner herauskam und nutzte die geöffnete Tür, um ins Treppenhaus zu schlüpfen. Doch noch bevor ich
den Aufzug nach oben nehmen konnte, eilte von irgendwoher
eine Art Hausmeister in blauem Kittel herbei und fragte mich
forsch, wo ich wohnte und zu wem ich wollte. Mir fiel nichts Plau-
sibles ein, also ging ich schnell wieder, bevor er mir weitere Fragen
stellen konnte.

Am Vorabend meines vierzehnten Geburtstags war die zweite
von vier Deutschlandwochen bereits vorüber. Meine Tante und
ihr Freund schliefen schon, als ich mich ins Wohnzimmer schlich,
Musik über Kopfhörer an ihrer Anlage hörte. Nachdem ich mit
der CD durch war, schaltete ich den Fernseher ein und stellte ihn
sofort auf lautlos.

Auf Ibiza wäre das unmöglich gewesen. Wir hatten zwar deutsches Satellitenfernsehen, aber das Gerät befand sich in dem kleinen Fernsehzimmer neben dem Schlafzimmer meiner Eltern, zu
dem die Tür immer offen stand. Aus demselben Grund stand
mein Computer im Wohnzimmer und nicht in meinem eigenen:
Sie hatten stets ein wachsames Auge auf meinen elektronischen

Medienkonsum.

Ich war also bereits vierzehn, als ich zum ersten Mal in den Genuss kam, die Sendung „Peep" mit Verona Feldbusch zu sehen. Auch ohne Ton verstand ich, worum es in den Beiträgen ging.

Zum Glück gelang es mir, meiner Tante auszureden, Heidi und ihren Sohn zum Geburtstagskuchen einzuladen. Sie gab jedoch keine Ruhe und rang mir schließlich das Versprechen ab, mich in den nächsten Tagen bei ihm zu melden. Ich nahm mir vor, mit ihm ins Kino zu gehen, im Rhein-Neckar-Zentrum in Viernheim, das ich nur deshalb mochte, weil man mit einer Überlandstraßenbahn dorthin fahren konnte.

Ich rechnete eigentlich wie üblich mit einem Buch und ein paar Süßigkeiten, doch das Geschenk von meiner Tante und meinem Onkel, der zum Kaffee gekommen war, fiel überraschend üppig aus. Sie hatten mir tatsächlich ein Handy gekauft! Ein Alcatel One Touch Easy in Blau inklusive Free & Easy Prepaidkarte von E-Plus und 25 Mark Startguthaben. Es war nicht mein erstes Handy, auf Ibiza besaß ich bereits ein Ericsson mit austauschbaren Tastatur-Farbcovern, das ich mir selbst ausgesucht hatte und mir noch besser gefiel. Leider funktionierte es in Deutschland nicht.

Erst viel später erfuhr ich, dass meine Eltern hinter diesem Geschenk steckten. Offenbar stand meine Tante in regem Austausch mit ihnen und sie sorgten sich ebenso wie sie wegen meiner ausufernden Alleingänge. Da sie wussten, dass es mir das Herz brechen würde, wenn sie mir das Bahnfahren verbaten, wollten sie zumindest, dass ich über ein Handy erreichbar war und mich im Notfall melden konnte.

Am Telefon erzählten mir meine Eltern vom guten Wetter auf Ibiza und dass sie mich vermissten und ich sagte ihnen, dass ich sie auch vermissen würde, auch wenn es nicht stimmte. Sie fehlten mir eigentlich nur dann, wenn ich mich mit meiner Tante stritt, was zum Glück sehr selten passierte, seitdem ich fast jeden Tag alleine unterwegs war.

Am Wochenende ging ich tatsächlich mit Basti ins Kino. Wir trafen uns in seiner Wohnung in Heppenheim. Er zeigte mir seine neusten Pokale und wollte wissen, wie die Mädchen auf Ibiza so waren und ob ich auch eine Freundin hätte. Ich wurde unsicher und sagte „zurzeit nicht". Ich bereute es sofort, mir nichts Besseres ausgedacht zu haben, doch er bohrte weder nach, noch lachte er mich aus. In der Schule wäre ich mit so einem Satz nicht durchgekommen. Vielleicht war Basti doch nicht so übel. Vielleicht lag es auch nur daran, dass wir nicht in der Schule waren. Dort hätte ein Junge wie er sich niemals mit einem Jungen wie mir abgegeben.

Ich hatte meine CD mitgebracht und er legte sie ein. Ständig wechselte er die Songs, nur „Barbie Girl" von Aqua hörten wir uns ganz an. „Kennst du das Video? Die ist voll heiß, die Braut", sagte er. Mein Lieblingslied fand er blöd. „Einer aus meiner Klasse kennt den Typen. Das ist so 'n Türsteher aus Mannheim, total behindert. Aber seine Freundin ist heiß, diese Schwester S. Kennst du die? Die ist echt krass drauf."

Zum Glück war im Kino nicht viel los. Wir sahen uns „Akte X – Der Film" an. Ich fand den Streifen ziemlich schräg und überhaupt nicht gruselig. Außerdem war ich genervt von den vielen Jugendlichen im Saal, die sich während des gesamten Films lauthals unterhielten. Doch ich sagte natürlich nichts, selbst dann nicht, als mich ein Junge zwei Reihen hinter uns mit Popcorn bewarf.

Als wir mit der Straßenbahn nach Weinheim zurück in Richtung Bergstraße fuhren, fragte mich Basti, was ich eigentlich in meinem Rucksack mit mir herumschleppen würde. Ich zeigte ihm das Kursbuch der Deutschen Bahn und noch ein anderes, richtiges Buch, das ich als Mängelexemplar auf einem Wühltisch irgendwo in Mannheim bei einer meiner Shopping-Pausen entdeckt hatte. Ich war erst auf Seite 17, aber es gefiel mir ziemlich gut.

„'Kelly und ich'", las er vor und schlussfolgerte messerscharf „Ein Liebesroman! Wo hast du den denn her?" Nun klang er doch etwas spöttisch.

„Hab ich irgendwo in Mannheim gefunden", antwortete ich wahrheitsgemäß, die Sache etwas herunterspielend, da ich wusste, dass sich Basti nicht viel aus Büchern machte, insbesondere nicht aus solchen. Ich dachte darüber nach, dass die Jungen, die am ehesten eine Freundin hatten, sich am wenigsten für Liebesromane interessierten.

„Gefunden?" Er riss eine wahllose Seite heraus und begann seelenruhig, einen Papierflieger daraus zu falten. Entsetzt sah ich ihn an. Würde es mit ihm jetzt doch so werden, wie in der Schule? Lag es an den anderen Jugendlichen in der Bahn, die ein bisschen älter als wir waren, uns schräg gegenüber saßen und sich in diesem Augenblick zu uns umdrehten?

„Was machst du da? Gib mir mein Buch wieder!" Ich wollte es nicht, doch meine Stimme bekam diesen weinerlichen Unterton und sendete das unmissverständliche Signal aus, Freiwild zu sein, leichte Beute.

Er schien jedoch ernsthaft überrascht von meiner Reaktion und gab es mir sofort zurück. „Klar, Mann. Sorry, ich wusste nicht, dass dir echt was an dem Schinken liegt. Ich dachte du hättest das Ding einfach irgendwo gefunden, auf dem Müll oder so, und eingesteckt."

Erst als er die herausgerissene Seite glatt strich und mir ebenfalls zurückgab, wusste ich, dass er es wirklich ernst gemeint hatte. Ich traf mich danach nie mehr mit ihm.

Als ich am Tag darauf, einem Montag, abends von einer langen Tour zurückkam, sah ich sofort, dass etwas mit meiner Tante nicht stimmte. Ihre Augen waren gerötet und ihr Blick seltsam leer. „Schön, dass du da bist", sagte sie und gab mir einen Kuss, ohne mich dabei anzusehen.

Ich war so egoistisch, anzunehmen, dass es mit mir zu tun hatte. „Wenn du willst, können wir morgen mal was zusammen unternehmen. Nach Worms fahren und uns in den Dom setzen", sagte ich, wohl wissend, wie sehr sie die Kirche mochte und wie wenig ich für Gotteshäuser übrig hatte. Doch was ich ihr vorschlug, schien sie nur noch trauriger zu machen. „Morgen geht es nicht, ich muss zum Arzt", sagte sie und eine Weile später fügte sie hinzu, „mit etwas Glück klappt es ja am Wochenende", als wäre es bis dahin noch eine unendlich lange Zeit voller Unwägbarkeiten.

Obwohl es so naheliegend war, ahnte ich zu diesem Zeitpunkt nichts. Sie beteuerte, es gehe ihr gut und ich glaubte ihr. Am nächsten Morgen pfiff meine Tante wie zum Beweis und Trotz eine fröhliche Melodie zum Frühstück. Mittlerweile hatte ich mir angewöhnt, das Haus genauso früh zu verlassen wie ihr Freund. „Meine Männer gehen zur Arbeit", rief sie uns dann immer zum Abschied hinterher. „Pass gut auf dich auf", sagte sie noch, und das galt nur mir.

Plötzlich war er da: der deutsche Sommer. Er war keine gleichbleibend lange, verlässliche Jahreszeit wie auf Ibiza – er war ein seltenes, besonderes Ereignis, das die Menschen euphorisierte. In den Gesprächen mit meinen Kunden gab es kaum mehr ein anderes Thema. Alle erzählten, wie froh sie waren, über die Sonne und die hohen Temperaturen, und was sie am Wochenende alles vorhatten, sollte das gute Wetter tatsächlich wie angekündigt halten.

Für mich bedeutete der plötzliche Sommer*an*- vor allem einen Gewinn*ein*bruch, da ich einen nicht zu verachtenden Teil meiner Umsätze sofort in gekühlte Getränke und Capri-Eis investierte. Anders als man von einem Mittelmeermigranten erwarten konnte, ließ mich die Hitze keinesfalls kalt. Denn während der Teile des Sommers, die ich auf der Insel verbringen musste, versteckte ich mich größtenteils vor der Sonne – mit einem Stapel Bücher, hinter den dicken, steinkühlen Fincamauern. Das hatte dafür gesorgt, dass mir mein teutonischer Teint erhalten geblieben war und man mir meinen Wohnort weder ansah noch glaubte. Ein weiterer Grund, weshalb ich meinen Fahrgästen so gut wie nie etwas von Ibiza erzählte.

Als ich am Abend verschwitzt und erschöpft zurückkehrte, war meine Tante nicht da und ihr Freund hatte ausnahmsweise pünktlich Feierabend gemacht. Er zeigte mir einen Brief, den sie mir hinterlassen hatte. Sie schrieb, sie hätte auf Anraten ihres Arztes kurzfristig in die Klinik nach Karlsruhe fahren müssen und werde ein paar Tage dort bleiben. „Mach dir keine Sorgen, es geht mir gut", endete ihre Botschaft.

Dass das gelogen war, durchschaute ich sofort. „Muss sie etwa noch mal operiert werden? Wann wird sie wieder gesund? Und warum hat sie mich nicht angerufen und mir Bescheid gesagt?"", bestürmte ich den Freund meiner Tante.

Ich bekam keine Antwort, was vielleicht auch am vorwurfsvollen, aufgeregten Ton lag, in dem ich meine Fragen gestellt hatte. Sofort tat es mir leid.

"Wie du weißt, muss ich morgen für ein paar Tage geschäftlich verreisen. Ich bin am Wochenende wieder da, dann fahren wir sie gemeinsam besuchen und wenn alles glattgeht, ist sie nächste Woche wieder zu Hause", fuhr der Freund meiner Tante fort. Prompt tat es mir leid, dass es mir leidgetan hatte, patzig zu ihm gewesen zu sein. Wie konnte er auf Geschäftsreise gehen, während die Frau, die er vorgab zu lieben, im Krankenhaus lag!

"Davon weiß ich überhaupt nichts! Das hast du mir nicht erzählt!", rief ich.

"Ich bin der Meinung, dass du dabei warst, als ich davon erzählt habe, aber vielleicht täusche ich mich auch, so selten wie du in letzter Zeit hier warst."

"Das sagt der Richtige!"

"Irgendjemand muss ja das Geld verdienen."

"Mein Onkel hat immer genug Geld verdient."

"Aber er hat sich genauso wenig für deine Tante interessiert wie du. Es scheint wohl in eurer Familie zu liegen, dass jeder sich selbst am nächsten ist. Die einen wandern aus nach Spanien, der andere verdrückt sich in eine Einzimmerwohnung, der Junior hat nur noch Schienen im Kopf. Ich bin doch der einzige, der sich um diese arme Frau kümmert!", schrie er.

"Das stimmt nicht! Du hast gar keine Ahnung, ich kenne sie viel länger als du!" Ich versuchte, wütend und entschlossen zu klingen, doch ich spürte bereits, wie sich meine Augen mit Tränen füllten, ohne dass ich etwas dagegen tun konnte.

Der erbärmliche Anblick eines weinenden Vierzehnjährigen, der im Selbstmitleid versank, schien den Lebensgefährten meiner Tante zu beschwichtigen. Zaghaft legte er seine Hand auf meine Schulter.

"Hör zu, ich möchte mich nicht mit dir streiten. Es ist so, wie es ist. Ich fahre morgen weg. Dein Onkel wird solange hier einziehen und sich um dich kümmern."

„Ich brauche keinen Aufpasser."

Doch, den brauchte ich. Ich wusste es nur noch nicht.

Sofort nachdem der Freund meiner Tante die Wohnung verlassen hatte, ging ich zum Bahnhof, doch zum ersten Mal seitdem ich meiner neuen Leidenschaft nachging, hatte ich keine Lust, jemanden anzusprechen. Ich legte eine Leerfahrt mit der Riedbahn nach Worms ein. Kurz überlegte ich, ob ich zum Dom gehen und dort eine Kerze anzünden sollte, wie es meine Tante immer tat, doch ich verwarf den Gedanken und fuhr weiter, zunächst nach Alzey und zurück, und als der Berufsverkehr vorüber war und die Züge leerer wurden, nahm ich einen Zug nach Mannheim.

Es war kein moderner Doppelstock-Regionalexpress, sondern einer der wenigen Silberlinge, die wirklich noch in dieser Farbe fuhren – uralte, laute Züge. Mein Lieblingsplatz war der Klappsitz am Ende des letzten Waggons, hinter der Lok, da wo niemand mehr vorbeikam und einen die Schaffner immer besonders kritisch kontrollierten, weil sie dachten, wer dort freiwillig saß, würde sich vor ihnen verstecken wollen.

Ich weiß nicht, vor wem ich mich wirklich versteckte und ob ich mir ein besseres Versteck hätte suchen sollen, bevor mich der Mann finden konnte. Ich hatte ihn, so laut wie es hier am Waggonende war, gar nicht kommen hören.

„Er wird dich finden. Das ist kein besonders gutes Versteck. Warum schließt du dich nicht besser auf der Toilette ein", sagte er zu mir und es dauerte einen Moment, bis ich begriff, was er meinte.

„Ich habe eine Fahrkarte", sagte ich und zog mein Ticket 24 Plus hervor.

Ich dachte, damit wäre ich ihn los, doch das war ein Irrtum.

„Du willst also deine Ruhe haben. Das kann ich gut verstehen." Er lächelte. Der Mann hatte ein offenes, weiches Gesicht, eine lässige, mittellange Frisur und dunkles Haar. Er trug eine Brille sowie trotz der Hitze ein langarmiges, gebügeltes Hemd, das er in seine verwaschenen Jeans gesteckt hatte. Ich konnte schwer einschätzen, wie alt er war, wirkte er doch jugendlich und erwachsen zugleich. „Wobei es hier eigentlich alles andere als ruhig ist."

„Das stört mich nicht", sagte ich. Wir mussten schreien, um gegen die Fahrtgeräusche anzukommen, die durch das schlecht isolierte Zugende von den Schienen in den Waggon drangen. Der Mann nickte und verabschiedete sich mit einem erneuten Lächeln.

In Mannheim verprasste ich einen Großteil meines Gewinns aus den Vortagen für Süßigkeiten und Rubbellose. Wie immer zog ich nur Nieten. Statt mich nach einem Mitfahrer umzusehen, nahm ich schlecht gelaunt den nächsten Zug in Richtung Bensheim. Sicherlich erwartete mich mein Onkel bereits. Ich war zwar keine große Wasserratte, aber vielleicht würde ein gemeinsamer Ausflug zum Bickenbacher Badesee meine Laune heben.

In Gedanken versunken sah ich aus dem Fenster, als der Zug den Mannheimer Hauptbahnhof langsam verließ. Wieder bemerkte ich ihn erst spät. „In diesem Zug hast du keinen besonderen Lieblingsplatz?", fragte er mich, da hatte er sich schon auf den freien Sitz mir gegenüber gesetzt.

„Was machen Sie denn hier?", rief ich, und es klang wohl eine Spur zu überrascht, fast verängstigt, so dass sich der Fremde genötigt sah, sich zu rechtfertigen. „Wir müssen offenbar in dieselbe Richtung. Hier war noch frei und ich habe dich wiedererkannt, aber wenn du immer noch deine Ruhe haben willst, kann ich mich auch woanders hinsetzen."

„Ist schon okay."

Es folgte Schweigen, und wäre er mein Kunde gewesen, hätte ich das nicht als störend empfunden, im Gegenteil, schweigende Kunden waren mir lieber als fragende, aber mit diesem Mann verband mich kein Geschäftsverhältnis. Eigentlich verband mich gar nichts mit ihm und dennoch fühlte ich mich irgendwie verpflichtet, nett zu ihm zu sein. Vielleicht, weil er nett zu mir gewesen war, als er mich vor dem Schaffner warnen wollte. Weil ich also höflich sein wollte, brach ich das Schweigen.

„Wo müssen Sie denn hin?"

„Nach Heppenheim, und du?"

„Eine weiter, nach Bensheim."

„Gehst du da zur Schule?"

Kurz bekam ich einen Schreck, doch dann fiel mir ein, dass nicht nur in Baden-Württemberg, sondern auch in Hessen bereits Sommerferien waren. „Ja."

„Lass mich raten, ich tippe auf AKG. Oder GGB."

Da ich keine Ahnung hatte, was AKG oder GGB waren, schüttelte ich den Kopf und bereute es sofort. Mir fiel ein, dass ich zwar jeden Supermarkt in Bensheim, aber keine einzige Schule kannte.

„Auf welche Schule gehst du dann?", lautete die unvermeidbare Nachfrage.

„Raten Sie weiter", sagte ich, verwundert und froh über diesen Geistesblitz.

„Es bleibt ja eigentlich nur noch die GSS. Und, na ja, die Liebfrauenschule", sagte er und schmunzelte, scheinbar viel-, für mich jedoch nichtssagend.

„Liebfrauenschule", sagte ich, weil ich meinte, diesen Namen schon mal gehört zu haben, anders als all die kryptischen Abkürzungen.

Das Schmunzeln des Mannes wurde noch unlesbarer und vieldeutiger. „Wo auch immer du herkommst, bestimmt nicht aus Bensheim. Die Liebfrauenschule ist ein katholisches Mädchengymnasium."

Ich merkte, wie mein Gesicht rot anlief und versuchte es ebenfalls mit Schmunzeln, aber es wirkte wohl eher gequält. „Du musst mir nicht verraten, wo du wirklich herkommst, wenn du das nicht möchtest", sagte er.

Wieder herrschte betretenes Schweigen und wieder fühlte ich mich in der Pflicht, etwas zu sagen. Ich überlegte, einfach irgendeinen Ort in den Weiten des Verkehrsverbundes als meine wahre Heimat zu nennen, aber so gut wie sich der Mann mit Schulen auskannte, würde er mich wohl wieder durchschauen, also versuchte ich es mit der Wahrheit.

„Wenn ich Ihnen sagen würde, wo ich wirklich herkomme,

würden sie mir sowieso nicht glauben", sagte ich und es klang angeberischer als es gemeint war.

„Vielleicht errate ich es ja auch diesmal."

„Das glaube ich kaum."

„Probieren wir's. Ich denke, du bist nicht von hier, weder aus dem Kreis Bergstraße noch von sonst irgendwo in dieser Gegend. Du kommst von weit her."

„Kann sein."

„Abgehauen bist du aber auch nicht."

„Warum nicht?"

„Dein Rucksack. Er sieht zu leicht aus." Ich hatte an diesem Tag tatsächlich noch nicht einmal das dicke Kursbuch eingepackt. Schon seit einigen Tagen plante ich meine Routen nicht mehr, sondern ließ mich von meinen Kunden oder meinen Launen treiben.

„Ich denke, du verbringst deine Ferien hier irgendwo. Vielleicht sogar in Bensheim. Womöglich hast du Verwandte dort."

Ich wunderte mich still und sagte nichts, aber das war ja auch eine Antwort.

„Normalerweise wohnst du mit deinen Eltern ganz weit weg, vermutlich im Ausland. Und weil dir langweilig ist, fährst du mit einem Ticket 24 Plus durch die Gegend. Wobei, es kann natürlich auch sein, dass du das gar nicht aus Langeweile machst, sondern weil du das Bahnfahren liebst. Vielleicht hast du dort, wo du normalerweise lebst, keine Möglichkeit dazu."

Meine Seele fühlte sich an wie frisch geröntgt. Ich wusste nicht, was ich sagen sollte.

„Ich deute dein Schweigen mal als Zustimmung." So vieles an diesem Satz war falsch, und doch hatte der Mann mit allem, was er behauptete, recht.

„Woher wissen Sie..." Ich beendete die Frage nicht, da mir klar wurde, wie dumm sie war, hatte er mir doch gerade eindrucksvoll seinen Gedankengang offengelegt. Doch er antwortete trotzdem.

„Weißt du, als ich in deinem Alter war, bin ich auch gern mit der Bahn gefahren. Am liebsten allein, so wie du. Nur gab es damals leider noch kein Ticket 24 Plus", sagte er und lachte.

Ich lachte auch, verlegen zwar, aber nicht mehr gequält wie eben noch. Es war gut, einzigartig zu sein, aber noch besser war es, verstanden zu werden.

„Ich lebe auf Ibiza."

„Da lag ich ja richtig. Oder gibt es mittlerweile eine Bahnlinie dort? Als ich vor vielen Jahren mal auf der Insel war, ist mir keine aufgefallen."

„Es gibt auch keine. Leider." Langsam wurde ich lockerer. „Und, wollen Sie wieder raten, auf welche Schule ich da gehe?"

„Vielleicht auf die deutsche?"

„Nicht schlecht, aber falsch. Da bin ich früher hingegangen, aber die war zu teuer. Ich gehe jetzt auf eine staatliche in Santa Eulària. Kennen Sie den Ort?"

„Oh, dann lernst du vermutlich nicht nur auf Spanisch, sondern auch auf Katalanisch."

„Ja, ich spreche beides. Sie kennen sich ja echt gut aus", sagte ich. Ich dachte bereits, es wäre kurios gewesen, mich in Deutschland mit jemandem auf Katalanisch unterhalten zu haben, aber noch kurioser war es nun, einen Deutschen zu treffen, der wusste, dass man auf Ibiza Katalanisch sprach. Das war schon unter den Deutschen auf der Insel keine Selbstverständlichkeit. Wie oft würde es dem Fremden noch gelingen, mich zu verblüffen?

„Ein ehemaliger Kollege von mir unterrichtet auf Mallorca an einer deutschen Schule", sagte er. „Daher weiß ich das mit der Mehrsprachigkeit."

„Sie sind Lehrer?", sagte ich. So sah er irgendwie gar nicht aus.

„Ja. Ich weiß, ich sehe nicht unbedingt so aus. Aber ich unterrichte auch nicht an einer normalen Schule, sondern an einer freien Schule. Genauer gesagt, an einem Internat. Ich glaube, es würde dir gefallen."

„Ich glaube, es gibt keine Schule, an der es mir gefallen würde", sagte ich.

„Unsere Schule ist anders. Da sind viele Kinder wie du."

Ich traute mich nicht, zu fragen, was er damit meinte. Was war ich eigentlich für ein Kind? War ich überhaupt noch ein Kind?

Wieder schien er meine Gedanken gelesen zu haben und beantwortete meine Fragen, ohne dass ich sie ausgesprochen hätte. „Kinder, oder besser gesagt Jugendliche, die nicht so sind wie die Masse. Die besondere Interessen haben, so wie du, und die meist auch besonders intelligent sind, ebenfalls wie du. Und deren Eltern oft auch im Ausland leben oder gelebt haben."

Ich war mir durchaus bewusst, dass er mir ein Kompliment gemacht hatte, und dennoch fühlte es sich seltsam an, denn ich wusste gar nicht, ob ich das wirklich sein wollte und ob mich diese Schule interessierte. War man überhaupt noch etwas Besonderes, wenn alle um einen herum besonders waren?

„Ich heiße übrigens Dirk", sagte er. „Du kannst mich duzen. Alle machen das bei uns so, aber ich denke, das kennst du aus Spanien." Ich nickte und stellte mich ihm ebenfalls vor.

„Und, wo bist du schon überall gewesen in diesen Ferien?", wollte er wissen.

„Eigentlich überall hier in der Gegend. Nur in Frankfurt noch nicht."

„Magst du ‚Mainhattan' etwa nicht?", fragte er.

„Nein, ganz im Gegenteil. Ich liebe die Wolkenkratzer. Aber ich darf alleine nicht nach Frankfurt."

„Ich fahre öfter nach Frankfurt. Vielleicht erlauben sie es dir ja, wenn du mit mir kommst. Ich würde mich freuen", sagte er und bevor ich etwas antworten konnte, gab er mir eine Visitenkarte mit seiner Privatanschrift. Ich kannte die Straße, sie war nur ein paar Blocks von Bastis Haus entfernt.

Ja, das wäre toll, hätte ich beinahe gerufen, doch dann besann ich mich und sagte nur „Mal sehen."

Kurz bevor wir Heppenheim erreichten, verabschiedete er sich mit Handschlag von mir. „Es war mir eine Ehre, dich kennen lernen zu dürfen. Ich würde mich freuen, mal wieder von dir zu hören. Du bist jederzeit herzlich willkommen bei mir." Ich bedankte mich und er stieg aus.

Auf dem Heimweg dachte ich schon darüber nach, ob und wie ich meinem Onkel von dem Mann erzählen sollte, als mir beim inzwischen zur Gewohnheit gewordenen Zählen des Geldes in meiner Hosentasche wieder einfiel, dass der Fremde gar kein Kunde gewesen war. Ich hatte mich einfach so von ihm ansprechen lassen. Und damit zum ersten Mal explizit gegen die Regeln meiner Tante verstoßen.

Es blieb nicht bei diesem einen Regelverstoß. Da ich den ganzen Vormittag mit Leerfahren vertrödelt hatte, wollte ich versuchen, die 20 Mark für die Fahrkarte am Nachmittag wieder einzufahren. Von daher kam es mir gelegen, dass mein Onkel mir nur einen Zettel hinterlassen hatte. „Bin am See mit Harald und Freunden. Wenn du Lust hast, schnapp Dir Dein Rad und besuche uns am Nordufer."

Ich hatte keine Lust, vor allem wegen Harald und Co. Die Freunde meines Onkels, allesamt rüstige Frührentner wie er, waren immer sehr nett zu mir, aber ich wollte ihn für mich allein haben – oder gar nicht.

Meine Tante hatte eine Nachricht auf dem Anrufbeantworter für mich hinterlassen. Ihre Stimme klang schwach, brüchig und müde, das „alles ist bestens verlaufen, es geht mir gut" wenig glaubwürdig.

Ich wusste, dass mein Onkel, wenn das Wetter so gut war, erst spät vom Badesee zurückkehren würde. Anders als meine Tante konnte er mir auch nicht böse sein. Wir stritten nie. Deshalb nahm ich es mit der Sieben-Uhr-Regel an diesem Tag nicht so genau. Um halb acht hinterließ ich eine Nachricht auf dem Bensheimer AB, dass ich später kommen würde. Ich machte noch eine Tour von Mannheim nach Schwetzingen und eine erzwungene Leerfahrt zurück. In Mannheim dauerte es länger als geplant, bis ich Mitfahrer und Anschluss nach Bensheim fand, so dass es bereits fast vollständig dunkel war, als ich den Bahnhof erreichte.

Da der Tag trotz Überstunden finanziell schlecht gelaufen war, versuchte ich auch zu dieser Zeit noch, das Ticket wie nach jedem Feierabend zu verkaufen. Doch der Bahnhof war wie ausgestorben, ich wartete zwei Züge vergebens auf Kundschaft.

Dann kam eine Gruppe Jugendlicher, vier Jungen, alle zwei bis drei Jahre älter als ich. Sie trugen neonbunte Raver-Hosen, tranken billiges Flaschenbier vom Discounter und unterhielten sich laut. Mich beachteten sie nicht. Dennoch ging ich fest davon aus, dass sich das jeden Moment ändern würde, sobald sie meine unmissverständlichen Signale empfangen würden.

Ich hatte schon weiche Knie, als sie den Bahnhofvorplatz nur entlangliefen. Wieso bloß machten mir Jugendliche solche Angst? Vor fremden Männern fürchtete ich mich nicht, aber ein paar Halbstarke erschienen mir sofort als Bedrohung, auch wenn sie mich gar nicht auf dem Zettel hatten.

Schließlich kam einer von ihnen auf mich zu. Das war insofern nichts Besonderes, als dass ich – sozusagen berufsbedingt – direkt vor den Fahrkartenautomaten stand und es also gut möglich war, dass der Junge nur ein Ticket kaufen wollte. Eigentlich hätte ich ihn ansprechen, ihm meinen Fahrschein anbieten müssen, doch ich konnte nicht. Ich blieb wie versteinert stehen.

„Aus dem Weg, Schwuchtel. Was stehst du hier blöd rum. Gch woanders anschaffen, du kleiner Stricher."

Die Worte trafen mich wie Faustschläge dorthin, wo es am meisten weh tat. Mein Magen zog sich zusammen. Jetzt bloß nicht weinen!

Dann machte ich das zweitdümmste nach Weinen: Ich lief davon. Und zwar nicht mit ruhigen, entschlossenen Schritten, sondern wie ein kleines, ängstliches Mädchen, das im Keller einer Spinne begegnet.

Ich drehte mich nicht um, aber an ihrem Lachen hörte ich, dass sie mir nicht folgten, sondern sich lediglich über mich lustig machten. Dennoch rannte ich weiter, bis zum Taxistand, wo ich mich in den ersten Wagen setzte und mich nach Hause fahren ließ – ein ganzer Tagesverdienst für fünf Minuten Fahrtzeit.

Als ich um kurz nach halb elf die Wohnung betrat, war die diffuse Angst vor Jugendlichen einer konkreteren, aber dennoch weit weniger bedrohlichen gewichen: Ich rechnete fest damit, mich zum ersten Mal überhaupt mit meinem Onkel streiten zu müssen.

Doch niemand schrie mich an oder wies mich zurecht, niemand sagte mir, wie unvernünftig ich gewesen war und welche Konsequenzen das haben würde. Die Wohnung blieb still, bis auf das gleichmäßige Schnarchen meines Onkels.

Auch beim Frühstück war mein nächtliches Zuspätkommen kein Thema zwischen meinem Onkel und mir. Als erstem Menschen überhaupt erklärte ich ihm mein Geschäftsmodell. Begeistert war er zwar nicht, aber ich wusste, dass er es mir nicht verbieten würde. „Wenn dich das glücklich macht", sagte er nur.

Dann ließ er sich sogar dazu überreden, mich auf die Arbeit zu begleiten. Ich war begeistert. Denn bei aller Freude an meiner einzelgängerischen Einzigartigkeit war ich doch einsam. Am Bensheimer Bahnhof trafen wir zwei Waldhof-Fans und nahmen sie mit bis Mannheim. Mein Onkel unterhielt sich mit ihnen über Fußball, ich hörte andächtig zu und war glücklich.

Anschließend nahmen wir eine junge Frau nach Heidelberg mit, fuhren aber auf Vorschlag meines Onkels weiter bis ins beschauliche Vierburgenstädtchen Neckarsteinach im hessischen Neckartal, wo er mich zum Mittagessen in ein Restaurant direkt am Fluss einlud.

„Mit deiner Tante war ich früher oft hier. Wir haben das Auto in Heidelberg stehen lassen und sind mit dem Schiff hier hoch. Was hältst du davon, wenn wir damit zurückfahren?", fragte er.

„Geht leider nicht. Ist nicht im VRN."

„Kein Problem, ich lade dich ein."

Wie machte ich ihm begreiflich, dass das nicht ging? Ich war schließlich ‚beruflich' unterwegs. Mit dem Schiff fuhr ich, etwa zur Nachbarinsel Formentera, in Spanien oft genug. Nun ging es darum, noch einige Kunden zu befördern, damit wir einen guten Schnitt machten. Noch ein bisschen herumzukommen. „Ich würde dir viel lieber ein paar nette Bahnstrecken zeigen, die du vielleicht noch nicht kennst. Wir könnten über Eberbach und Erbach Richtung Darmstadt, zum Beispiel", schlug ich vor.

„Die kenne ich natürlich, die Bummelstrecke durch den Odenwald. Da braucht man ja Stunden bis nach Darmstadt. Die ganze Zeit nur rumgurken, dazu hab ich jetzt aber keine Lust mehr. Das machst du besser ohne mich. Außerdem ist heute Abend Stammtisch und ich möchte vorher noch in die Sauna."

Ich begleitete ihn noch bis nach Hause, dann fuhr ich alleine weiter. „Es ist noch Suppe mit Maultaschen im Kühlschrank, kannst du dir warm machen. Bei mir wird es später heute Abend", sagte er zum Abschied. Kein ‚Pass auf dich auf', kein ‚Sei um sieben zu Hause'. Mir fiel ein Spruch ein, den ich meine Tante öfters über ihren Ex-Mann hatte sagen hören: „Mit deinem Onkel ist das Leben leicht, solange nichts Schweres dazwischenkommt." Erst jetzt begriff ich, was sie damit meinte.

Der Nachmittag lief schlecht. Es würde wieder später werden. In Mannheim wartete ich vergebens auf eine lukrative Tour. Die Pendler, die um diese Uhrzeit in Massen aus der Stadt strömten, waren nicht meine Zielgruppe – sie hatten alle Jobtickets oder andere Zeitkarten.

Dennoch war Mannheim der beste Ort für die Akquise, nicht nur weil es die mit Abstand größte Stadt des Verbundgebietes war, sondern auch, weil man alle Fahrkartenautomaten von einem Punkt aus im Blick haben konnte. Da das Bahnhofsgebäude gerade saniert wurde, befanden sich alle Schalter und Geschäfte zusammengeschrumpft in einem Containergebilde auf dem Bahnhofsvorplatz. Es war alles vorhanden, was einen Bahnhof ausmachte, nur dass alles eine Nummer kleiner und ebenerdig war, so dass es leider keine Rolltreppen gab. Ein Provisorium – während dieser Sommerferien, mein zweites Zuhause. Wahrscheinlich verbrachte ich an manchen Tagen mehr Zeit dort als auf freier Strecke.

Als die Stadt sich ihrer Pendler entledigt hatte, oder umgekehrt, wurde es ruhig im Containerbahnhof. Heute, in Zeiten von Ländertickets, mag es kaum vorstellbar sein, aber ich war damals wirklich der einzige Mensch, der andere Fahrgäste an Automaten ansprach und Mitfahrgelegenheiten anbot. Umso erstaunter war ich, als ich ausgerechnet am Abend, wo immer weniger Betrieb herrschte, einen anderen Mann entdeckte, der ebenso um die Fahrkartenautomaten schlich wie ich. Seine Haut war tiefschwarz, seine zu Zöpfen geflochtenen Haare auch. Er verbarg einen Teil seiner Haarpracht unter einer bunten Strickmütze, obwohl die

Temperaturen noch immer hochsommerlich waren.

Ich wollte gerade in Richtung eines jungen Mannes gehen, der sich an den Automaten gegenüber zu schaffen machte, da kam er mir zuvor. Ich blieb auf meiner Seite stehen. Von dort hörte ich nicht, was sie sagten, merkte aber, dass mein mutmaßlicher Konkurrent offenbar nicht erfolgreich war, denn kurz nachdem er den anderen Mann angesprochen hatte, wandte sich dieser auch schon wieder ab, kaufte unbeirrt ein Ticket und ging.

Schnell drehte ich mich weg, doch er hatte mich bereits gesehen, so wie auch er mir aufgefallen war. Als sich unsere Blicke kurz darauf nochmals scheinbar zufällig trafen, lächelte er und warf mir ein Augenzwinkern zu. Ich war verwirrt. Wieso tat er so wissend, so komplizenhaft?

Ich versuchte, ihn nicht mehr zu beachten. Wenn potenzielle Kunden kamen, wartete ich zunächst ab, ob er sie ansprach und ging erst zu ihnen, wenn er sie nicht ansprach, wie etwa ein älteres Paar, von dem ich aber schon ahnte, dass es meine Dienste nicht in Anspruch nehmen wollen würde und eine Frau, die nach Frankfurt wollte, was leider außerhalb meines Wirkungskreises lag.

Auch der Schwarze wurde noch einmal abgewimmelt, von einem Punk-Mädchen. Da ich noch immer einen Sicherheitsabstand zu meinem merkwürdigen Mitbewerber einhielt, verstand ich abermals nicht, was sie geredet hatten.

Und dann geschah es: Er kam auf mich zu. Mein Herz schlug schneller. Jetzt würde ich erfahren, was er wollte, dachte ich mir, und noch bevor er den Mund aufmachte, wurde mir plötzlich klar: Es ging ihm nicht darum, Leute mitzunehmen.

„Hey Du. Willst du habe bisschen Spaß? Bisschen Geld verdiene?", sagte er.

Ich war kein Rassist, ganz im Gegenteil, ich wusste nur zu gut, wie es sich anfühlte, Ausländer zu sein, ich hatte auch schon in Deutschland viele mitgenommen, auch einen schwarzen US-Soldaten in Zivil, und dennoch musste ich mir im Nachhinein eingestehen, dass das Aussehen des Mannes dazu beigetragen haben musste, meine Angst noch zu steigern.

Das war kein dummer Jugendlicher, der mich bepöbelte wie

man eben jemanden wie mich bepöbelt. Das war ein Mann, der höchstwahrscheinlich nichts Gutes im Schilde führen konnte. Wenn es eine Reaktion gab, die angebracht war, dann – wegrennen. Doch anders als am Abend zuvor am Bensheimer Bahnhof blieb ich äußerlich ruhig und gelassen. „Nein, danke", sagte ich höflich und ging langsam Richtung Ausgang, in der Hoffnung, er würde mir nicht folgen.

Erst auf dem Bahnhofsvorplatz drehte ich mich um. Da sah ich, dass er mir gefolgt war. Er stand dicht hinter mir.

Ich überlegte, zu den Taxis zu gehen, aber eine Fahrt von hier nach Bensheim konnte ich mir nicht leisten, also ging ich, noch immer ohne zu rennen, in Richtung der Straßenbahnhaltestelle und stieg in eine abfahrbereite Tram ein. Ich wagte es nicht, mich umzudrehen.

Sein unheimliches Grinsen, als ich ihn durch das Fenster erblickte, ließ mich erstarren. Die Straßenbahn bestand aus zwei Wagen. Ich saß im vorderen, und er hatte es gerade noch in den hinteren geschafft.

Hier in der Bahn wird er dir nichts tun, versuchte ich mich zu beruhigen, doch wenn ich bis zur Endstation fahre und der Zug sich leeren würde, war ich verloren, ihm ausgeliefert. Ich musste ihn abschütteln.

Als wir mit dem Paradeplatz Mannheims wichtigsten Straßenbahnknotenpunkt erreichten, setzte ich meinen Plan in die Tat um. Ich blieb so lang wie möglich sitzen, sprang in letzter Sekunde, bevor die Bahn losfuhr, auf, rannte über die Straße und stieg in einen anderen Zug.

Auch dieser Zug bestand aus zwei Wagen. Wieder saß ich im vorderen, und ich hatte nicht die Kraft, mich umzudrehen und nach hinten zu schauen. Zu groß war die Angst, dort wieder das Grinsen des Mannes erblicken zu müssen.

Erst als wir den Rhein überquert und Ludwigshafen erreicht hatten, sah ich nach und stellte fest, dass ich es geschafft hatte.

Von Ludwigshafen kannte ich eigentlich nur den bombastischen Beton-Bahnhof, der zwar in seiner Hässlichkeit und Überdimensioniertheit ein architektonisches Meisterwerk war, aber in Ermangelung ausreichender Laufkundschaft für mich völlig unlukrativ. Und ich kannte das Ludwigshafen von Lena Odenthal, die ich mochte, aber seitdem ich einmal ein gespiegeltes „Karlsruhe Hbf" im Fenster eines Zuges erkannt hatte, in einer Szene, die eigentlich am Ludwigshafener Hauptbahnhof spielte, traute ich dem Tatort nicht mehr.

Umso beeindruckter war ich, als ich erlebte, dass Ludwigshafen mit etwas aufwartete, was der große Nachbar Mannheim nicht zu bieten hatte: eine U-Bahn! Es war zwar streng genommen nur eine tiefergelegte Straßenbahn, dennoch fühlte ich mich wie Alice im Wunderland, als wir in den Tunnelbahnhof unter dem Rathaus einfuhren.

Es herrschte kaum Betrieb, es war nahezu leer in der Untergrundstation. Normalerweise hätte mir das Freude und keine Angst bereitet, aber nach dem was mir widerfahren war, wünschte ich mir den belebten, oberirdischen Paradeplatz zurück und nahm die auf dem gegenüberliegenden Gleis bereitstehende Bahn in die Gegenrichtung nach Mannheim.

Ich wusste, dass kein Weg daran vorbeiführte: Ich musste wieder zum Hauptbahnhof. Es war die einzige um diese Zeit noch mögliche Verbindung nach Bensheim.

Während ich den Rhein ein zweites Mal an diesem Abend überquerte, kam mir, obwohl mein Herz noch immer schneller schlug als üblich, das gerade Erlebte seltsam surreal vor. Eine U-Bahn in Ludwigshafen. Ein schwarzer Mann, der kleine Jungen verfolgt. Gab es das wirklich?

Ich war mir plötzlich nicht mal mehr sicher, ob ich ihn tatsächlich in der Straßenbahn gesehen hatte. Nur einen winzigen Moment lang hatte ich mich umgedreht – kurz genug um von blühenden Fantasien getäuscht zu werden?

Ich versuchte, die Erinnerung an das Gesicht des Mannes und sein Grinsen zu verdrängen und ging ohne den üblichen Abstecher über die Fahrkartenautomaten im Containerbahnhof direkt zu den Gleisen.

Erschrocken stellte ich fest, dass der nächste Zug in Richtung

Bensheim erst in etwa vierzig Minuten abfuhr. Ich beschloss, auf dem Bahnsteig zu warten und setzte mich auf den letzten freien Platz einer Bank, neben eine vierköpfige Familie mit schweren Koffern.

Die Kinder, zwei Jungs, einer davon etwa so alt wie ich und der andere vielleicht zwei Jahre jünger, blickten verstohlen zu mir herüber, während sie sich mit Mutter und Vater über den zurückliegenden Urlaub an der Ostsee unterhielten. Die Eltern taten so, als hätten sie mich nicht bemerkt, doch ich war mir sicher, dass sie mich gesehen hatten und sich ebenfalls Gedanken machten, was jemand in meinem Alter alleine um diese Uhrzeit am Bahnhof tat.

Vielleicht halten sie mich für ein Straßenkind, dachte ich, und der Gedanke löste in mir ein wohliges Schaudern aus, das jedoch zunehmend, je länger ich den Geschichten aus ihrem belanglosbehüteten Familienurlaub lauschte, zu einer selbstmitleidigen Eifersucht wurde. Warum hatten diese Kinder einander, ihre Eltern und gemeinsame, normale Ferien, während ich ganz auf mich allein gestellt war?

Als der Zug einfuhr, dachte ich an die Ferien anderer Kinder, an die Krankheit meiner Tante, an die Geschäftsreise ihres Freundes, an die Gleichgültigkeit meines Onkels und immer wieder an meine Einsamkeit. Alles keine schönen Gedanken, aber sie lenkten mich ab und halfen mir, den schwarzen Mann zu vergessen.

Bis er plötzlich wieder da war.

Diesmal wandte ich den Blick nicht sofort ab, sondern starrte ihn regelrecht an, in der Hoffnung, einer Halluzination aufgesessen zu sein und sie damit verschwinden zu lassen, doch es gelang mir nicht. Er stand ein ganzes Stück entfernt, am hinteren Bahnsteigaufgang, aber er war echt und er schien meinen Blick gespürt zu haben. Als er, abermals grinsend, die Hand zum Gruß hob, so als wären wir alte Bekannte, hielt ich es nicht mehr aus.

Ich drehte mich um, stieg in den Zug und betete, dass die Türen auf der Stelle zugingen, doch da ich nicht mehr an Gott glaubte, sondern an Fahrpläne, blieb der Zug noch unerträgliche Minuten lang stehen. Ich rechnete jeden Moment damit, dass er den Waggon betreten würde, auch dann noch, als wir Mannheim endlich verließen.

Mit mir im Waggon saß nur noch ein älterer Mann und eine jüngere Frau, deren Musik aus den Kopfhörern drang. Niemand, der so aussah, als hätte man ihn oder sie um Hilfe bitten können. Es kam und kam kein Schaffner. Ich wusste, dass zwar immer jemand an Bord war, aber manchmal das Personal keine Lust hatte oder aus anderen Gründen einfach nicht kam. Doch selbst wenn ein Zugbegleiter gekommen wäre, was hätte ich ihm sagen sollen? Dass man mich verfolgte?

Ich nahm mein Handy und wählte die Bensheimer Nummer, doch mein Onkel ging nicht ans Telefon. Ein Handy besaß er nicht. Wahrscheinlich war er noch nicht vom Stammtisch in Darmstadt zurück. Ich hinterließ ihm eine Nachricht, er möge mich zurückrufen und vor allem, mich vom Bahnhof abholen. Diese Nacht wollte ich nicht alleine nach Hause gehen, und für ein Taxi reichte mein Geld nicht mehr.

Wir durchfuhren Ladenburg, Weinheim, Hemsbach und nichts und niemand kam - keine Fahrgäste, kein Schaffner, kein schwarzer Mann, aber leider auch kein Rückruf, keine Beruhigung.

Mit jedem Kilometer, den sich die Regionalbahn Bensheim näherte, wurde mir klarer, dass es kein Zurück mehr gab. Dass dies keine normale Heimfahrt war, sondern die letzte ihrer Art, eine Flucht, ein Schlusspunkt, das bittere Ende eines Abenteuers.

Ein Grinsen hatte mir alles kaputt gemacht. Ich war so weit weg von denen, die mir das Leben zur Hölle machten, ich hatte mich sicher gefühlt hier draußen, weit weg von der Insel, doch meine Angst war, anders als der schwarze Mann, ein hartnäckiger Verfolger.

Wieder versuchte ich, meinen Onkel in Bensheim zu erreichen, wieder bekam ich nur die gut gelaunten Stimmen meiner Tante und ihres Freundes auf dem Anrufbeantworter zu hören. Ich überlegte, ob ich auf Ibiza anrufen sollte, aber mein Guthaben hätte, wenn überhaupt, nur für wenige Minuten ausgereicht. Zu wenig Zeit, um Hilfe und Trost zu erhalten, genug Zeit um jegliche Freiheiten und das Vertrauen meiner Eltern in mich für immer zu verspielen.

„Nächster Halt Heppenheim", rief der Zugführer aus. Mir fiel Dirk wieder ein und seine Worte, seine Visitenkarte hatte ich noch immer in der Hosentasche. Es war absurd, ich traute mich nicht, ihn anzurufen, ich traute mich nicht einmal, allein vom Bensheimer Bahnhof zurück nach Hause zu gehen, aber was ich mich traute, war, in Heppenheim auszusteigen.

An diesem Abend floh ich vor einem Fremden zu einem anderen Fremden, weil mir die Wohnung dieses Mannes immer noch weniger Angst machte als der Gedanke an eine leere.

Diesmal war es Tag und der Himmel klar. Ich sah die Wolkenkratzer aus der Ferne – und fühlte nichts. Es waren Häuser, hohe Häuser, aber sie waren weit weg und erschienen mir klein und unbedeutend wie mein Leben.

Ich dachte an Dirk, an das Angebot, das er mir gemacht hatte und wie sehr ich es bereute. Ich dachte an die Nacht, in der ich vor seinem Haus stand, und wie nicht er, sondern ein Junge mir die Tür geöffnet hatte, der etwas älter aber genauso blond war wie ich und nur ein T-Shirt und eine Unterhose trug.

„Dirk, komm mal!", rief er, ohne mich zu fragen, was ich wollte oder wer ich war, so als wäre er gar nicht überrascht darüber, mich zu sehen. Dabei musterte er mich abfällig und misstrauisch.

„Wer ist da?", hörte man eine Stimme irgendwo aus dem Haus.

„Ein Junge!", schrie der andere. „Wie heißt du?", drehte er sich wieder zu mir.

Noch bevor er meinen Namen wiederholt hatte, sah ich Dirk im Flur hinter dem Jungen auftauchen. Er trug nur ein Unterhemd, aber immerhin eine Jeans mit Gürtel, den er noch im Gehen festzog.

„Was für eine schöne Überraschung. Komm doch rein", sagte er – und grinste.

Ich sagte nicht Ja. Ich sagte auch nicht Nein. Ich schwieg.

Und dann lief ich einfach davon. Ich rannte, so schnell ich konnte, ohne mich umzudrehen und ich verlangsamte meinen Schritt erst, als ich schon am Ortsausgang war. Völlig erschöpft rang ich nach Luft, gönnte mir eine winzige Pause und lief zielstrebig weiter, den Fußgängerweg an der Bundesstraße entlang. Durchgestrichenes Heppenheim auf gelben Grund, Pfeil, Bensheim 3 Kilometer.

Es dauerte Stunden, bis ich in jener Nacht einschlief, was weder am lauten Schnarchen meines Onkels lag noch an mangelnder Erschöpfung.

Es dauerte vier Tage, bis ich wieder losfuhr, und fünf, bis ich wieder einen Fuß in den Containerbahnhof setzte, mich vergewissernd, dass der schwarze Mann fort war.

Es dauerte zwei Wochen, bis meine Tante nicht nur behauptete, gesund zu sein, sondern auch so aussah.

Es dauerte ein Jahr, bis ich alleine nach Frankfurt fahren durfte, und noch länger dauerte es, bis ich den Mannheimer Bahnhof mal wieder nach sieben Uhr abends betrat.

Es dauerte über ein Jahrzehnt, bis ich begriff, wovor mich meine Angst und die Flucht aus Heppenheim gerettet hatten.

Doch zunächst einmal dauerte es knapp zwei Flugstunden, bis die Insel unter mir auftauchte, der Sa Talaiassa, die Salzfelder, und ich merkte, dass ich nicht abstürzen, sondern landen und leben wollte.

Junimond
(»Junimond [Single]«, Echt, 2000)

Sie ließ die Balkontür offen, als es anfing zu regnen, sie zog sich nichts über, als es frischer wurde. Das Radio war aus, aber in Klaras Kopf lief die Musik weiter, ein altes Lied und doch gerade mal so jung wie ihr Sohn. Vor über vierzehn Jahren hatte sie es schon einmal gehört, einen halben Sommer lang. Es ist vorbei, es tut nicht mehr weh, hatte sie mitgesungen, erst laut, dann leiser, noch bevor es überhaupt angefangen hatte, mit den Schmerzen, mit seinem Leben.

Dein Vater hat uns verlassen, hatte sie ihm erklärt, als er anfing, nach ihm zu fragen. Er hat uns sitzenlassen und er kommt nie wieder zurück.

Es ist vorbei, sang sie in Gedanken, während sanfter Regen auf die grünen Blätter der Bäume fiel und die klare, kühle Luft durchs offene Fenster in ihre kleine Küche drang.

Vor einer Woche waren sie dorthin aufgebrochen, wo alles angefangen hatte. Nach all den Jahren der Entbehrungen wieder ein gemeinsamer Urlaub, Marius' erste Reise ins Ausland überhaupt. Er war sich nicht sicher gewesen, ob er das überhaupt wollte, doch als er am späten Abend von der Autobahn die ersten Lichter der Stadt gesehen hatte, da wusste er, dass es gut werden würde.

An einem Ort, an dem Temperaturen und Häuser so hoch waren, da wuchsen auch seine Erwartungen in den Himmel, da stieg sein inneres Fieber. Es überkam ihn die vage Vorahnung, dass alles möglich war. Als sie die breite Straße verließen und in die engen Gassen der Innenstadt einbogen, sah er, obwohl es beinahe Mitternacht war, überall Mädchen in seinem Alter, und anders als zu Hause verspürte er hier, wo ihn niemand kannte, nicht die leiseste Angst beim Gedanken daran, sie anzusprechen – nur ein hitziges Gemisch aus Freiheit und Übermut, gegen das die Klimaanlage im Bus nicht ankam.

Überhaupt, der Bus. Man hatte ihnen versprochen, er würde sie auf direktem Wege vom Flughafen zum Hotel bringen, aber zuerst waren sie über eine Stunde später als geplant losgefahren, weil ein anderes Flugzeug verspätet gelandet war, und jetzt hielten sie bereits vor dem dritten Hotel.

Langsam leerte sich der Wagen, eine Gruppe junger Engländer stieg aus, bei der nächsten Unterkunft eine Gruppe weniger junger Engländer. Klara sah all die Pubs und britischen Flaggen in den Geschäften und fragte sich, ob es damals auch schon so gewesen und ihr nur nicht aufgefallen war, oder ob die Engländer diesen Ort erst erobert hatten, nachdem sie bereits versucht hatte, ihn zu vergessen.

Dabei waren es gar nicht die vielen korpulenten, sonnenverbrannten, tätowierten und mutmaßlich britischen Menschen auf den Straßen, die sie daran zweifeln ließen, ob es richtig war, hierhin zurückzukehren. Es war die Erinnerung, die in ihr aufstieg wie ein Schluckauf. Sie kam in unregelmäßigen Abständen für einen kurzen Augenblick, ohne dass sie etwas dagegen tun konnte, ausgelöst durch scheinbar belanglose Beobachtungen, etwa als sie meinte, eine Kreuzung oder ein Gebäude wiederzuerkennen, oder als sie auf der Straße ein junges Mädchen sah, das genauso gekleidet war wie sie damals, mit nichts in der Hand als einer Flasche buntem Likör.

Wer allein war, blieb nicht lange allein in dieser Stadt, daran hatte sich nichts geändert, das wusste auch Silvia, als sie den Mann ansprach, der eine Reihe vor ihr saß, auf dem Nebensitz ebenfalls nur einen Rucksack, sperrig und schwer.

Frank hieß er, mochte nicht viel älter sein als sie, Anfang vierzig vielleicht, trug ein langärmeliges Hemd und war auch ansonsten eher zugeknöpft. Trotzdem mochte sie ihn. Seine knappen Antworten beendete er mit interessierten Gegenfragen, also begann sie zu erzählen, wo der Strand am schönsten und das Essen am besten war, wo man andere Deutsche treffen konnte und was sie sonst noch wusste, aus all ihren Sommern in der Marina, vor allem jenen, in denen sie mehr als nur eine Urlauberin gewesen war. Und sicherheitshalber, denn man wusste ja nie, mit wem man es zu tun hatte, erzählte sie ihm auch, dass sie hier war, um ihren Freund zu besuchen, einen Spanier. Doch so sehr sie sich auch bemühte, gelang es ihr nicht, Frank zu entlocken, was genau ihn hierher führte, so alleine, so seltsam zugeknöpft.

Frank war nicht entgangen, wie freudig und wortreich sie den Busfahrer beim Einsteigen auf Spanisch begrüßt hatte, mit starkem Akzent zwar, aber immerhin, und weil er höflich war, sprach er ihr ein Kompliment dafür aus und erkundigte sich, wo sie es gelernt hatte.

Normalerweise machte es Frank auf seinen Reisen nichts aus, allein zu sein, es störte ihn nicht, dass alle um ihn herum eine fremde Sprache sprachen, doch inmitten all der angeheiterten Engländer fühlte es sich seltsam beruhigend an, sich auf Deutsch mit einer nüchternen Frau zu unterhalten, die auch noch die Landessprache beherrschte.

Die vier deutschen Passagiere an Bord hatten alle dasselbe Ziel, das Clubhotel Don Jordi auf dem Hügel am nördlichen Stadtrand, eines der wenigen, das auch bei deutschen Reiseveranstaltern unter Vertrag stand. Obwohl Silvia seit zwei Sommern weder dort arbeitete noch dort übernachtete, buchte sie stets ein Hotelshuttle statt des deutlich teureren Linienbusses, ließ sich bis zum Jordi, wie sie es nannte, fahren und lief den kurzen Weg bis zum Apartmenthaus in der Carrer Viena, in dem ihr Freund während der Saison eine Einzimmerwohnung gemietet hatte.

Es würde noch eine Weile dauern, bis sie ihr Ziel erreichten, denn Silvia wusste, dass die Flughafen-Transferbusse ihre Werbeversprechen niemals einlösten. Was ein direkter Weg ist, davon haben die Spanier eben andere Vorstellungen als die Deutschen, und die Engländer beschweren sich nicht, weil Busfahren ja nur eine andere Form vom Anstehen ist, womit man auf der Insel bekanntlich niemals ein Problem hat, erklärte sie Frank und beide lachten.

Als sie den klimatisierten Bus nach fast zwei Stunden wieder verließen, war es noch immer kein Grad kühler geworden, doch während Frank sich beinahe erdrückt von der schwülen, feuchten Luft fühlte, schien Silvia von den hohen Temperaturen getragen zu werden. Sie verabschiedete sich von Frank nur mit einem Winken und einem Lächeln und lief in tänzelnden, knappen Schritten davon, als wäre sie ein kleines Mädchen. Die Hitze wirkte wie ein Jugendelixier auf sie, sehnsüchtig nahm sie die Wärme mit jeder Pore ihres Körpers auf wie ein Süchtiger die Droge nach langem, schmerzhaften Entzug.

Das erste, was Marius bei der Ankunft auffiel, waren die vielen Kinder und Jugendlichen in Trainingsanzügen. Ganze Busladungen bevölkerten die Einfahrt, saßen auf der Terrasse und auf den Stufen zum Eingang. Auch wenn er nirgendwo ein deutsches Wort hörte, erinnerte ihn diese merkwürdig heterogene Ansammlung von Mannschaften aller Altersklassen an die Schule, an seinen Verein, an Heimat. Anders als die englischen Mädchen in den engen Gassen der Innenstadt passten die Nachwuchssportler nicht hierher. Erste Zweifel keimten in ihm, ob seine Chancen auf einen einzigartigen Sommer wirklich so gut standen, wie er bis eben noch gedacht hatte.

Auch Klara war nicht begeistert von dem lautstarken Spalier aus Jungen, Grundschüler gleichermaßen wie Pubertierende, das sie durchschreiten mussten, um zum Hotel zu gelangen, hatte sie es doch extra ausgewählt, weil es als ruhig beworben wurde und ein wenig außerhalb des Trubels lag, dem sie zur gleichen Zeit entfliehen und doch nah sein wollte.

Bevor sie die Lobby betraten, sah sie von außen am Gebäude hoch und schon dabei wurde ihr schwindelig. Es kam ihr so vor, als sei seit ihrem letzten Besuch nicht das Kind an ihrer Seite gewachsen, geschweige denn sie selbst, sondern ausschließlich die Häuser um sie herum. An der Rezeption bat sie um ein niedriges Stockwerk und Marius rollte mit den Augen. Wieso suchst du dir dann diese Stadt aus, wenn du Höhenangst hast, fragte er sie, erhielt keine Antwort und verbarg seine Freude nicht, als man ihnen mitteilte, dass die tiefste noch verfügbare Etage die vierundzwanzigste war.

Zehn Stockwerke darüber betrat Frank seine Suite. Er zögerte den Moment hinaus, in dem er feierlich die Vorhänge zur Seite und die Rollläden hochschieben würde, um zunächst die Klimaanlage einzuschalten und auf höchste Stufe zu stellen, eine der viel zu kleinen Wasserflaschen aus der Minibar zu trinken, sein weniges Gepäck in den Schrank zu räumen, sein verschwitztes Hemd gegen ein frisches T-Shirt zu tauschen und danach die zweite und letzte Flasche Wasser zu trinken.

Das Wasser aus der Leitung schmeckte widerlich, nach Salz und Chlor, von Cola oder Saft würde er noch mehr Durst bekommen und das Bier nicht vertragen, schon gar nicht bei diesen Temperaturen, also verließ er sein Zimmer anders als geplant noch einmal an diesem Abend, noch immer ohne einen Blick aus dem Fester geworfen zu haben.

In der Lobby neben den Getränkeautomaten sah er zuerst ihren roten Rollkoffer und dann ihre Leopardenhandtasche und dann sie, tief versunken in einem der Sessel, die zu dick aufgetragene Schminke verwischt, die blondierten Haare wirrer als er sie in Erinnerung hatte, das geblümte Kleid zerknautscht.

Ihr Blick ging ins Leere, er hätte also einfach weitergehen können, zurück auf sein Zimmer und den Abend so zu Ende bringen, wie er es geplant hatte, doch er blieb stehen, grüßte sie und fragte, ob alles in Ordnung sei, was es natürlich nicht war.

Anders als während der Fahrt sparte sie nun an Details, ja überhaupt an Erklärungen, außer der, dass kein einziges Zimmer mehr frei wäre, so wie an der ganzen Costa Blanca. Weil Hochsaison ist, fast zumindest, und wegen diesem bescheuerten Jugendturnier, wie sie sich ausdrückte.

Frank hoffte, dass es nur seine Höflichkeit, ja wenigstens Mitleid war, als er Silvia ohne jeden offenkundigen Hintergedanken eine Übernachtungsmöglichkeit in seiner Suite anbot. Erst behauptete sie, das Angebot nicht annehmen zu können, doch dann, wenige freundliche Worte später, blieb von ihrem Stolz nur noch die Forderung übrig, dass nicht er, sondern sie das Sofa im Wohnbereich, der vom Schlafraum durch eine Tür separiert war, nutzen würde.

Ein halbherzig unterdrücktes Gähnen im Fahrstuhl ihrerseits reichte, damit Frank wusste, dass sie nichts mehr von ihm erwartete, zumindest an diesem Abend nicht, und es beruhigte ihn. Er überließ ihr den Vortritt im Badezimmer, bezog derweil das Sofa mit dem Bettzeug, das ein Zimmermädchen gebracht hatte, und aus sicherer Entfernung, schon im Türrahmen zum Schlafraum, wünschte er ihr eine gute Nacht, als sie aus dem Bad kam.

Er zog die Rollläden hoch, so leise wie möglich und mit geschlossenen Augen, und öffnete sie erst, als das ganze Panorama vor ihm lag: die Lichter der Stadt und wie sie sich im Meer spiegelten, die Silhouetten der Wolkenkratzer und in der Ferne der Junimond über dem Gebirge. Da erst fiel ihm wieder ein, warum er hier war.

Er setzte sich auf den Balkon, ein warmer Wind blies ihm ins Gesicht, die Schreie und das Lachen der Feiernden drangen an seine Ohren, von irgendwoher kamen Musik und die Stimmen eines Animateurs oder DJs aus den Lautsprechern. Frank sah die Menschen nicht, er hörte sie nur, aber sie störten ihn trotzdem, also holte er sein Handy und die Kopfhörer aus dem Zimmer, machte sich Musik an.

Eine ganze Weile lang saß er so da, konnte dabei zusehen, wie die Lichter immer weniger wurden, mit jedem Hotelgast, der sich schlafen legte. Einige Hotels machten sogar sämtliche Außenbeleuchtung oberhalb der unteren Etagen aus, so dass riesige Häuser auf einmal nichts als ein dunkler Strich im immer noch erleuchteten Nachtimmel waren.

Hell genug war es dennoch, so dass er kein Licht anmachte, als er die beiden Dinge, die ihm am meisten bedeuteten, aus seinem Rucksack nahm und neben sich auf den Tisch stellte, wohl wissend, dass er sich dadurch nicht gerade besser fühlen würde. Anschließend holte er seine Unterlagen hervor, um auf der Liste zwischen lauter abgehakten Städtenamen ein weiteres Häkchen zu setzen, ziemlich weit oben, beim Buchstaben B, den er eigentlich schon längst abgearbeitet hatte. Obwohl diese Stadt in vielerlei Hinsicht weit oben angesiedelt war, obwohl sie näher an seiner Heimat lag als die allermeisten auf seiner Liste, hatte er sie bislang ignoriert, als habe sie sich nur zufällig darauf verirrt, als verdiene sie es gar nicht, in einem Atemzug mit den anderen genannt zu werden.

Doch jetzt war er hier, genoss die Schönheit eines Ortes, von dem er eigentlich beschlossen hatte, ihn abstoßend zu finden, ignorierte den Lärm genauso wie den Gedanken an die Frau, die auf dem Sofa in seinem Hotelzimmer lag und nur so tat, als würde sie schlafen, während stille Tränen auf ihr Kopfkissen fielen.

Obwohl sich Silvia nahezu sicher war, dass sie kein Auge zu tun würde, stellte sie den Wecker in ihrem Handy auf sechs Uhr und nahm sich vor, leise zu gehen, nicht ohne vorher Geld auf dem Couchtisch liegen zu lassen, die Hälfte oder etwas mehr von dem, was Frank für eine Nacht in der Suite im höchsten Stockwerk des zweithöchsten Hotels der Stadt bezahlen musste.

Auch Marius und Klara blieben noch lange wach. Der Junge war es nicht mehr gewohnt, die Nacht mit seiner Mutter in einem Raum zu verbringen und Klara dachte zunächst, es wäre die Hitze, die sie vom Schlafen abhielt, dann das Geräusch der Klimaanlage, doch als es kühl genug war und sie sie ausstellte, fand sie noch immer keine Ruhe und wusste, dass etwas anderes daran schuld war.

Als sie am nächsten Morgen aufwachte, genauso erschöpft wie in der Nacht, sah sie ihren Sohn auf dem Balkon stehen und beobachtete ihn eine Weile. Sie konnte sich nicht mehr daran erinnern, wann sie ihn zuletzt so gesehen hatte, ruhig, ja beinahe andächtig, ohne sich zu bewegen, ohne irgendeiner Beschäftigung nachzugehen, ohne wie üblich irgendetwas an seinem Handy zu machen, ja noch nicht einmal Kopfhörer hatte er in den Ohren. Er stand einfach nur da, minutenlang, so konzentriert wie er sonst nur während eines Fußballspiels oder vor der Videokonsole war.

Sie überlegte kurz, ob sie auch auf den Balkon gehen und den Arm um ihn legen sollte, so wie früher, doch so verlockend sowohl diese Aussicht als auch die auf die Dächer der Stadt im sanften Licht der Morgensonne waren, ließ sie es bleiben, abgeschreckt nicht nur von ihrer Höhenangst, sondern auch von der Furcht, zurückgewiesen zu werden. Sie ahnte, dass Marius, der sich unbeobachtet glaubte, diesen Augenblick für sich haben wollte, dass er an vieles dachte, aber bestimmt nicht an seine Mutter, die ihm manchmal peinlich war, wenn andere Jungs ihr nachpfiffen und Erwachsene glaubten, sie sei seine Schwester.

Sie hatten Glück: Als sie den Frühstücksraum betraten, waren die meisten Mannschaften schon in ihren Bussen auf dem Weg zu den Plätzen. Nur die halbleeren Cornflakesschalen, die liegengebliebenen, angebissenen Toastscheiben, die Kakaoflecken auf den Tischdecken und die Melonenkerne auf dem Boden zeugten noch vom morgendlichen Ansturm, doch die Kellner beeilten sich, die Tische abzuräumen und das Buffet wieder aufzufüllen.

Als sie schon saßen, an einem der wenigen Zweiertische in der Ecke des Raums, kam doch noch eine Mannschaft, die Marius' besonderes Interesse weckte: Es waren Mädchen, kaum jünger als er. Gestern Abend bei ihrer Ankunft hatte er überall nur Jungs gesehen und fragte sich, ob dies vielleicht wirklich die einzige Frauenmannschaft war, ob es sein konnte, dass sie sich ganz allein gegen die Horden von Jungs durchsetzen musste.

Während er seine Cornflakes löffelte, brachte ihn dieser Gedanke zu einer Fantasie, in der er den Mädchen, deren weibliche Attribute trotz der weiten Trikots teilweise bereits gut erkennbar waren, in die Umkleide folgte und sie heimlich beobachtete.

Als habe sie seine Gedanken gelesen, fragte ihn Klara süffisant, ob er Lust auf Fußballspielen habe oder es dafür nicht viel zu heiß sei, wobei sie heiß so aussprach, als meine sie damit nicht bloß die Temperatur, die auch schon an Morgen kaum unter 30 Grad lag.

Marius tat so, als habe er die Frage nicht gehört und wandte seinen bemüht gelangweilten Blick von den Spielerinnen ab, als koste es ihn keine Überwindung, nicht mehr zu ihnen zu sehen. Er wünschte sich für einen Moment lang, der Sohn einer anderen Frau zu sein, einer dieser mittelalten, beleibten Damen, die mit ihren Männern an einem Vierertisch saßen, die ganz mit sich beschäftigt waren und denen es bestimmt nicht auffiel, wenn ihre Kinder gewisse Fantasien hatten, weil sie selbst nicht mehr wussten, was das überhaupt war.

Als sie aufstanden, verabschiedete sich seine Mutter von dem Kellner, der zwischendurch die nicht mehr benutzten Teller und die kleinen Marmeladenverpackungen von ihrem Tisch abgeräumt hatte, immer mit einem Lächeln für Klara. Beim Gehen sah sie ihm etwas länger in die Augen, als es unbedingt nötig gewesen wäre. Marius bemerkte es sofort.

Nein, ich habe nicht mit ihm geflirtet, sagte sie und wünschte sich für einen Augenblick, ihr Sohn wäre wieder so klein wie die meisten Kinder der Familien an den Vierertischen um sie herum, die sich nicht für das Privatleben ihrer Mütter interessierten und noch weniger für das andere Geschlecht in knappen Sporthosen.

Die Kellner hatten schon damit begonnen, das Frühstücksbuffet abzubauen, erst da wachte Frank auf. Er wusste nicht, dass Silvia schon vor Stunden gegangen war und hatte ein schlechtes Gewissen, als er sah, dass ihr roter Rollkoffer, ihre Leopardentasche und sie nicht mehr da waren, und ein noch schlechteres, als er das Geld auf dem Couchtisch entdeckte. Er befürchtete, sie würde denken, er habe sich nicht aus seinem Zimmer getraut und darauf gehofft, sie würde gehen, dabei hatte er nur verschlafen. Er schob den Gedanken beiseite, dass er, wenn er nicht verschlafen hätte, womöglich genau so vorgegangen wäre.

Frank steckte die Scheine ein, verließ das Hotel und lief den Hügel hinunter ins Zentrum ohne bestimmtes Ziel, obwohl er doch schon im Rückstand mit seinem Zeitplan war. Die Stadt war winzig im Vergleich zu den Metropolen, die er sonst besuchte, doch riesig, wenn man jemanden suchte und weder wusste wo — noch warum.

Er fühlte sich schuldig, obwohl es dafür keinen Grund gab, und er ahnte, dass sich daran nichts ändern würde, bis er sie nicht finden, ihr das Geld zurückgeben und sie endlich fragen würde, was am Abend zuvor passiert war, obwohl er es sich bereits denken konnte.

Es kam nicht überraschend für Klara, dass Marius keine Lust hatte, so wie früher den ganzen Tag neben ihr auf einer Liege am Strand zu verbringen, genügsam im Sand spielend, und doch überkam sie ein ungutes Gefühl, als er schon nach einer halben Stunde seine Fußballzeitschrift zur Seite legte und ankündigte, sich alleine umschauen zu wollen, noch bevor er überhaupt das erste Mal im

Wasser gewesen war.

Sie hatten Vollpension gebucht, also bat sie ihn, bis spätestens zwölf Uhr mittags wieder da zu sein, damit sie rechtzeitig den Bus auf den Berg zum Hotel nehmen konnten.

Marius war nie bei den Pfadfindern gewesen, niemals von zu Hause weggelaufen und nicht einmal mutig genug, jemanden nach dem Weg zu fragen, und doch schaffte er es, die große Sportanlage zu finden, die er am Morgen vom Hotelbalkon aus irgendwo inmitten der Häuserschluchten entdeckt hatte und von der er sich nicht mehr sicher war, ob sie in dieser Stadt wirklich einen Fremdkörper oder vielleicht doch eine Oase darstellte.

Das Mädchenturnier wurde auf einem der kleineren Kunstrasenplätze am Rand des weitläufigen Geländes ausgetragen, auf dem es außer unter einem Sonnensegel bei den Ersatzbänken keinen einzigen Quadratzentimeter Schatten gab.

Marius fragte sich, wie man bei dieser Hitze überhaupt spielen konnte, wenn schon das bloße Zusehen ihn ins Schwitzen brachte, was nur an der Sonne und nicht etwa an den Fußballerinnen lag, die so klein waren, dass sie daheim in seinem Verein noch bei den Jungs mitgespielt hätten.

Und obwohl er sah, wo die Umkleiden und Mannschaftsquartiere lagen, und er dort inmitten der vielen Menschen weniger aufgefallen wäre als am Rande eines Spiels, dessen einziger Zuschauer er war, blieb er in der Sonne stehen, ohne zu wissen, wie lange die Partie noch gehen, geschweige denn, welche Begegnung als nächstes stattfinden würde.

Sein Zögern zahlte sich aus, seine Geduld wurde belohnt, seine Gebete erhört, als das Spiel endlich abgepfiffen und die nächsten beiden Mannschaften den Platz betraten. Sofort erkannte er die Mädchen aus dem Hotel wieder. Anders als die Kleinen zuvor, nahmen nun auch die Spielerinnen Notiz von Marius.

Wussten sie, wer er war? Hatten sie seine Blicke vom Frühstückstisch bemerkt, etwa vielleicht sogar schon über ihn getuschelt? Er verdrängte den Gedanken ebenso wie das Bedürfnis, die Anlage zu verlassen und einen sicheren Platz im Schatten zu suchen.

Zu Hause in seiner Mannschaft würde niemand jemals zugeben, sich für fußballspielende Mädchen zu interessieren, daran hatte selbst die Frauenweltmeisterschaft im eigenen Land nichts geändert, auch wenn damals fast alle heimlich in die Torhüterin der Amerikaner verschossen gewesen waren. Doch auf Marius übte Frauenfußball schon lange eine besondere Faszination aus, die sich wohl am einfachsten dadurch erklären ließ, dass in diesem einen Wort gleich zwei Dinge steckten, für die er eine große Leidenschaft empfand.

Die in jeder Frauenmannschaft vorhandene Mischung aus Spielerinnen, die dem klassischen weiblichen Schönheitsideal entsprachen und jenen, die eher burschikos wirkten, weckte in Marius eine merkwürdige Melange aus Beschützerinstinkten und Unterwerfungsfantasien, und ohne dass er dieses Wort auch nur hätte aussprechen konnte, war er sich der chauvinistischen Natur dieses Gedankens bewusst, was seine ohnehin schon vorhandene Scham noch vergrößerte.

Das Spiel war außerordentlich gut, für ein Frauenspiel, hätte er fast gedacht, und er versuchte, es sich sportlich und neutral anzusehen, doch es gelang ihm nicht. Schon nach ein, zwei Aktionen hatte er seine Lieblingsspielerin gefunden, beim Frühstück war sie ihm noch gar nicht aufgefallen, aber nun, in zentraler Mittelfeldposition, war sie nicht mehr zu übersehen. Sie dribbelte und flankte besser, als er es jemals können würde, und dabei wackelten ihre langen, zum Zopf gebundenen, dunkelbraunen Haare so schön, dass er auch dann hinsehen musste, wenn sie den Ball nicht an den Füßen, was selten vorkam.

Erst sah er noch weg, in den kurzen Momenten, in denen sich ihre Blicke scheinbar zufällig trafen, doch dann schaffte er auch das nicht mehr. Es stand immer noch null zu null, was nicht heißen musste, dass das Spiel schlecht war, aber vielleicht war es auch schlechter geworden, Marius konnte es nicht mehr beurteilen.

Irgendwann war Halbzeit, er wusste nicht einmal, wie lange die Partie schon lief, es kam ihn endlos lang vor und doch verging die Zeit viel zu schnell.

Inzwischen sah sie nach jeder gelungen Aktion kurz zu ihm,

und als Marius es bemerkte, begann sein Herz schneller zu schlagen. Während eines Wechsels bei der gegnerischen Mannschaft geschah es dann: Sie stand keine fünf Meter von ihm entfernt, wischte sich den Schweiß aus ihrem makellosen Gesicht, warf die Trinkflasche wieder in Richtung Trainerbank und dann, kurz bevor die Schiedsrichterin das Spiel wieder anpfiff, drehte sie sich zu ihm um – und lächelte.

Obwohl auch Marius schwitzte und sein Herz raste, legte sich ein eiskalter Schauder über seinen Rücken, der es ihm unmöglich machte, zurückzulächeln. Und dann, auf einmal, tat er es doch, er lächelte, so breit und so glücklich wie seit Ewigkeiten nicht, obwohl sie schon längst nicht mehr in seine Richtung sah. Aber das Lächeln hatte sich in seinem Gesicht eingebrannt, es war immer noch da, als sie ein weiteres Mal zu ihm sah, und diesmal lächelten sie beide und dann blickte sie ein bisschen schüchtern aber dennoch schelmisch zur Seite, als hätte er einen unanständigen Witz gemacht, und dieser Seitenblick machte ihn wahnsinnig.

Sie war perfekt, sie war wunderschön, und Marius war sich sicher, all ihre Gegnerinnen und auch ihre Mitspielerinnen beneideten sie, weil sie so gut aussah und so gut spielte. Daher wunderte es ihn nicht, dass in einem ansonsten fairen, ja beinahe körperlosen Spiel ausgerechnet sie es war, die ein Foul der übleren Sorte einstecken musste. Glücklicherweise blieb sie unverletzt, glücklicherweise passierte es im Strafraum, glücklicherweise sah die Unparteiische es, und natürlich ließ es sich die Gefoulte nicht nehmen, selbst ihr Glück zu versuchen.

Marius war so aufgeregt, als müsste er selber schießen und er wusste, er würde sich nicht zurückhalten können und musste es auch gar nicht, er würde klatschen und sie würde jubeln und keine Augen für ihre angelaufenen Mitspielerinnen haben, sondern nur für ihn.

Der Elfmeter war irgendwo auf dem schmalen Grat zwischen gut gehalten und schlecht geschossen einzuordnen. Das Lächeln verschwand von seinen Lippen und erneut fühlte Marius sich schuldig, als habe er versagt. Sie sah ihn nicht ein einziges Mal mehr an, das Spielniveau sank, nun wirklich, die Luft war raus, es endete torlos.

Marius dachte, wie es wäre, wenn er zu ihr gehen und etwas Nettes, Aufmunterndes sagen, ihr außergewöhnliches Spiel loben würde, aber er tat es nicht. Die Mannschaften verschwanden in Richtung Kabine, die nächsten kamen schon unter dem Sonnensegel hervor und steuerten den Platz an. Er machte sich auf den Rückweg zum Strand und achtete darauf, unter Bäumen und auf der schattigen Seite der Straße zu gehen.

Etwa zur selben Zeit, nach einem ziel- oder zumindest erfolglosen Stadtrundgang, kehrte Frank ins Hotel zurück. Wahrscheinlich saß sie bereits in einem der Shuttlebusse zum Flughafen, dachte er sich. Er wollte eine Kleinigkeit zu Mittag essen, um dann endlich seine Kamera zu holen und damit zu beginnen, wofür er eigentlich angereist war.

Dann sah er sie, ein zweites Mal nachdem er glaubte, ihre Wege wären auseinandergegangen, an fast der gleichen Stelle, an der er sie auch am Abend zuvor gesehen hatte.

Sie wirkte gefasst, grüßte ihn freundlich, und ebenso freundlich verweigerte sie die Annahme des Geldes, das sie ihm Stunden zuvor auf den Couchtisch gelegt hatte. Freundlich zwar, aber nicht nur aus Freundlichkeit, bestand er darauf, sie wenigstens zum Essen einladen zu dürfen.

Obwohl die Gardinen zugezogen waren, damit die Sonne die Gäste nicht blendete, sah Silvia zum Fenster und nicht in Franks Gesicht, während sie erzählte. Es gibt heute keinen Flug, aber wenigstens wieder ein freies Zimmer für mich.

Warum bist du hier? Sie hatte noch nicht einmal die Vorspeise aufgegessen, da waren sie schon beim Du, und schon das war für die Verhältnisse in dieser Stadt spät.

Warum willst du weg, wollte er auf ihre Frage entgegnen, doch da er meinte, die Antwort zu kennen und sie nicht verletzen wollte, antwortete er, so ehrlich wie seit langem nicht mehr, auf eine Frage, die ihm seit langem niemand mehr gestellt hatte.

Du wirst mich für verrückt halten, schickte er sicherheitshalber vorweg, aber sie schüttelte energisch den Kopf, also erzählte er von seiner Leidenschaft, hohen Häusern, und dass er schon hunderte Wolkenkratzer in dutzenden Städten auf allen Kontinenten besichtigt hatte und trotzdem nicht genug davon bekommen konnte, bis er nicht alle gesehen hatte, was unmöglich war, denn ständig baute irgendwo jemand einen neuen, so dass er noch den Rest seines Lebens damit beschäftigt sein würde.

Auf ihre berechtigte und naheliegende Nachfrage, was denn an Hochhäusern so faszinierend sei, antwortete er ausweichend, in dem er sein immer gleiches Vorgehen erklärte: Er suchte sich in jeder Stadt ein Domizil, von dem aus man möglichst viele Wolkenkratzer überblicken könnte, um dann Turm für Turm einzeln abzuklappern und mindestens ein Foto von unten, wenn möglich auch eines von oben zu machen.

Du hältst mich doch für verrückt, fragte er, und diesmal schüttelte sie nicht den Kopf, sondern nickte, aber sie lachte wieder, zum ersten Mal seit ihrem ersten Abschied nach der Busfahrt, und sagte: Aber du mich doch auch, und vermutlich haben wir beide recht.

Unsicher deutete er ein Lächeln an und ging ansonsten nicht auf das ein, was sie gesagt hatte. Sie unterhielten sich noch eine Weile über Hochhäuser im Allgemeinen und die örtlichen im Speziellen, und obwohl Silvia sich in diesen Ort nicht wegen seiner Architektur verliebt hatte, wusste sie selbstverständlich längst, dass die Stadt eine höhere Hochhausdichte als New York City hatte, doch sie tat erstaunt und interessiert, als Frank es ihr erzählte.

Ein Wort gab das andere, sie aßen lange und langsam und mit jedem Bissen, jedem beiläufigen Satz über Wolkenkratzer und andere seltsame Hobbies, von denen Silvia zu berichten wusste, wuchs Franks Sicherheit und sein Vertrauen, so dass er sich beim Kaffee nach dem Dessert doch noch traute, sie zu fragen, was gestern Abend passiert sei, aber nur, wenn du darüber sprechen willst!

Und ob sie wollte, es sprudelte nur so aus ihr heraus, so als hätte sie es ohnehin nicht mehr lange zurückhalten können, all die Empörung und den Schmerz, die Wut und die Enttäuschung, die Fassungslosigkeit über den Mann, von dem sie geglaubt hatte, er habe sie geliebt, und über die fremde Frau, die ihr in der Nacht zuvor die Tür geöffnet hatte, wie selbstverständlich im Pyjama an der Apartmenttür des Mannes, den sie bis gestern und eigentlich noch immer liebte, so sehr, dass sie es nicht mehr ausgehalten und Wochen vor ihrem geplanten Besuch unaufgefordert und unangekündigt die Reise zu ihm aufgenommen hatte.

Silvias Augen füllten sich mit Tränen und fast war Frank froh darüber, weil es ihn für kurze Zeit vor der Pflicht bewahrte, etwas der Situation Angemessenes zu sagen und er sich ganz der Suche nach einem Taschentuch widmen konnte, aber ausnahmsweise keins in seinen Taschen fand, woraufhin er ihr vom Nebentisch eine unbenutzte Papierserviette reichte.

Das tut mir sehr leid, war alles, was ihm einfiel, und auch wenn Silvia sich gewünscht hätte, dass er mit größerer Bestürzung reagieren würde, dass er nicht nur mitfühlende, sondern gar Worte der Entrüstung über die fremde Frau und ihren untreuen Freund finden würde, war sie froh, über die Papierserviette genauso wie über die unbeholfene Beileidsbekundung.

Zwei Tische weiter saß Klara, alleine, und machte sich Sorgen um ihren Sohn, für sie noch immer ein Kind, auch wenn sie wusste, dass sie in seinem Alter nicht anders war, was sie nicht beruhigte, eher im Gegenteil.

Er sah noch zu jung aus, um an Alkohol zu gelangen oder verführt zu werden, zumal am helllichten Tag, versuchte sie, sich zu beruhigen. Und er ist nicht mehr zu jung, um alleine zum Hotel zu finden.

Sich einredend, es sei Zufall, setzte sie sich wieder an denselben Tisch, an dem sie zum Frühstück Platz genommen hatten – und tatsächlich, der gleiche Kellner war für sie zuständig, begrüßte sie mit einem Lächeln und fragte, in nahezu akzentfreiem Deutsch, wo denn ihr Begleiter sei.

Als sie wahrheitsgemäß antwortete, sie wüsste es nicht, lächelte er immer noch und sagte, er habe auch einen kleinen Bruder in diesem schwierigen Alter, und sie wusste nicht, ob er damit zum Ausdruck bringen wollte, er glaube, Marius sei ihr kleiner Bruder oder ob er sich allgemein zu Jungs in diesem Alter geäußert hatte.

Er räumte den noch nicht ganz aufgegessenen, aber plötzlich unwichtig gewordenen, von Klara zur Seite geschobenen Salatteller ab, und als er das nächste Mal zu einem ähnlichen Zweck an ihren Tisch kam, fragte sie ihn, was vermutlich jeder der wenigen deutschen Gäste ihn fragte, und er sagte, er habe ein paar Jahre in Deutschland gelebt, in Essen, Berlin und zuletzt in Hamburg.

Sie dachte darüber nach, wie unwahrscheinlich es war und dennoch fragte sie ihn, ob er schon lange in dieser Stadt arbeitete. Mein ganzes Leben, mit Unterbrechungen zwar, aber doch, mein ganzes Leben, antworte er und lächelte dabei immer noch, aber plötzlich erkannte sie, dass trotz aller Schönheit etwas Nachdenkliches, aufrichtig Trauriges in seinem Blick war.

Mein ganzes Leben, wiederholte Klara in Gedanken, und hätte er diese drei Worte nicht gesagt, hätte sie vielleicht Hunger gehabt, aber so musste sie sich zwingen, wenigstens ein paar Bissen des Filets zu essen, das schon zu kalt gewesen war, als sie es sich vom Buffet unter der Wärmelampe auf den Teller gelegt hatte.

Sie hatte keinen Appetit und dennoch tat sie sich Dessert auf, nur damit er noch einmal kommen, ihren Teller abräumen und ihr ein weiteres Lächeln schenken würde, doch als sie merkte, dass er nicht mehr kam und ein anderer ihren und die Tische um sie herum übernommen hatte, stand sie auf und ging, ohne den Pudding auch nur angerührt zu haben und obwohl sie doch eigentlich hier auf ihren Sohn warten wollte.

Sie fand ihn am Personaleingang, an die Tür gelehnt und mit einer Zigarette in der Hand, ganz in der Nähe von dort, wo der Bus sie am Vorabend abgesetzt hatte. Die Uniform hatte er gegen ein kurzärmeliges, kariertes Hemd und eine verwaschene Jeans eingetauscht, was ihn jünger aussehen ließ, und als sie ihm mit überraschter Miene winkte, so als wäre sie zufällig vorbeikommen, war Klara auf einmal froh über Marius' Fehlen und schämte sich nur ein bisschen für diese Erkenntnis.

Auch Marius hatte das schlechte Gewissen seiner Mutter gegenüber erfolgreich verdrängt, nachdem er nicht wie versprochen

pünktlich zum Strand zurückgekehrt war. Er hatte ihren Liege-
stuhl schon von der Uferpromenade aus gesehen, da war er doch
noch einmal umgekehrt. Ein verwegenes, triumphales Gefühl hatte sich in diesem Moment in ihm ausgebreitet, in etwa so, als hätte
etwas Endgültiges in dieser Umkehr gelegen, als wäre dies die erste Entscheidung, die er nicht mehr mit dem Geist eines Kindes
fasste. Schnellen Schrittes war er zurück zum Sportplatz gelaufen,
ohne darauf zu achten, auf welcher Seite die Bäume mehr Schatten spendeten.

Er war nicht überrascht, ganz so als hätte man damit rechnen
müssen, dass er sie wiederfinden würde. Sie schoss auf das leer
Tor, während ihre Mannschaftskolleginnen unter dem Sonnensegel ausruhten, lauwarm gewordenes Wasser aus ihren Plastik-
flaschen tranken und belegte Brote aßen.

Marius wusste nicht, ob die anderen ihn gesehen hatten, er
wusste nicht einmal genau, ob sie überhaupt schon Kenntnis von
ihm genommen hatte, denn sie spielte einfach weiter, auch als er
sich neben das Tor stellte und in ihr Gesicht sah, das gezeichnet
war von Schweißperlen und Verbissenheit. Und selbst das, vielleicht sogar gerade das, fand er unglaublich erotisch.

Es geschah, als sie den Ball aus dem Netz holte und ihm für
einen Augenblick den Rücken zukehrte. Er stellte sich zwischen
die Pfosten und sie konnte gar nicht anders, als ihre Schießübun-
gen nun mit Torhüter fortzusetzen, wortlos und mit einer
Selbstverständlichkeit, die beide erstaunte, war sie doch typisch allerhöchstens für Kinder, deren Körpern sie sich längst entwachsen
fühlten.

Irgendwann war die Pause zu Ende, vom Sonnensegel rief eine
Männerstimme ihren Namen, Madlaina hieß sie, er hatte diesen
seltsamen Namen schon während des Spiels gehört aber vergessen, ebenso wie die Sprache, in der sich die Mädchen unterhielten,
die seltsam vertraut und doch fremd war, genau wie die wunderschöne Madlaina. Aber welche Rolle spielten schon Sprachen und
Namen an diesem Ort?

Sie lächelte ihn an und Marius überkam eine Panik, wie er sie
nur vor Mathematikklausuren kannte, denn er ahnte, dass ihr Lä-

cheln ein Abschied sein konnte, ein Abschied für immer, wenn er jetzt nicht die richtigen Worte fand. Und auf einmal war Sprache doch wichtig, er musste etwas sagen, you are a good player, mehr fiel ihm nicht ein, was nicht nur daran lag, dass er vor Englischarbeiten ebenso große Ängste hatte wie vor denen in Mathe.

Du kannst Deutsch mit mir reden, sagte sie, mit einem Akzent, den man gar nicht anders als mit niedlich beschreiben konnte. Woher wusste sie, welche Sprache er sprach?

Niedlich fand auch seine Mutter die Aussprache des Kellners, der sich ihr mit Ximo vorstellte, obwohl sie den Namen schon ein Dutzend Mal auf dem Schild an seiner Uniform gelesen und leise vor sich hin gesagt hatte, als würde damit die Erinnerung an irgendetwas wiederkommen, gesprochen Schimo, und das war die valencianische Kurzform für Joachim, aber viel mehr tauschten sie nicht aus, bei diesem ersten scheinbar beiläufigen Treffen, schon gar keine Körperflüssigkeiten, weil beide keine Teenager mehr waren.

Er winkte ihr noch einmal, dann stieg er in seinen Kleinwagen, sie sah ihm noch lange hinterher und wusste plötzlich, dass er wiederkommen würde, an ihren Tisch und in ihr Leben, sie wusste es einfach und war glücklich darüber, nun doch, fast wie ein Teenager.

Für Marius war es hingegen das erste Mal, und die Gewissheit, die Welt würde ihm zu Füßen liegen, wurde abgelöst von der Furcht, alles falsch zu machen, sich bis auf die Knochen zu blamieren. Sie wusste, welche Sprache er sprach, sie hatte ihn am Frühstückstisch mit seiner Mutter gesehen, und schon der leiseste Gedanke an sie war ihm in diesem Moment peinlich, warum eigentlich?

Sie kam wie ihr gesamtes Team aus einem kleinen Ort in der Schweiz, sprach komisches Deutsch mit ihm und in der Mannschaft noch eine andere Sprache, die Marius noch nie zuvor gehört hatte und sie wollte ihn wiedersehen, du kommst doch zur Spielerparty heute Abend im Hotel?

Marius mochte keine Partys, was womöglich daran lag, dass er selten auf welche eingeladen war. Er dachte an die anderen Feiernden, an die vielen Jungs, ältere, größere, hübschere Jungs, die dort sein würden, die Vorstellung ängstigte ihn, und doch hatte er die begründete Hoffnung, dass das schöne Mädchen mit dem seltsamen Namen ihn und niemand anders wiedersehen wollte.

Frank war sich unterdessen nicht sicher, ob Silvia ihn sehen wollte, er war sich noch nicht einmal sicher, ob er sie finden wollte, und dennoch suchte er nach ihr, dachte, er würde sie in einer Kneipe wiederfinden, den Kopf gesenkt, den Blick tief ins Glas. Nicht, dass sie in der kurzen Zeit, die sie sich kannten, jemals hatte trinken sehen, aber wann sollte man damit anfangen, wenn nicht in ihrer Situation, mit gebrochenem Herzen.

Doch er traf sie an einem Ort der Hoffnung und der Sehnsucht, vielleicht am einzigen Platz der Stadt, der objektiv betrachtet schön war, der Punta Canalfi, am Fuß des alten Burgviertels, das noch immer so hieß, obwohl schon Napoleons Truppen die historischen Gemäuer niedergerissen hatten und die einzigen Burgen der Stadt jene aus Beton und Betten waren.

Der Blick hier ist wunderschön, sagte sie und sah den Möwen nach, über die Felsen hinaus aufs Meer. Der Blick ist wirklich wunderschön, sagte er und blickte nach links, den Strand entlang und die Hochhäuser hinauf. Es war Mittagszeit, die Sonne stand senkrecht am Himmel und anders als dann, wenn sie dabei war, hinter den Bergen zu versinken oder Stunden später wieder aus dem Meer empor zu steigen, war es leer um diese gnadenlos heiße Zeit, denn die vielen Stufen hinab zum Aussichtspunkt ließen sich mit dem Erholungswunsch der meisten Pauschaltouristen kaum vereinbaren.

Hier haben wir uns das erste Mal geküsst. Ein Satz, schnell gesagt, und schon bereute sie es, ihn ausgesprochen zu haben, sah sie doch Franks unbeholfenen Blick und wie er nach Worten suchte, aber keine passenden fand, also ließ sie ihren Worten Taten folgen und nahm seine Hand, nicht zaghaft, sondern entschlossen. Lass uns Hochhäuser fotografieren gehen, ich bequatsche die Pförtner, dann kommen wir überall rauf!

Frank wollte sagen, dass er dem lieber allein nachging, doch er schaffte es nicht, also lächelte er und nickte und sie stiegen gemeinsam schweigend die Stufen hinauf, Hand in Hand wie ein altes Ehepaar, das Angst hat, ohne den festen Griff des anderen zu stürzen. Er zählte die Stufen beim Gehen, genauso wie er die Etagen von Hochhäusern zählte, wenn er sie nur aus der Ferne sah oder die Menge an Autos, die auf einem Parkplatz stand, noch so eine Marotte, er war schnell und routiniert im Zählen, doch jetzt verzählte er sich und gab auf.

Den ganzen Nachmittag ging das so, die Wolkenkratzer und Silvia konkurrierten um Franks Aufmerksamkeit, die einen stumm und anmutig, die andere weniger.

Marius und seine Mutter hatten sich kurz nach der Abfahrt des Kellners wiedergefunden und verbrachten die Zeit zwischen dem Mittag- und dem Abendessen am Pool des Hotels auf dicht zusammenstehenden Liegen, körperlich nah beieinander, gedanklich jedoch jeder bei einer anderen, im Grunde genommen fremden Person.

Es kam der Abend, die Tage hier waren für Vollpensions- und All-Inclusive-Gäste klar strukturiert durch die Mahlzeiten, und er hatte ihr noch immer nicht erzählt, was er nach dem Essen vorhatte, geschweige denn, wo er am Vormittag war und wen er kennen gelernt hatte. Es tat gut, ein Geheimnis vor der Mutter zu haben, zumal er ahnte, dass sie auch Geheimnisse hatte, mehr als eines.

Ich habe morgen wieder Frühschicht, hatte er zu Klara gesagt, und entsprechend desinteressiert war sie am abendlichen Animationsprogramm, trotz der vielen Blicke, die sie auf sich zog, sogar die von den jugendlichen Fußballspielern, auf die sie gerne verzichten konnte, denn mehr als einen Jungen brauchte sie nun wirklich nicht.

Marius wollte nicht mit ihr tanzen, er wollte auch nichts mit ihr trinken, dabei hätte sie ihm sogar ausnahmsweise ein Bier erlaubt, ein alkoholfreies natürlich, aber er wollte nicht einmal das, also ging Klara am Abend ihres ersten Urlaubstags unanständig früh auf ihr Zimmer und ließ ihren Sohn widerwillig alleine am Rande der zur Tanzfläche umfunktionierten Hotelterrasse zurück.

Unter dem Begriff Spielerparty hatte sich Marius etwas anderes vorgestellt als einen Haufen Jungs und ein paar wenige Mädels inmitten einer noch größeren Menge an Urlaubern, beschallt von einem notorisch gutgelaunten DJ, der in jedes zweite Lied mit unverständlichen, mutmaßlich Englisch klingenden Animierrufen hineinschrie.

Es war nichts anders als am Abend zuvor, wie bei ihrer Ankunft lungerten Horden von Heranwachsenden bis spät in die Nacht auf dem Hotelgelände herum, aufgeteilt in kleine Grüppchen, und es dauerte eine Weile, bis er Madlaina fand. Sie saß mit dem Rücken zu ihm, in Ermangelung besserer Sitzgelegenheit auf dem plattgetretenen Rasen einer kleinen Grünanlage unter einer Palme, umringt von vier oder fünf Mitspielerinnen, und nicht sie, sondern eines der anderen Mädels hatte ihn zuerst erkannt. Sie grinste und sagte etwas zu ihrer Mannschaftskollegin, die sich umdrehte und ebenfalls grinste.

Auch er lächelte, blieb aber stehen, unsicher und doch in sicherem Abstand. Er befürchtete, sie würde ihn an die Gruppe heranwinken, doch zum Glück stand sie auf, ließ ihre Mädels mit wissenden Gesichtsausdrücken zurück und kam auf ihn zu.

Aus verlegenem Grinsen wurde ein aufrichtiges Lächeln, aus verkrampften Gestammel ein annehmbarer Smalltalk, immerhin gab es ein Thema, das sie verband, es brauchte nicht lange und sie verrieten sich gegenseitig ihre triumphalsten Erfolge, besten Tricks und größten Idole, ganz wie Fußballstars, die zum Interview bei der Bravo Sport antreten, und schließlich nahm sie ihn an der Hand.

Konnte es denn sein, dass es an diesem Ort fast immer die Frauen waren, die die Initiative ergriffen? Oder war es vielleicht mittlerweile überall so und es traute sich nur niemand laut auszusprechen, dass das starke Geschlecht schon lange nicht mehr stark, zumindest nicht besonders nervenstark war, insbesondere in Liebesangelegenheiten?

Vierundzwanzig Etagen weiter oben hatte Klara es aufgegeben, aus den vielen, ameisenkleinen Köpfen, nach denen sie unter Schwindelgefühlen Ausschau hielt, den ihres Sohnes ausfindig machen zu wollen, und so entging ihr, wie sich dieser zum ersten Mal einem anderen weiblichen Wesen so sehr näherte, dass nicht nur die Köpfe, sondern auch die Lippen und schließlich sogar die Zungen sich berührten.

Fast wäre er zurückgeschreckt, fast hätte er den Gedanken zugelassen, dass er es eklig fand, ihren Speichel in seinem Mund zu spüren, wäre da nicht dieses Pochen in seinem Herz und etwas mehr noch in seiner Hose gewesen, das ihn daran erinnerte, dass dies etwas unglaublich Aufregendes und Einzigartiges war, etwas, das er so lange vergeblich herbeigesehnt hatte und das viel zu kostbar war, um spontanen Abwehrreflexen zum Opfer zu fallen.

Also ließ er es zu, dass ihre Zunge immer tiefer in ihn eindrang, er ließ zu, dass er die Blicke ihrer Freundinnen und der vielen anderen um sie herum spürte, obwohl er die Augen geschlossen hatte, und versuchte, zu begreifen und zu genießen, doch beides gelang ihm ansatzweise erst Stunden später, als er schon neben seiner schlafenden Mutter im Bett lag und nur ihr gleichmäßiges Atmen ihn davon abhielt, dem nicht enden wollenden Pochen nachzugeben.

Er stellte sich vor, wie der Abend ausgegangen wäre, wenn nicht seine Mutter, sondern Madlaina jetzt neben ihm läge, wenn nicht plötzlich ihr Trainer gekommen wäre, wütend und mit klaren Ansagen, und wenn zuvor dieses andere Mädchen nicht gewesen wäre, das älter war oder auch nur älter aussah, mit Drinks, die nicht danach aussahen, als wären sie für Jugendspieler geeignet.

Wir sehen uns, hatte sie gesagt, du kommst doch morgen zum Finale, und er hatte gerade noch Zeit gehabt und die Geistesgegenwart besessen, nach Ort und Zeit zu fragen. Dann hatte der Trainer ihm Madlaina entrissen, nicht jedoch ohne zuvor dasselbe mit ihrem Cocktail zu tun.

Silvia und Frank blieb es ebenfalls verwehrt, den Abend bis zu dem Punkt gemeinsam zu verbringen, wo daraus eine gemeinsame Nacht hätte werden können, auch wenn alle Voraussetzungen dafür gegeben schienen. Frank hatte seine Vorbehalte gegenüber Alkoholika überwunden und sich in der Hotelbar des Jordi nicht weniger hemmungslos als Silvia betrunken. Für diese Nacht hatte sie zwar ein Zimmer ergattert, am anderen Ende der Stadt, doch mit jedem Schluck schwand ihre Absicht, es zu nutzen und Frank war zu freundlich und zu betrunken, um sie daran zu hindern, abermals die Suite mit ihm zu teilen und ihm diesmal sogar bis ins Schlafzimmer zu folgen.

Silvia lachte und kicherte, als sie es sich auf dem Bett gemütlich machten, Arm in Arm eher wie alte Freunde denn wie frischgebackene Liebhaber, doch Frank hatte der Alkohol nicht fröhlich gestimmt, sondern melancholisch, aber zumindest war er redselig geworden. Nebulös sprach er von seinem zerbrochenen Herzen, machte Andeutungen, die auf Tod und Trauer schließen ließen, während sie immer verzweifelter versuchte, das Thema zu wechseln, um ihre angetrunkene gute Laune nicht aufgeben zu müssen.

Doch Frank war jede Feinfühligkeit und jede Zurückhaltung abhanden gekommen, fast unter Tränen gestand er Silvia, was sonst kaum jemand wusste. Zunächst war sie berührt, als er ihr anvertraute, dass er 2001 die große Liebe seines Lebens verloren hatte und noch immer nicht darüber hinweg war, doch dann beinahe gekränkt, weil er auf die völlig harmlose Frage nach ihrem Namen keine Antwort geben wollte.

Augenblicklich kam ihr der Verdacht, dass er nicht den Namen, sondern das Geschlecht seiner verstorbenen Liebe zu verheimlichen suchte, und obwohl einige ihrer besten Freunde schwul waren, wie sie an geeigneter Stelle nicht nur aus politischer Korrektheit hin und wieder zu erwähnen pflegte, verletzte sie die Vorstellung zutiefst.

Umso energischer schickte sie sich an, den Gegenbeweis zu erbringen, ihren Verdacht zu widerlegen, nicht mit Worten, die ohnehin in ihrer beider Zustand wenig Sinn mehr ergaben, sondern mit Taten. Sie hatten sich noch nicht einmal richtig geküsst, da fasste sie ihm unter sein Hemd. Frank war viel zu betrunken, um sich zu wehren.

Sie nahm seine Hände und legte sie auf ihre Brüste, da sagte er plötzlich: Ich vermisse die beiden so sehr, und Silvia konnte nicht anders, als laut loszulachen, die Situation war einfach zu grotesk, habe ich das richtig verstanden, du vermisst ihre Brüste?

Selbstredend blieb Frank ihr eine Antwort schuldig, schaffte es immerhin, seine Hände von dort zu lösen, wo sie seiner Meinung nach am wenigstens hingehörten und sie überlegte weiter, war er nun pervers, polygam oder plemplem – und spielte das heute Abend überhaupt eine Rolle?

Sie gab nicht auf, machte sich an seinem Schritt zu schaffen und erreichte immerhin ein Etappenziel, doch als sie kurz darauf Franks leises Schnarchen vernahm – wie immer, wenn er getrunken hatte, folgte der Melancholie die Müdigkeit – wusste sie, dass sie in dieser Nacht keinen Sex haben würde, dass das, was sie in seiner Hose spürte nicht Ausdruck von Erotik, sondern Ergebnis von Mechanik war.

Sie löste sich von ihm, angewidert mehr von sich selbst denn von der Situation, verließ das Schlafzimmer und wäre sie nicht sogar dazu zu betrunken gewesen, hätte sie sich an der Rezeption ein Taxi kommen lassen, doch sie schaffte es gerade noch, sich torkelnd auf das Sofa im separatem Wohnbereich zu schleppen, wo sie wie in der Nacht zuvor in einen unruhigen Schlaf fiel.

Ein dumpfes, unaufhörliches Klopfen und Klackern aus dem Nebenzimmer ließ sie erwachen, der Kopf dröhnte bereits, nicht so wie er am Morgen danach dröhnen würde, denn es war noch dunkel und sie noch berauscht genug, um aufzustehen und nachzusehen, was Frank da tat.

Er war zu beschäftigt, um sie kommen zu hören, lag mit dem Rücken zu ihr, die Jalousien waren nicht zugezogen und es fiel genügend Licht in den Raum, um zu erkennen, aber es dauerte, bis sie es wirklich realisierte, und das wäre auch im nüchternen Zustand nicht anders gewesen. Polygam war er vielleicht nicht, aber pervers und plemplem allemal, das wusste sie jetzt.

Lautstark knallte sie die Tür zu, er schreckte auf, drehte sich um, rief ihr irgendetwas nach, das entschuldigend oder beschwichtigend gemeint war, doch sie war schon im Flur, und sie wusste nicht, ob sie sich schon im Fahrstuhl würde übergeben müssen oder erst im Taxi und auch das, so redete sie sich ein, hatte mit dem Alkohol wenig zu tun.

Der nächste Morgen kam und damit ein neuer Gang ans Buffet, derselbe Zweiertisch und sein Lächeln zur Begrüßung, süßer noch als das überzuckerte orangefarbene Etwas in Klaras Glas, und das in einer Region, in der so viele Orangen wuchsen.

Das Letzte, was Klara im Urlaub tun wollte, war ein Fußballturnier zu besuchen, schon der Gedanke daran war das Gegenteil von Urlaub, erinnerte er sie doch an die unendlich langweiligen Nachmittage, in denen sie mit unendlich langweiligen Eltern, die ihre eigenen hätten sein können, am Rand von Grandplätzen verbracht hatte, Marius zuliebe.

Aus demselben Grund erlaubte sie ihm, alleine zum Fußballplatz zu gehen, obwohl sie nicht vergessen hatte, dass auch Mädchenmannschaften dabei waren. Nur gucken, nicht anfassen, sagte sie noch, und es war gar nicht so scherzhaft gemeint, wie es klang. Als Marius halb verlegen, halb verlogen lachte und dabei nickte statt wie üblich nur mit den Augen zu rollen, da wusste sie, dass er jemanden kennen gelernt hatte, doch nun war es zu spät, um ihm das Turnier unter fadenscheinigen Gründen zu verbieten.

Fast wäre sie trotz ihrer Abneigung gegenüber Fußball mitgekommen, wäre da nicht wieder dieses Lächeln gewesen, dem ein Zwinkern folgte, das wie ein Versprechen war, just als er das Glas abräumte, mit dem nur zur Hälfte ausgetrunkenen, sogenannten Orangensaft.

Sie traf ihn früher als am Tag zuvor an der Personaltür, diesmal bemühte sie sich nicht einmal mehr, den Eindruck zu erwecken, sie wäre zufällig vorbeigekommen, sie hatte auf ihn gewartet und er sich ihretwegen beeilt, wie konnte es anders sein.

Und weil sie keine vierzehn mehr waren, sondern sie fast dreißig und er nochmals geschätzte zehn Jahre älter, ließen sie es langsam angehen. Sie stieg mit ihm ins Auto und er sagte: Ich zeige dir, was Touristen sonst nicht zu sehen bekommen, und sie fuhren an einen Strand, der seinen Namen trug, doch sie badeten nicht, sondern genossen nur den Ausblick, auf Felsen statt auf Beton, und dann fuhren sie noch weiter, in die Berge hinter der Stadt.

Sie stiegen in der Nähe des malerischsten Dorfes aus und machten einen Spaziergang entlang eines Olivenhains. Hier komme ich her, das ist meine Heimat, meine Erde, sagte er, eher resigniert als stolz und sie fragte, warum klingst du dabei so traurig, und er begann zu erzählen, von Immobilienspekulation, Bausünden, Wasserknappheit, Krise ohne Ende, Jugend ohne Perspektive. Und von einer sterbenden Sprache.

Nichts von dem, was er sagte, schien zu dem zu passen, was Klara sah: unberührte Natur, sie meinte sogar irgendwo in der Ferne ein Gebirgsbächlein plätschern zu hören, die Vögel sangen wie am ersten Frühlingstag nach langem Winter, dabei war es selbst hier oben drückend heiß.

Eine sterbende Sprache, was soll das sein, fragte sie. Klara war nicht ignorant, sie konnte sogar etwas Spanisch und hatte bemerkt, dass hier und da Schilder und Namen in einer nicht standardsprachlichen Mundart gehalten waren. Das ist wohl so ähnlich wie mit dem Plattdeutschen bei uns, sagte sie, mehr feststellend als fragend, und dachte an Ohnsorg-Theater und alte Omas, an Straßennamen und Sprichwörter in ihrer Heimat, aber er schüttelte energisch mit dem Kopf.

Das wollen sie, dass es so wird wie mit dem Plattdeutschen, Franco machte wenigstens keinen Hehl daraus, dass er sie auslöschen will, aber jetzt machen sie es geschickter, sie degradieren unsere Sprache zu Folklore, zu einem Anachronismus! Doch wir lassen uns nicht unterkriegen, niemals! Siehst du diesen Olivenbaum, er ist krumm und schief und alt, er steht seit fünfhundert Jahren am selben Fleck und ist immer noch hier, fest verwurzelt, ist das nicht ein Wunder? Und nun stell dir vor, unsere Sprache ist noch viel, viel älter und man hat sie verfolgt und verboten, verlacht und verleugnet, und dennoch hat sie überlebt, ist das nicht auch ein Wunder?

Sie nickte stumm. Wie sehr er sie doch an ihren Sohn erinnerte, er konnte sich genauso ereifern, etwa wenn er sich über ungerechte Schiedsrichter oder ihn drangsalierende Mitspieler ausließ, so unglaublich überzeugt von seiner Sache. Da sie sich mit ihrem sprachwissenschaftlichen Unwissen nicht weiter blamieren wollte, beschloss sie, das Thema zu wechseln und fragte ihn endlich, was ihn nach Deutschland geführt hatte, obwohl sie sich ein wenig ängstigte vor der Antwort, fürchtete sie doch, es könnte mit einer Frau zu tun haben, einer wie ihr.

Und dann begann er zu erzählen, von Anfang an, und es überraschte sie zwar positiv, aber es entzauberte ihn auch ein wenig; natürlich war er nicht einfach ein süßer Kellner mit traurigen Augen und schönem Lächeln. Er war Lektor für Katalanisch an verschiedenen deutschen Hochschulen gewesen, zuvor hatte er Katalanistik an der Universität von Alacant studiert und wollte Lehrer werden, aber stell dir vor, Klara, sie stellen hier kaum welche ein, ich hatte nur schlecht bezahlte Vertretungen, Jahresverträge, wenn überhaupt, also bewarb ich mich im Ausland, in England und Deutschland, ich habe beide Sprachen in der Schule und ein bisschen mehr noch am Strand gelernt, und in Deutschland nahmen sie mich. Es ist einfacher, unsere Sprache im Ausland zu lehren als dort, wo sie zu Hause ist, ist das nicht verrückt?

Klara lachte, es war wirklich verrückt, wir waren an derselben Uni, wann warst du da? Wir hätten uns begegnen können! Vier Semester hatte sie studiert, Englisch und Spanisch auf Lehramt, dann hatte sie hingeschmissen, es ging nicht mehr, so jung und so alleinerziehend, außerdem hatte sie nie Lehrerin werden wollen, genauso wenig hatten sie exotische Wahlbereichsangebote interessiert, und dennoch bereute sie es jetzt, nie einen seiner Kurse aus dem Studiengebiet Mehrsprachigkeit in Spanien belegt zu haben, es war ihr peinlich, dass sie nicht einmal mehr wusste, dass es so etwas überhaupt gegeben hatte.

Komm, lass uns die beste Paella essen, die du je in deinem Leben bekommen hast, und sie dachte, stellt er mich jetzt wirklich schon seiner Mutter, seiner Familie vor, geht das nicht alles etwas schnell? Sie hatten sich doch nicht einmal geküsst, dort unter den Olivenbäumen über Sprachen geredet statt ihre Zungen sprechen zu lassen, wie schade.

Doch er fuhr mit ihr in ein Restaurant, plauderte mit der Kellnerin Katalanisch mit valencianischem Dialekt, wie er es nannte, jeder kannte und grüßte ihn, zumindest vom Personal, die anderen Gäste waren fast ausschließlich Touristen, doch das tat der Qualität der Paella keinen Abbruch, sie war köstlich.

Marius hingegen brauchte weder romantisches Essen noch romanistische Sprachkenntnisse, das Leben konnte so einfach sein, wenn man jung war und verliebt und es erwidert wurde. Er stand am Spielfeldrand unter dem Sonnensegel, das jetzt am Nachmittag keinen Schutz mehr gegen die tiefstehende Sonne bot, neben ein paar anderen Typen, die ihn erst verunsicherten und ihm dann egal waren, als Madlaina im Finale ihr Tor schoss. Der Jubel, die Kusshand galt nur ihm, er fühlte sich wie im Fernsehen, wenn bei einer Fußballübertragung die Spielerfrauen eingeblendet wurden und sie ihren Jungs und der Kamera von den teuren Plätzen aus winkten, bildhübsch, nur umgekehrt.

Am Ende unterlagen sie knapp einer andalusischen Mannschaft, die zu achtzig Prozent aus bulligen, damenbärtigen Mannsweibern zu bestehen schien, und Marius, auch wenn er es niemals zugeben würde, war fast froh darüber, denn so blieb es ihm erspart, ihr und dem Team als Außenstehender beim Feiern zusehen zu müssen. Er hatte sie schon bald nach der Silbermedaillenverleihung für sich alleine, konnte sogar tröstend den Arm um sie legen und ihr diesen Mist vom Meister der Herzen erzählen, ihr sagen, wie unglaublich gut sie dennoch gespielt hatten und wie unfair diese Andalusierinnen, wie sensationell ihr Tor gewesen war und wie sehr er sie deshalb vergötterte, wobei er letztes nur dachte, sich aber sicher war, dass er es gar nicht sagen musste, weil sie es auch so wusste.

Es war ihre letzte Nacht, ihr letzter Abend, am nächsten Tag reisten alle Jugendfußballer ab, doch er dachte nicht im Geringsten an morgen, sondern nur an die Zeit, die ihnen bis dahin noch blieb und was man alles in dieser Zeit anstellen könnte, während er zufrieden die höchst ungewöhnliche, aber ihm sehr gelegen kommende SMS seiner Mutter las, dass sie noch im Hinterland unterwegs war und er mit dem Abendessen nicht auf sie warten sollte.

Doch er verspürte keinen Hunger außer den auf ihre Küsse, er wusste, er würde sich heute Abend nur von Liebe ernähren, und so suchten sie ein ungestörtes Plätzchen in der Hotelanlage, fanden keins, da fiel ihm ein, dass er anders als sie so etwas wie ein Einzelzimmer hatte, zwei Dutzend Etagen höher gelegen als das von Madlaina und ihren Mannschaftskolleginnen.

Als er ihr den Ausblick zeigte, fühlte er sich, als würde ihm das Hotel gehören und die Stadt zu ihren Füßen gleich mit, und er küsste sie, während die Sonne ein weiteres Mal hinter den Bergen versank als wäre nichts geschehen.

Beinahe zur selben Zeit nur wenige Kilometer weiter nördlich durchlebte die Mutter einen ganz ähnlichen Moment, Klara küsste Ximo am Fuß des Leuchtturms von L'Albir, es war ein Bild wie einer Postkarte entsprungen, das sich aneinander schmiegende Paar im Licht der untergehenden Sonne, am oberen Bildrand bereits der halbgefüllte Mond.

Schon der Weg dorthin war ein Traum, die rötlichen Felsen, die karge Vegetation, der Blick auf die Klippen, dazu der Gesang der Möwen und das Rauschen des Meeres, ein salziger Geruch in der Luft.

Ximo hatte ihr viel erzählt, und immer hatte er seine Ausführungen mit Fragen beendet, die mal mehr, mal weniger rhetorisch waren: Hast du nicht auch so ein Gefühl, als würden wir uns schon seit Ewigkeiten kennen?

Oh ja, dieses Gefühl hatte sie, und man könnte meinen, es wäre ein perfektes Gefühl gewesen, in einem perfekten Augenblick, doch da Klara überzeugt davon war, ihre Person und Perfektion wären zwei miteinander unversöhnbare Gegensätze, konnte sie nicht anders, als ausgerechnet in diesem Moment der Vollkommenheit, des stillen Postkartenglücks, den Finger in ihre alte Wunde zu legen.

Machst du das immer so? Mit wie vielen warst du vor mir schon hier? Man konnte versuchen, diese Fragen noch als Neckereien abzutun, sie wegzulächeln, besser noch, wegzuküssen, und genau das versuchte Ximo, aber Klara ließ nicht locker, bis sie zur alles entscheidenden Frage kam.

Warum warst du mit mir damals nicht hier? Warum haben wir, ohne dass ich überhaupt deinen Namen kannte, gleich in der ersten und einzigen Nacht miteinander geschlafen? Das haben wir doch, oder? Du bist es, und du hast es auch gewusst, du hast mich sofort wiedererkannt, das hast du doch, als du mich am Tisch gesehen hast, wusstest du es, warum sonst hättest du mich so angelächelt? Warum hast du es zugelassen? Ich war fünfzehn und betrunken und naiv, aber du?

Die Dunkelheit im Gesicht des Kellners kam schneller und abrupter als der Einbruch der Dämmerung um sie herum, und es gab nichts, was Klara tun konnte, um sie zu vertreiben, um das Unterstellte ungesagt zu machen.

Salzig war der Geruch des Meeres in der Luft, und bitter dagegen der Geschmack von Klaras Tränen, als sie ihren Irrtum einsah. Für wen hältst du mich eigentlich, fuhr er sie an, doch viel entscheidender war die Frage, für wen er sie jetzt halten musste, womöglich für genau das, was sie einst gewesen und eigentlich noch immer war, ein kleines Mädchen, das einen großen Fehler gemacht hatte.

Schweigend setzte er sich ans Steuer, ein paar Mal versuchte sie es noch, natürlich vergebens, alle Romantik war dahin, das dünne Band des Vertrauens, das zwischen ihnen an nur einem Tag gewachsen war, zerschnitten.

Je näher sie der Skyline und damit ihrem Abschied kamen, umso verzweifelter waren ihre Annäherungsversuche. Sie flehte ihn nahezu an, er möge ihr verzeihen, ich war doch noch so jung, es ist vierzehn Jahre her, lass uns noch etwas trinken gehen und alles vergessen, doch Ximo lachte und stellte sarkastische, aber nicht minder rhetorische Fragen: Damit ich dich wieder betrunken mache und über dich herfalle? Willst du dich nicht lieber um deinen Sohn kümmern, damit er nicht die gleichen Dummheiten begeht wie seine Mutter?

Die letzte Frage traf sie besonders, nicht nur, weil er recht hatte, mit dem Vorwurf und der Warnung, die darin steckten, sondern weil ihr auffiel, dass sie zum ersten Mal seit vierzehn Jahren sich nicht als Mutter gefühlt und verhalten hatte, zumindest einen Frühsommertag lang.

Er setzte sie vor dem Hotel ab, viel früher als geplant, zumindest als erhofft, und sie erwischte ihn inflagranti, vergaß mit voller Absicht zu Klopfen und sah ihn, etwas unbeholfen aber durchaus zu allem entschlossen, so nackt wie zuletzt vor vielen Jahren, und sie dachte, mein Gott, er ist ein Mann geworden, aber als ihr Blick nach oben wanderte und sie den jämmerlichen Gesichtsausdruck ihres Sohnes erblickte, da wusste sie, dass er noch längst keiner war.

Das Mädchen würdigte sie keines Blickes, es interessierte sie nicht, raus, rief sie, ohne ihr ins Gesicht zu sehen, ohne überhaupt zu wissen, ob sie ihre Sprache verstand, runter von meinem Sohn und raus aus meinem Bett, doch auch ein Gehörloser mit eingeschränkter Sehfähigkeit hätte sie in diesem Moment verstanden, selten waren ihre Aussagen so unmissverständlich, ihre Mutterrolle, ihr Beschützerinstinkt so deutlich ausgeprägt wie jetzt.

Madlaina zog sich an, beschämt, den Blick gesenkt, huschte davon, es war ihnen keine Zeit für ein Auf Wiedersehen geblieben, genauso wenig wie es eine Zeit oder einen richtigen Plan für ihr erstes Mal gegeben hatte, doch das wusste Klara nicht, wo zur Hölle sind die Kondome, Marius? Sag mir bitte, dass ihr es nicht ohne getan habt!

Wut, Scham, Entsetzen schlugen ihr entgegen, aber eine Antwort auf diese drängende Frage blieb er ihr schuldig, was geht dich das an? Hast du denn eines benutzt mit diesem Kellner? Glaubst du, ich hab das nicht gewusst, dass du dich mit ihm triffst? Aber ich habe dich in Ruhe gelassen, warum lässt du mich nicht auch einfach in Ruhe?

Jetzt, wo er weinte, sie hatte ihn weiß Gott wie lange nicht mehr weinen gesehen, tat er ihr schrecklich leid, aber verstehst du denn nicht: Ich will doch nur, dass du nicht denselben Fehler begehst wie dein Vater und ich.

Zuerst ging er nicht darauf ein, wollte sie weiter beschimpfen, doch dann stolperte etwas in seinem Unterbewusstsein über ihren letzten Satz, trotz all dem Wirrwarr an Gedanken, die ihm gerade durch den Kopf gingen, war er hängen geblieben, dieser entscheidende, entwaffnend ehrliche, verräterische Satz.

Ich bin also ein Fehler gewesen.

Vierzehn Jahre lang hatte sie sich alle Mühe dieser Welt gegeben, ihm genau diesen Eindruck nicht zu vermitteln, für den es nur eines einzigen unbedachten Satzes bedurft hatte.

Zum zweiten Mal an diesem Abend wurde ihr klar, was sie angerichtet hatte, sie gestand ihm alles, jetzt weinte sie und nicht er, es gab kein Zurück mehr.

Der Junge, dem man hatte glauben lassen, sein Vater habe seine Mutter ins Unglück gestürzt, begriff, dass er selbst es war, der sie unglücklich gemacht oder zumindest einer unbeschwerten Jugend beraubt hatte, und zu allem Überfluss plagte ihn auch noch der erste wahrhaftige Liebeskummer seines Lebens, für den er ebenfalls seine Mutter verantwortlich machte. Er ließ zu, dass sie ihm Geld für sündhaft teure Markenklamotten und Videospiele gab, mit ihm in einen riesigen Vergnügungspark ging, obwohl sie ihn wegen ihrer Höhenangst in kaum eines der Fahrgeschäfte begleitete, er trank sogar das alkoholfreie Bier, das sie ihm spendierte und sie würde seine horrende Handyrechnung am Ende des Monats kommentarlos begleichen, aber er sprach den ganzen restlichen Urlaub kaum mehr ein Wort als nötig mit ihr.

Die einzigen Momente, in denen Klara froh um das Schweigen ihres Sohnes war, waren die Mahlzeiten. Er fragte nicht, warum sie jetzt jedes Mal in einer ganz anderen Ecke des großen Speisesaals saßen, und er tat so, als würde es ihm entgehen, wie sie dennoch sehnsüchtig hinüber zu ihm sah, ach wenn er doch wenigstens einmal noch kommen würde, sie mit seinen traurigen Augen anlächeln und ihren grausigen Orangensaft endlich mitnehmen könnte.

Es tut mir leid, dass ich dich enttäuscht habe, würde sie ihm dann sagen, und er würde wie immer mit einer Frage antworten: Sollte es nicht eher mir leid tun, dass ich nicht der bin, nach dem du gesucht hast? Aber es hätte auch schon gereicht, wenn er nur gefragt hätte: Darf ich das Glas abräumen?

Aber er kam einfach nicht zu ihr und sie war zu stolz oder zu sehr das Gegenteil davon, um zu ihm zu gehen, und so teilten Marius und Klara in diesem Urlaub wenigstens eines, schweigend zwar, aber immerhin waren sie vereint in Liebeskummer der übelsten Sorte, erneut mehr wie Geschwister denn wie Mutter und Sohn. Doch Marius hatte wenigstens sein Handy, unbegründete Hoffnungen auf ein baldiges Wiedersehen und schöne Erinnerungen, Klara blieben nur verstohlene Blicke beim Frühstück.

Auch Frank hatte mit niemandem mehr ein Gespräch geführt, seitdem Silvia aufgebrochen war, und dennoch fühlte er sich nicht allein. Alles lief so ab, wie er es gewohnt war, er konzentrierte sich auf sein ausgefallenes Hobby, hatte alle Hochhäuser akribisch abgearbeitet und versucht, all das Leben und den Trubel in den Straßen dazwischen auszublenden.

Doch die Erinnerung an diese eigentlich furchtbare, furchtbar liebenswerte Frau riss ihn immer wieder aus seiner Routine. Am letzten Abend, einer Woche nach seiner, ihrer, Marius' und Klaras gemeinsamer Ankunft, war es besonders schlimm. Normalerweise war das die Zeit, in der er selbstzufrieden den Ausblick auf getane Arbeit genoss, zu dem bereits vorhandenen Häkchen neben dem Städtenamen auf seiner Liste noch ein weiteres setzte, für besucht UND lückenlos erfasst.

Aber er fand keine Ruhe auf seinem Zimmer, was nur zum Teil an den dünnen Wänden des Don Jordis und der orgiastischen Feiergesellschaft in der Nachbarsuite lag. Er zog ein frisches Hemd an, nahm seinen Rucksack und beschloss, noch einmal rauszugehen, ohne zu wissen, weshalb und wohin, doch als er unten ankam und der Lärm und die Hitze, die ihm entgegenschlugen, noch unerträglicher waren als oben, kehrte er auf der Stelle um.

Auch Marius hielt es am letzten Abend nicht auf dem Zimmer aus, noch nicht einmal auf dem schmalen Balkon, den Klara wegen ihrer Höhenangst nie betrat, glaubte er doch stets, die Blicke seiner Mutter im Nacken zu spüren, und tatsächlich, halb aus

Liebe, halb aus der absurden Befürchtung heraus, er könnte sich zu weit übers Geländer lehnen und hinunterstürzen, ließ sie ihn einfach nicht mehr aus den Augen.

Unter Protest verließ er das Zimmer, zum Glück sah sie davon ab, ihm zu folgen. Aus einer Laune heraus, die man nicht anders als mit kindisch beschreiben könnte, drückte er im Aufzug sämtliche Knöpfe und war erstaunt, als der Fahrstuhl damit begann, zunächst die oberen statt der unteren Etagen abzuarbeiten. Es dauerte eine halbe Ewigkeit, aber irgendwann war er im 34. Stockwerk angelangt und da dort tatsächlich jemand einstieg und es nun nur noch abwärts gehen konnte, verließ Marius den Aufzug.

Der Flur in der 34. Etage sah nicht anders aus als in den anderen Stockwerken, wobei, als er genauer hinsah, bemerkte er, dass der Teppichboden rot statt braun war und es weniger Türen gab. Er suchte nach der, über die man in das karge, neonbeleuchtete und im Grunde nur als Fluchtweg dienende Treppenhaus gelangte und stellte erstaunt fest, dass, anders als der Aufzug vermuten ließ, dies noch nicht das höchste Stockwerk war.

Er folgte der Treppe nach oben, an deren Ende sich eine Fluchttür befand, denn auch wenn die Art und Weise, wie Baugenehmigungen in dieser Stadt vergeben wurden, ein Skandal war, so hatten die Bauherren des Don Jordi selbstverständlich daran gedacht, den gesetzlichen Bestimmungen gemäß eine zweite Feuertreppe vorzuhalten. Sie war lieblos und blechern an die hintere Seite des Gebäudes angeklatscht worden, das war eine weitere Besonderheit der Wolkenkratzer an diesem Ort, die Hinterseiten waren stets noch abscheulicher, bestanden bestenfalls aus Laubengängen, manchmal waren sie sogar völlig fensterlos, schließlich kam es einzig und allein auf die Seite mit dem Meerblick an.

Jedenfalls hatten sie die Vorschrift, dass von jeder Etage aus zwei jederzeit zugängliche Treppen nach unten führen mussten, sogar so ernst genommen, dass sie darüber eine andere vergessen hatten, nämlich jene, die besagte, das Dach zu sichern, denn die Tür dorthin, vor der Marius stand, ohne es zu wissen, war noch nicht einmal mit einem Alarmschloss versehen.

So konnte es passieren, dass die Tür sich problem- und geräuschlos öffnen ließ und Marius sich plötzlich zwischen riesigen Klimaanlagen, Lüftungsschachtausgängen, Mobilfunkmasten und Satellitenantennen auf dem Dach des Hotels befand, nur wenige Schritte von einem vierunddreißig Stockwerke tiefen Abgrund entfernt und mit einem Ausblick vor den Augen, der noch zehnmal so spektakulär war wie der, den er bereits kannte, und schon dieser hatte immerhin gereicht, um ein Mädchen aus den Bergen zutiefst zu beeindrucken.

Und dann sah er auch noch diesen Mann, der am Rande des Dachs saß und die Beine in den hell erleuchteten Abendhimmel baumeln ließ, und schon dieser Anblick hätte genügt, um seine Mutter in eine tiefe, lang anhaltende Ohnmacht zu befördern. Doch es gab noch etwas, das Marius viel mehr als die bloße Anwesenheit des Mannes beunruhigte, nämlich die Tatsache, dass rechts und links neben ihm je eine exakte Nachbildung der New Yorker Twin Towers standen, keinen halben Meter hoch, um die der Mann seine Arme gelegt hatte, ja sie beinahe herzte.

Marius erkannte sie sofort, er hatte die Bilder nicht vergessen, auch wenn er damals noch viel zu klein war, war er mit ihnen aufgewachsen, und absurderweise schloss er daraus, dass der Mann, der dort vorne saß und ihn noch immer nicht bemerkt hatte, ein Selbstmordattentäter sein musste. Befand sich das Dynamit in den Figuren? Hatte er die Bombe im Rucksack, der neben ihm lag? Marius erwartete, dass er jeden Moment springen würde und betete, die Detonation möge erst auf der Höhe der unteren Etagen erfolgen und das Hochhaus ihr standhalten, während seine Beine zu Brei wurden.

Marius war kurz davor, wegzurennen oder vorher umzukippen, da drehte sich die seltsame Gestalt plötzlich um, mit freundlichem, etwas peinlich berührtem Blick sah der Mann ihn an und sofort schämte sich Marius für den albernen Gedanken, er könnte es hier mit einem Terroristen zu tun haben.

Ich kenne Sie, sagte er erstaunlich selbstbewusst zu dem Fremden, Sie sind doch der Mann aus dem Bus, der andere Deutsche, was machen Sie da?

Wir... Äh, ich genieße den Ausblick.

Darf ich mich zu Ihnen setzen?

Sofort nachdem er das ausgesprochen hatte, fragte er sich, warum er es getan hatte. Irgendwie hatte dieser komische Kerl oder eher das, was neben ihm stand, seine Neugierde geweckt, noch so eine Eigenschaft, die kindlicher war als es ihm lieb war.

Ja, aber sei bloß vorsichtig!

Wollten Sie sich umbringen?

Jetzt lachte der Mann. Nein, das würde ich mich niemals trauen, wirklich nicht. Ich genieße wirklich nur den Ausblick.

Sie meinen, wir, sagte Marius, eher charmant als spöttisch, und zeigte auf die Twin Towers.

Es war irgendwie cool, dachte Marius, Erwachsene in ungewöhnlichen, komischen oder gar verbotenen Situationen zu erwischen, das gab einem gewisse Macht und die seltene Möglichkeit, sich auf Augenhöhe zu fühlen.

Haben die eigentlich Namen? Ich meine, also außer dass sie zusammen die Zwillingstürme vom World Trade Center bilden, gab Marius mit seinem Wissen an.

Nicht direkt. Der mit der Antenne ist der Nordturm oder WTC1, der andere die 2 oder Südturm.

Und welchen lieben Sie mehr?

Während die erste Frage noch halbwegs ernst gemeint war, erwartete Marius hierauf keine Antwort, war aber auch nicht so überrascht, als doch eine kam.

Ich liebe sie beide gleich, sie gehören untrennbar zusammen.

Frank war erstaunt über seine ungewöhnliche Offenheit, vermutlich eine spontane Reaktion auf die nicht minder ungewöhnliche Frage des Jungen.

Aber, Sie wissen schon, dass nicht mehr viel davon übrig ist, also in echt, meine ich?

Ich denke an jedem Tag meines Lebens daran.

Waren sie etwa da, in New York am 11. September?

Nein, aber ich wünschte ich wäre dort gewesen und mit ihnen untergegangen.

Boah, Sie sind echt krass drauf.

Da es fast wie ein Kompliment klang, lachte Frank, und das

wiederum animierte Marius dazu, weiterzumachen.

Haben Sie auch Sex mit den Dingern?

Jetzt wäre eigentlich der Moment, um aufzustehen und zu gehen, den Jungen mit sich und seiner Pubertät allein auf dem Dach zurück zu lassen, aber irgendetwas hinderte Frank daran, vielleicht, dass ihn noch niemand zuvor so schnell durchschaut und so gnadenlos direkt befragt hatte.

Er antwortete erneut, ausweichend zwar, aber immerhin: Nun, ich finde sie wunderschön, die Türme, auch erotisch...

Danke, mehr will ich gar nicht wissen, entfuhr es Marius, und diesmal war er wirklich etwas überrascht von der Antwort. Aber warum auch nicht, dachte er sich anschließend, immerhin übte, um ehrlich zu sein, auch auf ihn so etwas Unbelebtes wie ein Fußball eine gewisse erotische Faszination aus, und das fühlte sich plötzlich vergleichsweise normal an, jetzt wo er erfahren hatte, dass es möglich war, dass ein Mensch sich in Hochhäuser verliebte und sogar mit ihnen schlief, wie auch immer das funktionieren sollte.

Immerhin kann man davon keine Kinder bekommen, fügte er schließlich hinzu, wieder lachte der Mann, merkte aber am Blick des Jungen, dass er diesen Satz ernster gemeint hatte als alles, was er zuvor während ihres Aufeinandertreffens gesagt hatte.

Eine Weile lang schwiegen sie gemeinsam, ließen ihre Augen über die Hochhäuser und die Stadt zu ihren Füßen wandern, beide eher suchend als innehaltend.

Irgendwo da unten ist vielleicht mein Vater, den ich noch nie in meinem Leben gesehen hab.

Oh, sagte Frank nur, und weil er in solchen Situationen nie wusste, was er sonst noch Sinnvolles sagen sollte, stellte er die dämliche Frage, wo denn seine Mutter sei.

Keine Ahnung, vielleicht vögelt sie mit irgend 'nem Kellner und denkt diesmal dran, ein Gummi zu nehmen, sagte er, verbittert, denn er wusste, dass es nicht stimmte und gemein war, aber es tat gut, gemein zu ihr zu sein, um jemanden an seiner Seite davon zu überzeugen, dass sie auch zu ihm gemein gewesen war.

Jahrelang haben sie mir alle erzählt, mein Vater wäre abgehauen, hätte uns im Stich gelassen, dabei weiß meine Mutter nicht mal, wer er ist.

Vielleicht gelingt es dir ja, ihn zu finden, sagte Frank, nur um irgendetwas Aufbauendes zu sagen. Hätte er doch wenigstens geweint, dann könnte er ihm ein Taschentuch reichen und vielleicht sogar den Arm um ihn legen. Die Stadt ist gar nicht so groß, glaub mir, ich habe hier auch schon jemanden wiedergefunden, eine Person, von der ich glaubte, ich würde sie nie wiedersehen.

Was würde das ändern, wenn ich ihn fände? Er weiß doch gar nicht, dass es mich gibt, und wenn er's gewusst hätte, dann wäre er wahrscheinlich wirklich getürmt. Ich war schließlich ein Unfall, ein Fehler.

Ich glaube nicht, dass er vor dir getürmt wäre, und wenn, dann wäre er ein ziemlicher Idiot, du bist nämlich ein wirklich besonderer Junge.

Echt? Danke.

Marius konnte nicht verbergen, dass er sich über die netten Worte des Mannes freute, auch wenn ihn nette Worte aus dem Munde älterer Männer eigentlich misstrauisch machen sollten, was ihm nicht zuletzt seine Mutter immer eingebläut hatte, wer weiß, vielleicht mochte er ja nicht nur Hochhäuser, sondern auch Halbwüchsige? Aber das war vermutlich genauso unwahrscheinlich wie die unlängst verworfene Terrorismus-Hypothese.

Wen haben sie denn wiedergefunden?

Eine Frau, Silvia, vielleicht erinnerst du dich auch noch an sie, einen Sitz vor mir im Bus?

Die, die mit dem Fahrer die ganze Zeit auf Spanisch geredet hat?

Ja, genau.

Ich dachte, sie stehen auf die Twin Towers und nicht auf Frauen?

Wer hat denn gesagt, dass ich auf sie stehe?

So, wie Sie gerade von ihr erzählt haben, von wegen wiedergefunden, obwohl Sie dachten, Sie hätten sie für immer verloren und so, stehen sie hundertprozentig auf sie!

Tja, ich weiß es nicht. Ist aber auch egal. Sie steht nämlich leider nicht auf mich.

Warum das denn?

Sie hat das mit den Beiden, er zeigte auf die Tower rechts und links neben ihm, spitz gekriegt, und darauf stand sie wohl eher nicht so.

Beide lachten, Frank so befreit wie selten, zweifelsohne war das ein besonderer Junge.

Und auf wen stehst du so?

Er hatte das Gefühl, nun auch irgendetwas von ihm erfahren zu müssen, nachdem er ihm mit seinen unvermittelten Fragen sein größtes Geheimnis entlockt und es wie selbstverständlich akzeptiert hatte.

Auf meine Freundin natürlich.

War das etwa das Mädchen neben dir im Bus? Respekt, ich hätte gedacht, das wäre deine große Schwester.

Marius verzog das Gesicht.

Das war meine Mutter!

Oh. Dann war sie ja wirklich ziemlich jung…

Sie war älter als ich jetzt. Hat sich ganz gut gehalten, ich weiß, aber sie ist echt schon fast dreißig.

Er sprach dreißig so aus, als wäre es eine unvorstellbar hohe Zahl, zumindest für eine Altersangabe.

Und wie alt ist deine Freundin?

Vierzehn, so alt wie ich. Sie kommt aus der Schweiz.

Eine Fernbeziehung?

Ja, aber ich werde sie bald besuchen, auch wenn es meine Mutter nicht erlaubt, spätestens in den Herbstferien fahre ich hin. Sie heißt Madlaina, das ist ein rätoromanischer Name, cool, oder?

In der Tat ein schöner Name, sehr exotisch. Apropos, wie heißt du eigentlich?

Sie nannten ihre Namen, weniger exotisch, und Frank streckte ihm sogar die Hand entgegen, etwas steif zwar, aber immerhin, und was normalerweise am Beginn eines Treffens steht, nämlich das Vorstellen, markierte in diesem Fall unumkehrbar ein Ende, denn mit dem Besinnen auf die Konvention, in Gestalt des Ri-tuals des Händeschütteln, war die unkonventionelle Offenheit ihrer skurrilen Begegnung schlagartig dahin.

Fast gleichzeitig standen sie auf, er packte die Nachbildungen seiner großen Liebe ein und spätestens als sie im Flur anderen Hotelgästen begegneten, gab es nichts mehr zu sagen außer ein leises Tschüs, schon so etwas wie Hat mich gefreut, dich kennen zu lernen, erschien Frank plötzlich unangebracht und Marius dachte noch nicht einmal daran, obwohl es der Wahrheit entsprochen hätte.

Als Marius wieder in das Zimmer zurückkehrte, tat Klara so, als würde sie schlafen, und als sie am nächsten Morgen früher als sonst aufstand, um die Koffer zu packen, stellte er sich schlafend, sogar dann noch, als Klara ihm ins Ohr flüsterte, sie wolle jetzt frühstücken gehen.

Vielleicht lag es daran, dass ihr Sohn nicht mitgekommen war, vielleicht auch nur daran, dass es ihr letzter Tag und damit die letzte Chance war, jedenfalls setzte sie sich an diesem Morgen an ihren alten Tisch und tatsächlich, er hatte Frühdienst.

Erst befürchtete sie, er würde ihren kleinen Zweiertisch meiden, gar einen Kollegen bitten, ihn zu übernehmen, doch dann kam er, die Augen noch ein wenig trauriger als sonst, aber ein angedeutetes Lächeln auf den Lippen, sie überlegte noch, was sie sagen sollte, und dann sagten sie es fast zeitgleich: Es tut mir leid.

Was war es, was ihnen leid tat? Dass sie es vermasselt hatten, sich aus dem Weg gegangen waren, niemand dem anderen etwas verzeihen konnte, was doch nur menschlich war?

Ich habe um zwölf Feierabend.

Da sitze ich schon im Bus zum Flughafen.

Jetzt wäre der Moment für weitere Sätze des Bedauerns und des Verzeihens gewesen, wenn da nicht plötzlich ein vierzehnjähriger Junge mit zerzaustem Haar, Augenringen und einer Schale Schokoflocken an ihren Tisch gekommen wäre, ein unverständliches Morgen in den nicht vorhandenen Bart genuschelt.

Sie kritzelte ihre Telefonnummer auf eine Serviette, wie sie es gemacht hatte, als sie selber noch vierzehn und auf Partys war und sagte: Wenn du mal wieder in Deutschland bist, ruf mich an. Und weil das irgendwie zu wenig versöhnlich und herzlich klang, schob sie noch hinterher: Oder auch einfach so.

Mach ich. Auf Wiedersehen, Klara. Und du, junger Mann, pass gut auf deine Mama auf.

Ja, Papa, sagte er, und alle taten so als hätten sie es überhört.

Adéu, Ximo, sagte sie.

Er schenkte ihr ein letztes Lächeln, gerührt davon, dass sie noch wusste, wie man sich in seiner Sprache verabschiedete. Ximo hatte es ihr nicht beigebracht, sie musste es aufgeschnappt haben, wahrscheinlich, als er sich mit der Wirtin bei ihrem einzigen gemeinsamen Essen unterhalten hatte.

Er bat einen Kollegen, ihren Tisch zu übernehmen, Klara trank ihren Orangensaft wie immer nicht zu Ende und drängte Marius, sich mit seinen Schokoflocken zu beeilen, obwohl der Shuttlebus erst in einer Stunde fahren würde.

Als Marius und seine Mutter viel zu früh an der Haltestelle auf dem Hotelparkplatz ankamen, hatte Frank bereits eine halbe Stunde dort gewartet. Seitdem er die Liste abgearbeitet und Silvia erneut verloren hatte, wusste er nicht mehr viel mit sich in dieser Stadt anzufangen.

Komplizenhaft zwinkerte Marius ihm zu und konnte ein Grinsen nicht unterdrücken, als sein Blick auf den Rucksack fiel, mit den Wölbungen, die klar erkennbar und doch nur für einen Eingeweihten zu deuten waren.

Weder Frank noch Marius machten Anstalten, einander anzusprechen, es schien beiden lieber zu sein, dass Klara nichts von ihnen erfuhr, dabei hatten sie nichts Verbotenes getan, wenn man mal davon absah, wo sie sich getroffen hatten, auch wenn dafür weniger sie als das Hotelmanagement und seine schlampigen Sicherheitsvorkehrungen verantwortlich waren.

Der Bus kam und setzte wie vor einer Woche erneut zur großen Stadtrundfahrt an, hielt gefühlt an jedem einzelnen Hotel und überall stiegen mindestens drei restalkoholisierte Engländer ein, und dennoch war die Stimmung friedlich bis melancholisch.

Jetzt am hellichten Tag, ohne die Leuchtreklamen und das

schmeichelhafte Schwarz dazwischen, wirkte die Stadt in ihrer Schlichtheit noch gnadenloser, trotzdem würde Frank sie vermissen wie kaum eine andere der vielen Städte, die er bereits besucht hatte, und es lag mit Sicherheit nicht an den Hochhäusern.

Sie waren schon auf der Ausfallstraße angelangt, am Bahnhof vorbei, als der Bus ein letztes Mal vor der Autobahn anhielt, an einer abgewohnten Pension, gerade mal sieben Stockwerke, wie Frank ohne Mühe routiniert gezählt hatte, und als er seinen Blick wieder senkte und die Tür des Busses sich langsam öffnete, entdeckte er sie unter den am Straßenrand Wartenden.

Beinahe panisch kramte er ein Buch hervor, schlug irgendeine Seite auf und hoffte damit, ihnen beiden eine peinliche Situation zu ersparen, doch ein solches Verhalten entsprach nicht Silvias Naturell.

Ist hier noch frei, fragte sie mit Kleinmädchenstimme und ohne eine Antwort abzuwarten, nahm sie den schweren Rucksack von Franks Nachbarsitz, stellte ihn auf den Boden und setzte sich neben ihn.

Ich bin sonst nicht so. Ich trinke sonst nie so viel. Ich weiß, du willst wahrscheinlich trotzdem nichts mehr mit mir zu tun haben. Aber glaub mir, was passiert ist, tut mir schrecklich leid.

Aber was ist denn schon passiert, sagte Frank und hoffte, sie hätte es vergessen, denn warum sonst hätte sie sich entschuldigt, wenn er es doch war, der ihre Gefühle verletzt hatte?

Oh Gott, wir waren beide so betrunken. Schlimm, wie die Teenager. Ich hab sogar schon fantasiert. Ich dachte, du machst mit irgendwelchen Spielzeughochhäusern rum!

Sie lachte laut und ein wenig ordinär, Frank lächelte gequält und hoffte inständig, weder Marius noch sonst jemand hätte sie gehört.

Aber du musst mir glauben, ich finde dein Hobby wirklich nicht schlimm, ich mache mich nicht darüber lustig! Ich sehe die Stadt mit ganz anderen Augen, seitdem wir gemeinsam die Türme abgeklappert haben. Das war wirklich eine tolle Erfahrung!

Sie unterhielten sich wie bei der Hinfahrt, nur vertrauter, über die Stadt, wie sie die vergangenen Tage ohne einander verbracht hatten und noch über dies und das, als wäre nichts gewesen, und zunehmend entspannte sich der arme Frank. Selbst das aus dem Augenwinkel wahrgenommene, erneute Zwinkern von Marius, der zwei Reihen weiter vorne auf der anderen Seite des Ganges saß und alles mitbekommen hatte, brachte ihn nicht mehr aus der Ruhe, wusste er doch, dass sein Geheimnis bei ihm gut aufgehoben war.

Am Flughafen trennten sich ihre Wege, ein Tschüs nur mit den Augen zwischen Frank und Marius, eine unbeholfene Umarmung und ein ungeplanter Kuss zwischen Frank und Silvia, nicht ohne vorher Telefonnummern und Versprechen ausgetauscht zu haben. Trotz allem war das ein Abschied, wie er sich gehörte, ein Abschied, wie er Marius und Madlaina von Klara nicht gegönnt wurde, daran konnten auch die vielen SMS und Anrufe, bei denen viel gefühlt und wenig gesagt wurde, nichts ändern.

Und dann diese Luft, als sie zu Hause ankamen, der Sommer, der eigentlich keiner war und doch so gut tat, nach all der Hitze, das Grün und die Frische zwischen den erschreckend flachen Häusern, das Wasser, das nicht salzig schmeckte und im Überfluss vorhanden war, eine Wohltat, wäre da nicht die Erinnerung an Hitze und die Sehnsucht nach dem unverstellten Blick aufs Meer gewesen.

Klara schaute noch immer aus dem geöffneten Balkonfenster in den Sommerregen hinein, dachte an seine traurigen Augen und sein orangensüßes Lächeln, als das Telefon klingelte. Voller Gewissheit und Freude nahm sie das Gespräch an, eine lange, unbekannte Rufnummer, mit Sicherheit aus dem Ausland.

Im selben Augenblick stürmte Marius ins Wohnzimmer, drauf und dran, ihr den Apparat aus den Händen zu reißen, sie hatte das viel zu helle Hallo am anderen Ende der Leitung schon gehört, wollte sich aber noch nicht damit abfinden, dass ihre Intuition sie betrogen hatte, dass sie sich überhaupt nichts als falsche Hoffnungen machte, also fragte sie: Ximo, bist du das?

Höflich und so hochdeutsch sie konnte verneinte Madlaina und stellte sich vor, holte nach, was bei ihrer ersten Begegnung unmöglich gewesen war, sagte, dass Marius ihr die Nummer gegeben hatte, weil die Anrufe auf dem Handy auf Dauer zu teuer waren und ob er zu sprechen wäre, und Klara hielt sich ihren Sohn dabei mit zunehmend körperlicher Gewalt vom Leib, er gierte nach dem Telefon wie ein kleines Kind nach einer Süßigkeit.

Sie wusste, dass jetzt der Moment gekommen war, eine kleine Chance, etwas wieder gut zu machen, denn das, was sie jetzt sagen würde, war entscheidender als alle gescheiterten, teuren Annäherungsversuche, die sie in den letzten Tagen unternommen hatte.

Schön, dich mal zu sprechen, es tut mir leid, dass unsere erste Begegnung so blöd gelaufen ist, ich weiß, ich habe fürchterlich überreagiert! Wann kommst du uns besuchen? Ich will dich wirklich gerne kennen lernen, Madlaina, Marius erzählt von nichts anderem mehr als von dir – was natürlich gelogen war, er sprach schließlich nicht mehr mit ihr.

Noch immer zog er ein Gesicht wie tausend saure Zitronen, doch als seine Mutter ihm schließlich das Telefon reichte – sie meint es wirklich ernst, sie erlaubt es, sei nicht mehr so streng zu ihr, sie ist echt in Ordnung, und übrigens, meine Eltern erlauben es auch, ich komme in den Herbstferien – da lächelte er, nein, er strahlte, erst ins Telefon und dann seine Mutter an.

Sie lächelte zurück, voller Liebe, und sah in sein Gesicht, sah die Freude und all den Glanz, bereute plötzlich zutiefst, dass sie ihren Sohn angelogen hatte und fragte sich, wie sie traurige Augen jemals hatte schön finden können.

Kleine Helden
(»Ich will nur wissen…«, Laith Al-Deen, 2000)

Als der erste Donnerschlag das aufziehende Gewitter ankündigte, stand Philipp auf, öffnete das Schiebefenster und lehnte sich so weit er konnte aus dem Zug. Der Fahrtwind schlug ihm ins Gesicht. Er hoffte darauf, dass Regen einsetzen und die Müdigkeit aus seinem Gesicht wischen würde, aber es blieb trocken.

Auf seiner Rückfahrt nach Bremen an diesem schwülen Augustnachmittag hatte Philipp das ganze Abteil der Regionalbahn für sich. Bald würde es solche Züge, von Dieselloks gezogene Waggons, nicht mehr geben. Bald würden hier moderne Triebwagen fahren. Oder gar keine Züge mehr, falls sie sich doch dazu entschließen sollten, die Strecke stillzulegen.

Der Gedanke daran machte Philipp traurig. So wie ihn die für den Personenverkehr stillgelegten, nur noch gelegentlich von Güterzügen befahrenen Nebenstrecken, die es in dieser Gegend so zahlreich gab, schon seit seiner Kindheit traurig machten.

Die Beerdigung von Tante Ursel lag noch nicht einmal eine Woche zurück. Beim Leichenschmaus hatte er sich vorgenommen, nie wieder an die Örtze zurückzukehren. Zu schmerzhaft war in diesen Tagen die Erinnerung an das, was er dort verloren hatte.

Doch kaum war er wieder in Bremen, hatte das Telefon geklingelt – der Anwalt und Notar von Tante Ursel. Sie habe Philipp in ihrem letzten Willen berücksichtigt und er solle zur Testamentseröffnung nach Munster kommen. Er war so überrascht gewesen, dass er sofort zugesagt hatte, ohne zu fragen, was ihn erwarten würde und ohne zu überlegen, ob er das überhaupt wollte.

Jetzt, wo er wusste, was er erben würde, dachte er schuldbewusst darüber nach, wie selten seine Besuche bei ihr in den letzten Jahren geworden waren. Das hatte nicht nur daran gelegen, dass Tante Ursel zunehmend verwirrter geworden war. Sie hatten sich entfremdet. Genau genommen, waren sie einander immer fremd gewesen. Nur das Schicksal hatte sie zusammengeführt. Doch zuletzt waren die Unterschiede nicht mehr zu leugnen gewesen: er, der umtriebige Student, der sich bei den Grünen engagierte, und sie, die erzkonservative, alte Dame. Was sollten sich zwei so verschiedene Menschen noch zu sagen haben?

Das letzte Mal vor ihrer Beerdigung war er während der Heideblüte dagewesen, um ihr einen Gefallen zu tun und weil sie diesen Ausflug seit über zehn Jahren jedes Jahr machten. Sie bestand darauf, mit ihrem Mercedes zu fahren. Philipp gab nach, obwohl ihm stets etwas mulmig war, wenn sie am Steuer saß. Aber was blieb ihm auch anderes übrig, er hatte schließlich noch immer keinen Führerschein. Und das Letzte, was Tante Ursel tun würde, wäre in einen Zug oder Bus zu steigen.

Nach der Wanderung, die in diesem letzten Jahr eher ein kurzer Spaziergang war, fuhren sie zum Landgasthof, in dem sie immer einkehrten. Der Besitzer schien gewechselt zu haben, denn das Lokal war nobler geworden und Hunde nicht mehr erlaubt. Philipp war sich sicher, dass sie das Schild gesehen hatte und bewusst ignorierte. Er folgte ihr in den Gastraum. Als der Kellner den Hund sah und sie auf das Verbot ansprach, lief sie wortlos an ihm vorbei und setzte sich an einen freien Tisch.

Der Gastronom probierte es mit Englisch und schließlich mit dezenten, aber eindeutigen Gesten, die Philipp, Tante Ursel und ihren Yorkshire Terrier zum Gehen auffordern sollten, doch die alte Dame, die noch immer gut ohne Hörgerät auskam, tat so, als würde sie kein Wort verstehen. „Bitte bringen Sie uns die Speisekarte, Herr Ober, und etwas Wasser für Anton", sagte sie. Philipp sah peinlich berührt auf den Boden.

Er schämte sich dafür, dass ihm die Frau, die er Tante Ursel und damit als einziger Mensch bei ihrem Vornamen nennen durfte, die meiste Zeit nur noch peinlich war. Dass ihm ihre selbstgemachte, aber viel zu zuckrige Erdbeermarmelade nicht mehr schmeckte, dass er die Artikel, die sie ihm ständig aus der Frankfurter Allgemeinen oder dem Handelsblatt ausschnitt, nicht mehr las und dass es ihm in den Ohren weh tat, wenn sie andauernd - nicht einmal besonders laut, aber mit endlos langgezogenem A - nach ihrem Hündchen Anton rief.

Nun war diese Frau tot. Das Haus, in dem Philipp so viel Zeit verbracht hatte wie an keinem anderen Ort außerhalb Bremens, hatte sie dem Ehepaar hinterlassen, das sich von Anfang an darum gekümmert und bislang in der Einliegerwohnung unter dem Dach gelebt hatte. Die Familie im Rheinland, zu der sie seit Jahren keinen Kontakt mehr unterhielt, bekam von ihrem Vermögen nur einen lächerlichen Pflichtteil.

Philipp hingegen sollte rund dreißig Millionen Mark erben.

Er dachte nicht daran, was er alles mit dem Geld tun könnte: etwa seinen Vater in den wohlverdienten Vorruhestand schicken, ein sorgenfreies Leben führen und jene Menschen und Projekte unterstützen, die Tante Ursel für den Untergang des Abendlandes verantwortlich machte.

Er dachte auch nicht daran, woher das Geld stammte: überwiegend aus Tante Ursels Anteil am Erbe ihres tief in die NS-Verbrechen verstrickten Unternehmervaters, dessen Vermögen sie gekonnt vermehrt hatte, halblegal am deutschen Fiskus vorbei auf den internationalen Finanzmärkten.

Er dachte nur daran, weshalb ausgerechnet er das Geld der einsamen, streitbaren Witwe bekommen hatte.

Mit elf war Philipp zum ersten Mal in der Lüneburger Heide gewesen. Gemeinsam mit seinem drei Jahre jüngeren Bruder Jakob und seinen Eltern bewohnte er eine Ferienwohnung in der Nähe des Mühlenteichs in Munster. Der Stadtkern war nicht besonders hübsch, daher war die Unterkunft viel preiswerter als die Ferienhäuser im Grünen oder in einem der malerischen Dörfer, von denen es in der Gegend so viele gab.

Philipps Vater arbeitete als Fahrer für einen Getränkegroßhandel, seine Mutter war seit ihrer Erkrankung zu Hause. Für mehr als einen einfachen Urlaub hatte es damals nicht gereicht. Dem kleinen Jakob machte das nichts aus, er mochte sogar die Ausflüge in die Heide. Philipp fand die Ferien furchtbar, die Spaziergänge langweilten ihn und die schöne Landschaft, für deren Schutz er sich später einmal so sehr einsetzen würde, ließ ihn damals kalt.

Der einzige Lichtblick war ein Besuch des Freizeitparks im nahen Soltau, der jedoch erst für den letzten Ferientag am Ende der Woche geplant war. „Das Beste zum Schluss", hatte die Mutter gesagt. „Vorfreude ist die schönste Freude", der Vater. In Wahrheit, das wusste Philipp, hatten seine Eltern den Termin nur deshalb so gelegt, weil sie sich dadurch ruhigere Urlaubstage versprachen. „Wenn ihr euch nicht anständig benehmt, könnt ihr den Heidepark vergessen", bekamen die Jungen immer wieder zu hören.

Am dritten Tag jener Frühjahrsferien entdeckte Philipp endlich etwas, das ihn interessierte. Während der Rest seiner Familie zu Besorgungen in den Supermarkt aufgebrochen war, lief er an der Örtze entlang bis zum Bahnhof.

Die Anlage hatte ihre besten Zeiten hinter sich und war zu diesem Zeitpunkt menschenleer. Dennoch gab es etwas, das die besondere Aufmerksamkeit des Jungen weckte. Auf einem der hinteren Gleise stand ein Güterwagen, beladen mit – er traute seinen Augen kaum – Panzern! Wenige Jahre später würde er sich als Pazifist bezeichnen, aber in diesem Moment war der kleine Philipp, wie wohl fast jeder Junge in seinem Alter, auf unerklärliche Weise fasziniert von dem schweren Kriegsgerät.

Doch damit nicht genug: Am Nachmittag desselben Tages begegneten ihm und seinem Bruder auf dem Weg zur Eisdiele eine ganze Schar junger Soldaten in tarnfarbenen Uniformen, wie sie die Kinder zuvor nur aus dem Fernsehen kannten. Gemächlich schlenderte die Horde Wehrpflichtiger durch die Fußgängerzone. Einige der Männer hatten Eistüten, andere Bierflaschen in der Hand, sie unterhielten sich laut und lachten. Dennoch sah Jakob etwas verunsichert zu seinem großen Bruder hinauf. „Philipp, wo wollen die hin? Gibt es Krieg?"

Da er seinem Bruder keine zufriedenstellende Antwort auf diese Frage hatte geben können, entschloss sich Philipp, am nächsten Tag erneut Erkundungen anzustellen. Eigentlich wollte er alleine losziehen, doch seine Eltern trugen ihm auf, Jakob mitzunehmen. In Anbetracht der Heidepark-Drohung gehorchte er. Die Geschwister liefen zum Bahnhof, doch die Güterwagen mit den Panzern standen nicht mehr dort – und auch kein einziger anderer Zug.

Auf einer Bank am Bahnsteig saß ein alter Mann, der einzige Mensch weit und breit. Er hatte eine Flasche Schnaps in der Hand, rote Wangen, ungepflegtes Haar und einen dichten Bart.

Philipp wusste, dass er nicht mit Fremden reden durfte, schon gar nicht, wenn sie so aussahen, doch er sprach ihn trotzdem an.

„Wissen Sie, wo die Panzer hin sind, die gestern noch hier standen?" Er zeigte auf eines der hinteren Rangiergleise. Der Alte wirkte nicht überrascht von der Frage. Vielleicht war die Kriegstheorie seines Bruders doch gar nicht so abwegig, dachte sich Philipp.

Er nahm einen Schluck aus seiner Schnapsflasche und antwortete dem Jungen, ohne ihm dabei in die Augen zu sehen. „Sie sind da, wo ihr auch sein solltet. An der Ostfront. Alle jungen Männer sollten da sein und unser Vaterland verteidigen", sagte er, mit fester, pathetischer Stimme, so als sei er sehr überzeugt von dem, was er da von sich gab.

„Und wie kommen wir da bitteschön hin?", fragte Philipp.

„Folgt dem Ruf des Führers. Am besten, ihr fahrt auf der Amerikalinie in die Reichshauptstadt und lasst euch dort rekrutieren. Hier gibt es doch nur noch Deserteure und Verräter. Niemanden, der bereit wäre, einen Heldentod zu sterben!" Jetzt drehte er sich endlich zu Philipp um und sah ihm ins Gesicht. Er schien zu merken, dass der Junge nicht wusste, wovon er sprach.

„Ihr müsst gen Osten! Der Feind kommt aus dem Osten!" Nun schrie er beinahe. Philipp konnte seinen alkoholischen Atem riechen. Um seine Worte zu untermauern, deutete der Alte mit den Armen in die Richtung, die er für Osten hielt.

„Komm, wir gehen", sagte Philipp.

Nachdem die Geschwister eine Weile entlang der Bahnanlagen gelaufen waren, zweigte ein Nebengleis von der Hauptstrecke ab. „Lass uns hier entlang", sagte Philipp und kletterte auf den Bahndamm hinauf.

Jakob zögerte, ihm zu folgen. „Geht es da nach Osten?", fragte er.

„Ja. Das ist die Amerikalinie, da bin ich mir sicher", log Philipp.

„Aber wenn der Feind von da kommt, sollten wir dann nicht besser in die andere Richtung?"

„Du hast gehört, was uns der Alte erzählt hat. Nur Verräter

würden das tun", sagte Philipp und bemühte sich, möglichst erwachsen zu klingen. Er ahnte, dass der Mann wohl nur ein alkoholkranker Spinner war, und er hatte keine Ahnung ob sie nach Osten gingen geschweige denn, ob sie dort die Panzer oder irgendetwas anderes von Belang finden würden, doch er liebte es, seinem kleinen Bruder Angst einzujagen.

Diesmal gelang es ihm jedoch nicht. Seine Worte hatten genau die gegenteilige Wirkung erzielt. „Ich bin kein Verräter! Ich bin ein mutiger Soldat!", sagte Jakob und kletterte ebenfalls auf den Bahndamm. Oben angekommen, hob er einen Stock auf, der auf den Schienen lag und tat so, als handele es sich um ein Maschinengewehr. Die Lippen zu einem zischenden Geräusch zusammengepresst, begann er, wie wild um sich zu schießen.

Nach ein paar Minuten Fußmarsch hatte Jakob genug vom Kriegsspielen, zumal sein Bruder nicht darauf einging. „Ist es noch weit bis nach Amerika?", fragte er ihn.

Philipp lachte. „Wir laufen doch nicht wirklich nach Amerika, du Dummkopf. Die heißt nur so, Amerikalinie."

Jakob wollte ihn gerade fragen, weshalb die Linie dann so hieß und wohin sie stattdessen liefen, da hörten die Geschwister eine schrille, mahnende Frauenstimme. „Kommt sofort da runter! Das ist gefährlich!"

Sie drehten sich um und sahen auf einem Wanderweg, der parallel zum Gleisbett verlief, eine ältere Dame mit einem eleganten Kleid, einem Hut mit rosafarbener Schleife und einem kleinen Hund an der Leine. „Bahnanlagen sind doch kein Kinderspielplatz", rief sie.

Mit dem beklemmenden Gefühl, bei etwas Verbotenem ertappt worden zu sein, stiegen die beiden Jungen den Damm wieder hinunter. „Wo sind eure Eltern? Was macht ihr hier draußen, ganz allein?"

Während Philipp noch darüber nachdachte, wie sie die Frau wieder loswerden konnten, ergriff sein immer noch recht aufgedrehter Bruder das Wort. „Wir folgen dem Ruf des Führers zur Ostfront!"

„Was redest du denn da, mein Junge? Weißt du überhaupt, was

das bedeutet?" Die Frau wirkte verstört. „Es gibt keinen Führer mehr und keine Ostfront. Der Krieg ist – Gott sei Dank - seit vielen, vielen Jahren vorbei."

„Und wieso sind dann hier so viele Soldaten? Und die Panzer am Bahnhof?", schaltete sich Philipp in das Gespräch ein.

Ein angedeutetes Lächeln huschte über das dennoch weiterhin strenge Gesicht der Dame. „Ihr seid wohl nicht von hier. In dieser Gegend übt das Militär für den Ernstfall und bildet Soldaten aus. Das hat aber nichts mit echtem Krieg zu tun."

Tatsächlich hatte bis dahin niemand den Kindern erzählt, dass die beschauliche Kleinstadt, in der sie ihre Ferien verbrachten, ein bedeutender Standort der Bundeswehr war. So bedeutend, dass es unter den Einwohnern mehr Soldaten als Zivilisten gab. Das gesamte Stadtgebiet war umzingelt von Truppenübungsplätzen. Bei seinen vielen noch kommenden Besuchen in Munster würde Philipp nachts noch oft genug von den Schießgeräuschen wachwerden, schweißgebadet wie nach einem Albtraum.

Doch an diesem Frühlingsnachmittag war es ruhig – noch. „Darf ich den Hund mal streicheln?", fragte Jakob die Dame. Sie nickte. „Wie heißt er?", erkundigte sich Philipp und kraulte ihn ebenfalls.

„Er heißt Anton. Ein Yorkshire Terrier, erst sieben Monate alt und noch sehr verspielt." Anton hatte den Stock entdeckt, den Jakob noch immer in der Hand hielt, und versuchte, ihn zu ergattern. Die Besitzerin war kurz davor, dem Treiben ein Ende zu setzen, als Jakob in einem Moment kindlichen Übermuts seinen Stock einfach davonwarf.

Der Ast landete auf den Gleisen. Frau Doktor Diepholz hatte die Leine nur lose um die Hand gewickelt. Anton befreite sich mühelos aus ihrem Griff und rannte auf den Bahndamm. Er hatte den Stock schon in der Schnauze, als Jakob rief: „Die Panzer kommen zurück!"

Nicht besonders schnell, aber dennoch gnadenlos und unaufhaltsam näherte sich der Güterzug. Auch Anton hatte ihn, mit dem feinen Gehör eines Hundes, längst wahrgenommen, doch statt den Rufen seines Frauchens den Bahndamm hinunter zu folgen, lief der junge Yorkshire Terrier die Gleise entlang vor dem Zug davon.

„Anton! Aaan-ton! Aaaaan-ton!", schrie Ursula Diepholz, laut und schrill und das A mit jedem mal mehr in die Länge ziehend, doch das Tier, den Stock noch immer zwischen den Zähnen, rannte unbeirrt weiter geradeaus, obwohl der Abstand zwischen dem heranfahrenden Zug und dem davonlaufenden Hund immer kleiner wurde.

Es dauerte ein paar Sekunden, bis Philipp merkte, dass nicht nur der Hund, sondern auch sein kleiner Bruder rannte: Er folgte Anton auf die Gleise. Der Lokführer gab ein lautes Hupen ab. Jakob hatte den Hund fast eingeholt, als er ins Stolpern geriet. Noch im Fallen gelang es ihm, das Tier von den Schienen zu stoßen.

Der Zug hupte erneut, die Bremsen quietschten unsäglich laut, Jakob versuchte sich aufzurichten, Philipp und Frau Diepholz kletterten den Damm hinauf, um ihm zu Hilfe zu eilen, doch es war zu spät.

Der kleine Philipp und die alte Dame mussten mit ansehen, wie der Junge vom Zug überrollt wurde. Er war sofort tot.

Keiner von beiden würde dieses Bild jemals vergessen können. Tante Ursel hatte es mit ins Grab genommen. Nun war Philipp mit seiner Schuld alleine.

Endlich begann es zu regnen. Die Tropfen peitschten ihm ins Gesicht und vermischten sich mit seinen Tränen. Als er bis auf die Kopfhaut nass war, zog er seinen Kopf wieder zurück, schloss das Fenster und setzte sich.

Er wünschte, er hätte sein Erbe in diesem Moment schon bei sich gehabt. Dann hätte er sofort damit beginnen können, Schein für Schein für Schein aus dem Fenster des fahrenden Regionalzugs zu werfen. Das Geld würde auf den Schienen liegen und der Zug darüber hinwegrollen mit derselben grausamen Gleichgültigkeit wie einst die Lok des Panzertransports über den Körper seines kleinen Bruders.

Vielleicht musste nicht nur das Geld, vielleicht musste auch er selbst auf den Schienen liegen, um Jakob wieder nah zu sein. Vielleicht genügte ein letzter großer Schmerz, um ihn von seinem ständigen Leid und seiner Schuld zu erlösen.

Der Gedanke daran tröstete ihn. So sehr, dass er sein Abteil verließ, zur Tür ging und ohne zu überlegen, entschlossen wie nie zuvor in seinem Leben, die Notentriegelung betätigte. Er schob die Tür mit aller Kraft auf. Der Wind pfiff durch den gesamten Waggon. Sie hatten die eingleisige Nebenbahn mittlerweile verlassen und befanden sich auf der Hauptstrecke in Richtung Bremen. Durch die offene Tür starrte er auf das gegenüberliegende Gleis. Sobald sich ein Gegenzug näherte, würde er springen.

„Entschuldigung, aber es zieht", hörte er plötzlich eine hohe Stimme hinter sich. Er drehte sich um. Die Stimme gehörte einem dunkelhaarigen Jungen, etwa acht Jahre alt. Philipp wusste, dass es unmöglich war, aber hinter ihm stand sein Bruder Jakob.

„Du bist nicht echt... Du bist tot...", stammelte er.

„Das weiß ich selbst, dass ich tot bin. Komm, mach die Tür zu, ich glaube, ich muss mal mit dir reden." Es donnerte und blitzte nahezu gleichzeitig, der Himmel war schwarz geworden und der Regen noch stärker, im Türraum bildete sich bereits eine Pfütze.

„Du bist tot!" Philipp stand unter Schock.

„Mag sein, aber das hat auch Vorteile. Ich kann jetzt, wenn ich möchte, jeden Tag in den Heidepark und brauche weder Eintritt zu zahlen noch Todesängste in der Achterbahn auszustehen."

„Dich gibt es gar nicht!", rief Philipp, noch verunsicherter als zuvor.

„Mehr hast du mir nicht zu sagen, nach so langer Zeit, großer Bruder?" Jakob sah ihn an, wie er ihn immer angesehen hatte, wenn er ihn aufziehen wollte, mit einem leichten Grinsen und weit aufgerissenen Augen.

Wieder kamen Philipp die Tränen. „Es tut mir leid. Ich bin schuld daran. Ich wünschte, ich könnte es ungeschehen machen."

„Du bist nicht schuld. Ich bin einen Heldentod gestorben. Ich habe Anton das Leben gerettet. Und dich jetzt auch noch zum Millionär gemacht."

„Aber ich will das gar nicht. Ich will ihr Geld nicht. Sie ist genauso schuldig wie ich."

„Niemand ist schuld. Es war ein Unfall. Frau Doktor Diepholz hat ihr Bestes getan, um dein Leben nach meinem Tod erträglicher zu machen. Hast du vergessen, wie sie sich um dich gekümmert und all die Jahre deinen Kummer angehört hat? Wie sie alles versucht hat, um dir eine schöne Kindheit zu ermöglichen?"

Philipp wusste, dass er halluzinierte, aber er wusste nicht, wie er die Einbildungen beenden konnte und ob er es überhaupt wollte, also sprach er weiter. „Nein, das habe ich nicht vergessen. Aber ich will ihr Geld trotzdem nicht. An diesem Geld klebt Blut."

„Rede keinen Unsinn, großer Bruder. Frau Doktor Diepholz hat sich von ihren Geschwistern, die ihren Nazi-Vater noch immer verklären, distanziert. Auch sie weiß, wie es ist, einen geliebten Menschen zu verlieren. Sie hat Zeit ihres Lebens an die Demokratie geglaubt, vielleicht an eine andere als du, aber sie hat auf ihre Art trotzdem für eine bessere Welt gekämpft. Sie hat das Rote Kreuz unterstützt und die Diakonie. Sie hat nach dem Krieg Vertriebene aufgenommen. Sie hat nicht nur geerbt, sondern auch ihr eigenes Geld verdient, gegen den Widerstand ihrer Familie, sie hat studiert und sogar promoviert in einer Zeit, als das für Frauen alles andere als selbstverständlich war. Weswegen also willst du ihr Geld nicht annehmen? Weil sie Atomkraftwerke für eine gute Idee hielt? Weil ihr Vater ein Nazi war? Vergiss nicht, unsere Großväter waren auch Nazis!"

Obwohl er es klar und deutlich vor seinen Augen sah, dass diese Worte aus dem Mund des achtjährigen Jakobs kamen, der seit über zehn Jahren tot war, ging Philipp fest davon aus, dass ihm das Leben einen letzten üblen Streich spielte.

„Jakob, bist du es wirklich? Darf ich dich mal umarmen?"

„Sicher." Er drückte den kleinen Körper ganz nah an sich und auch das fühlte sich so echt an, dass er begann, an seinem Verstand zu zweifeln.

„Es tut mir so leid. Ich habe nicht richtig auf dich aufgepasst. Und ich glaube, ich habe dir nie gesagt, wie sehr ich dich liebe. Ich weiß nicht, was davon ich mehr bereue."

„Ich habe immer gewusst, dass du mich genauso liebst wie ich dich. Und übrigens: Du musst nicht mehr auf mich aufpassen. Ich passe jetzt auf dich auf."

Als er aufwachte, fuhr der Zug bereits in den Bremer Haupt-bahnhof ein. Das Gewitter war vorbei, die Sonne schien. Es war nicht mehr schwül und drückend, sondern frisch und klar wie an einem Frühlingstag. Beim Aussteigen sah Philipp die kleine Pfütze im Türraum. Und wusste, dass er leben wollte.

Mensch
(»Mensch [Album]«, Herbert Grönemeyer, 2002)

Ich habe noch nie jemanden verloren. Meine Oma, okay, aber das war insofern nicht ganz so tragisch, als dass wir uns nicht sehr nah standen. Sie lebte ja auch gar nicht hier.

Dieser Typ hat seine Frau verloren. Auf Viva lief eine Doku über ihn. Ich habe noch nicht mal eine Freundin, und so wie die Dinge laufen, wird es wohl bis auf Weiteres dabei bleiben.

Aber wenn ich eine hätte, und sie würde sterben – brutal. Oder meine Eltern – noch brutaler. Ich mag gar nicht daran denken. Ich heule doch jetzt schon wegen gar nichts, was soll ich dann bloß machen, wenn wirklich mal was Schlimmes passiert?

Ich denke an das Video, diesen Strand des Lebens mit dem Eisbären. Da wäre ich jetzt auch gern. Ich mache die Augen zu und stelle mir vor, das gleichmäßige Regengeräusch, das durch das halboffene Fenster kommt, wäre das Meer. Es klappt ganz gut, bis das Telefon klingelt.

Meine Mutter. Sie kommen heute später, mal wieder. Kundentermin nach Feierabend. Es läuft gut, das Geschäft meiner Eltern. Ich bin bloß froh, dass sie jetzt eine richtige Aushilfe eingestellt haben und ich nicht mehr da arbeiten muss. So war es wenigstens für irgendwas gut, dass ich den Job verbockt habe.

Ich überlege, ob es sich lohnt, den PC noch mal hochzufahren, aber da man nie weiß, wann sie wirklich kommen, lasse ich es lieber. Zu riskant. Ich saß schon davor, als sie heute Mittag nach der Pause wieder los sind, und bestimmt legt er wieder die Hände auf den Rechner und auf den Fernseher, um zu prüfen, ob die Geräte noch warm sind. Auf diese Du-sitzt-den-ganzen-Tag-nur-vor-dem-Schirm-Diskussion habe ich heute keinen Bock. Außerdem kann ich Popstars dann heute Abend abhaken.

Das wird sowieso wieder schwierig. Wir haben nur einen Fernseher. Ich muss mich gegen zwei Veto-Mächte durchsetzen, wenn ich abends was sehen will. Zum Glück steigen meine Eltern eigentlich immer erst zum Heute-Journal ein, und manchmal kann ich sie überreden, Tagesthemen zu schauen, damit man wenigstens einen normalen Film mit Werbung schafft.

Ich decke den Abendbrottisch, um meine Chancen auf Popstars zu erhöhen. Der Abwasch von heute Mittag ist längst gemacht. Ich schneide sogar schon das Brot, auch wenn die Scheiben bei mir jedes Mal zu dick werden. Als ich fertig bin, sind sie immer noch nicht da.

Ich gehe noch mal auf mein Zimmer, was insofern erwähnenswert ist, als dass ich mich dort normalerweise eigentlich nur noch nachts aufhalte oder zum Schmollen, nachdem ich Zoff mit meinen Eltern hatte.

Der Schreibtisch mit dem PC und der Fernseher stehen im Wohnzimmer. Mein Zimmer ist auch noch gar nicht so lange meins. Es hat meinem Bruder gehört, doch der ist ausgezogen.

Von meinem Bruder habe ich auch die CD. Damit du mal was Anständiges hörst und nicht nur Bravo Hits, hat er gesagt. Am Anfang fand ich nur das eine Lied gut, doch mittlerweile mag ich fast jeden Song darauf, auch wenn ich die Texte nicht kapiere. Das ist bei den ganzen englischen Sachen eigentlich genauso, aber da fällt es einem nicht so auf. Seltsam.

Ich mache die Anlage lauter und lege mich auf den Boden. Ich könnte mich auch auf das Bett hauen, aber angezogen mag ich das überhaupt nicht. Das fühlt sich immer so an, als würde man mit Klamotten ins Wasser springen. Irgendwie unbequem.

Der Boden ist noch unbequemer, aus Holz und hart. Ich liege wie ein Sack Zement auf den Dielen. Es tut gleichmäßig weh, singt Grönemeyer. Wie passend.

Mir ist schon wieder nach Heulen. Ich versuche, mich zusammenzureißen. Was ist bloß los mit mir? Es liegt an der Musik, so viel ist klar. Wenn ich dieses Lied höre, ist es, als würde jemand in meinem Gehirn einen Schalter umlegen, der sofort die Tränenproduktion und schaurige Gedanken noch dazu in Gang setzt. Trotzdem schön, denke ich mir und flenne doch noch ein bisschen.

Nachdem das Lied zu Ende ist, drehe ich meinen Kopf zur Seite und schaue auf das Regal an der Wand. Mir fällt auf, wie verstaubt und vergilbt meine Bücher sind, all die TKKG-Bände und

Blyton-Abenteuer. In letzter Zeit lese ich kaum noch. Die Bücher, die wir für die Schule durcharbeiten müssen, finde ich doof und mit diesem ganzen Harry-Potter-Kram kann ich als einziger in der Klasse wenig anfangen.

Das mit dem Lesen ist insofern wichtig, als dass ich eigentlich vorhabe, Schriftsteller zu werden. Ziemlich absurd, ich weiß. Wobei, Schreiben und Lesen sind ja zwei verschiedene Paar Schuhe. Meine Eltern verhökern schließlich auch eine Menge Sachen, die sie selbst niemals kaufen würden.

Okay, ich gebe zu, der Vergleich hinkt gewaltig, denn bei meinen Eltern liegt es daran, dass die ganzen Klunker in ihrem Laden einfach zu teuer sind für diejenigen, die sie verkaufen. Außerdem sagt meine Mutter immer, zu viel Schmuck würde sie nur älter aussehen lassen, was ein krasser Satz ist, wenn man Mitinhaberin eines Schmuckgeschäftes ist. Aber das nur am Rande.

Jedenfalls liege ich auf dem Boden und sehe mir mein Regal an, da fällt mir die Kiste auf, die ganz unten steht. Ich weiß genau, was drin ist, tue aber ein bisschen so, als hätte ich es vergessen. Ich würde mich gerne überraschen lassen und sagen: Das ist ja doch gar nicht so schlecht. Doch als ich den Stapel mit den Ausdrucken heraushole, fallen mir schon auf den ersten fünf Seiten zehn neue Fehler auf, die ich zuvor noch nie bemerkt habe.

Was ich da geschrieben habe, vor gar nicht allzu langer Zeit, liest sich, wie von einem anderen. Als ob Enid Blyton und der TKKG-Typ sich zusammen getan hätten, um eine Geschichte zu schreiben – aber beide einen richtig schlechten Tag hatten.

Jetzt habe ich wirklich miese Laune. Wann kommen endlich meine Eltern? Nicht, dass ich sie sonderlich vermissen würde, aber ich möchte mich jetzt ablenken. Mit Essen. Mit Popstars.

Endlich kommen sie, nicht die Popstars, aber immerhin die Eltern. Sie freuen sich, dass ich den Tisch gedeckt habe, aber weil das ja relativ schnell ging, wollen sie natürlich wissen, was ich die ganze Zeit sonst so gemacht habe. Bald, wenn wieder Schule ist, muss ich mir die Frage wenigstens nur noch einmal am Tag anhören und kann sie mit Hausaufgaben beantworten.

Ich bin nicht gut im Lügen. Besser bin ich im Nur-einen-Teilder-Wahrheit-sagen, also überlege ich, mit welcher Teilwahrheit ich auf ihre Frage antworten soll. Gerichtsshows und in den Werbepausen Musikvideos gucken, dubiose Chats führen, in denen ich mich als älter ausgebe sowie heulend auf dem Boden liegen und dabei an den Tod denken schließe ich sofort aus. Bleibt nur lesen und Musik hören, aber wenn ich lesen sage, weckt das falsche Erwartungen, also sage ich nur: Ich habe Musik gehört.

Okay, die Antwort ist nicht der Knaller, aber für heute Abend scheint es zu reichen und bald ist ja wieder Schule. Nicht, dass ich mich darauf freuen würde. Wenn es gut läuft, wird das neue Schuljahr langweilig, so wie ungefähr Dreiviertel des letzten Schuljahrs. Wenn es schlecht läuft, wird es so wie das erste Viertel des letzten und die zwei Jahre zuvor. Wobei das unwahrscheinlich ist, weil Danny ja wohl hoffentlich für immer von der Schule geflogen ist. Seitdem ich ihn los bin, hat es zum Glück niemand mehr so richtig auf mich abgesehen.

Und wenn es wirklich gut läuft, dann muss ich bald gar nicht mehr zu Schule. Auch wenn mein Vater sagt, einen Schriftsteller ohne Abitur gibt es genauso wenig wie einen, der nicht liest. Insofern müsste ich mir schleunigst einen anderen Berufswunsch zulegen, aber mir fällt leider nichts ein. Okay, vielleicht Juror bei Popstars oder Fernsehrichter wie Alexander Hold, aber die ganzen TV-Juristen haben sogar wirklich Jura studiert. Wahrscheinlich hat selbst Jurychef Detlef D! Soost Abitur.

Das mit den Fernsehrichtern hat mir mein Bruder erzählt. Ich dachte immer, es wären auch Schauspieler, nur etwas talentiertere als die auf der Zeugen- und Anklagebank. Aber er wusste es besser, wie eigentlich fast alles. Mein Bruder studiert nämlich Jura. Er sagt, das hat rein gar nichts mit dem zu tun, was man im Fernsehen sieht. Und die Schule, einschließlich Abiprüfung, kommt ihm vor wie ein Spaziergang im Vergleich zu dem, was man an der Uni lernen muss.

Wenn er mal hier ist und ich mich bei ihm auskotze über die Schule, die Eltern oder beides, sagt er immer nur: Später wirst du darüber lachen. Ich schätze, das wird noch ziemlich lang dauern. Meine Mutter sagt nämlich, ich bin ein Spätzünder. Ich bin zu spät in den Stimmbruch und in die Pubertät gekommen, das stört sie nicht, aber wenn ich mal zu spät in die Schule komme, gibt es gleich Theater.

Seit Danny nicht mehr da ist, schwänze ich nicht mehr so viel. Ich will mich im neuen Schuljahr wirklich anstrengen, gute Noten schreiben und beliebter werden. Auch wenn sich das scheinbar widerspricht. Danny war vielleicht brutal, aber auch brutalst beliebt, gerade bei den Mädchen – und das trotz seiner Noten, die mit Abstand schlechtesten überhaupt.

Ich helfe beim Abräumen, ich trockne das Geschirr ab, obwohl Popstars schon seit zehn Minuten läuft. Erst als alles fertig ist, frage ich sie, ob ich die Sendung sehen darf.

Warum denn nicht? Ich habe doch alles gemacht! Abwasch, Tisch gedeckt, heute Morgen sogar den Balkon gefegt, okay, er sieht schon wieder übel aus, aber das war der Regen!

Wie, das hat damit nichts zu tun? Womit denn dann? Ihr bestraft mich, obwohl ich nichts getan habe, das könnt ihr doch nicht machen! Ich hasse euch!

Schon wieder liege ich flennend auf dem Boden, aber diesmal fließen die Tränen nicht melancholisch-schön zur Musik, sondern wütend wie aus den Augen eines bockigen Dreijährigen.

Früher habe ich in solchen Situationen eine Kiste mit Lego aus dem Regal genommen und den Inhalt durch die Gegend geschleudert, alle Teile auf dem Boden verteilt. Dann habe ich irgendetwas daraus gebaut und mich dabei langsam wieder beruhigt. Doch mit meinem Lego spielen jetzt die Nachbarskinder.

Es ist kalt geworden, ich mache das Fenster zu. Der Sommer ist vorbei. Ich denke nach, aber immer wenn ich glaube, einen klaren Gedanken gefasst zu haben, fließt er mir davon wie die Regentropfen auf der Fensterscheibe.

Es klopft, mein Vater. Wenn er mit mir sprechen will, wird es meistens pathetisch. Er sagt sonst nicht viel, fürs Reden ist eigentlich meine Mutter zuständig.

Er will, dass ich mich entschuldige, aber ich sehe es gar nicht ein, erst recht nicht, nachdem er mir sagt, dass er sich nicht auf den Deal Entschuldigung gegen Popstarsgucken einlassen mag.

Okay, Hassen war vielleicht ein hartes Wort, das sehe ich ein. Aber es geht nun mal um eine meiner absoluten Lieblingssendungen zurzeit.

Was ich daran so toll finde? Weiß ich auch nicht. Klar sind da ein paar ziemlich süße Mädels dabei, aber das gebe ich vor meinem Vater natürlich nicht zu.

Ich bin nicht nur unsportlich, sondern auch noch völlig unmusikalisch. Sie haben es probiert, erst Chor, dann Klavierunterricht, aber es hat nichts gebracht. Trotzdem ist es einer meiner Träume, in eine Castingshow zu gehen und entdeckt zu werden. Wieso gibt es keine Castingshows für Schriftsteller? Ich müsste kein ganzes Buch vorlegen, sondern hätte nur etwa 20 bis 30 Sekunden, um eine Passage vorzulesen, so lange, wie die Kandidaten vorsingen dürfen. In meinem Traum würden sie mein Talent erkennen und ich wäre im Recall. Von Runde zu Runde würde ich dann ein bisschen weiter schreiben, es würde wie von selbst laufen und am Ende hätte ich einen Bestseller geschrieben, wäre reich und berühmt.

Das erzähle ich meinem Vater natürlich auch nicht, ich weiß ja, wie absurd der Gedanke ist. Dummerweise fällt sein Blick auf die Kiste mit dem bedruckten Papier, die ich noch nicht wieder weggeräumt habe.

Das ist gar nichts, sage ich, und das geht dich gar nichts an, als er den Stapel trotzdem in die Hand nimmt, sofort ahnend, um was es sich dabei handelt. Ich habe meinen Eltern nie etwas von der Geschichte gezeigt. Erst habe ich behauptet, sie wäre noch nicht fertig, dann habe ich gesagt, sie ist nicht gut genug und irgendwann hat das Fragen aufgehört und ich mit dem Schreiben auch.

Meine Mutter liest nur Zeitschriften und höchstens mal Gedichte, mein Vater Thomas Mann und solche Sachen, da kannst du nicht mit albernen Abenteuergeschichten kommen, die selbst für die kleinen Nachbarskinder sterbenslangweilig wären, und das nicht nur, weil niemand darin fliegen oder zaubern kann oder was Harry Potter und Co. sonst so alles machen.

Ich will meinem Vater den Stapel aus der Hand reißen, doch als ich sehe, wie freundlich er auf einmal guckt, während die Pupillen hinter seinen dicken Brillengläsern von links nach rechts über das Papier wandern, halte ich mich zurück.

Er fragt, ob er sich setzen darf, ich nicke und er liest weiter. Ich bin aufgeregter als vor einem Juryentscheid bei Popstars, was insofern albern ist, als dass ich mit dieser Leistung niemals in den Recall kommen würde. Schon gar nicht bei meinem Vater, der fast so streng ist wie Detlef D! Soost und dazu noch mindestens zehnmal so viele Bücher gelesen hat, schätzungsweise.

Das ist spannend! Das ist gut! – sagt er nach dem zweiten Kapitel und ich schüttele ungläubig den Kopf. Wenn ich nicht wüsste, dass er bis eben noch sauer auf mich war, würde ich denken, er will sich bei mir einschleimen, so wie manchmal, wenn er und Mama auf irgendeine Messe fahren und mich ein paar Tage alleine lassen.

Er will es wirklich bis zum Ende lesen. Bald fängt das Heute-Journal an und er liest immer noch. Ich sitze auf dem Boden und kaue auf meinen Fingernägeln herum. Er ist so vertieft in meine alberne Geschichte, dass er sogar vergisst, mich deshalb zu ermahnen.

Mensch, das gefällt mir richtig gut, sagt er, als er endlich fertig ist und ich kann nicht verhindern, dass ich strahle. Das erinnert mich an die Geschichten, die wir dir früher schon immer vorlesen mussten, nach denen du so verrückt warst, mit den Geheimgängen und Schmugglern und so. Nur noch spannender.

Das sagt er wirklich. Ich kann es nicht fassen. Ich finde die Geschichte überhaupt nicht spannend. Er meint, das liegt vielleicht nur daran, dass ich sie mir erstens selbst ausgedacht und zweitens schon so oft gelesen habe, dass ich ganz genau weiß, was als nächstes passiert – und dann ist es natürlich auch nicht mehr spannend.

Er will wissen, warum ich sie ihm nicht früher gezeigt habe. Ich weiß nicht, was ich sagen soll. Ich weiß nur, ich bin gerade glücklich. Ziemlich glücklich.

Dann kommt doch noch ein Aber. Aber sprachlich, sagt er, musst du noch besser werden. Weniger Wiederholungen, weniger Tippfehler. Und ruhig auch mal Anführungszeichen verwenden.

Die mag ich nicht, sage ich.

Na gut, sagt er, es ist zwar gegen jede Konvention, aber immerhin avantgardistisch. Ich strahle schon wieder. So ein Wort hat er noch nie zu mir gesagt. Ich weiß nicht genau, was es bedeutet, aber es klingt ziemlich cool.

Und thematisch, sagt er, könntest du auch etwas vielfältiger werden. Versuche bei der nächsten Geschichte doch mal, authentisch zu sein, mehr von dir selbst einzubringen. Aus deinem Leben zu erzählen.

Mehr von mir selbst? Wer will denn so etwas lesen? Ich bin der langweiligste Mensch der Welt!

Menschen, die schreiben, können gar nicht langweilig sein, sagt mein Vater. Und: Ich freue mich schon auf deine nächste Geschichte.

Morgen fange ich an, sage ich zu ihm.

Warum nicht heute?

Ich grinse schelmisch. Weil ich jetzt noch sehen will, wer bei Popstars weiterkommt.

Na gut, sagt er, aber zu den Tagesthemen schalten wir um.

Einverstanden.

Und, noch was, ruft er mir nach, während ich mich schon auf die Wohnzimmercouch haue. Dein Ende ist ein bisschen zu lang und schwülstig. Fehlt nur noch so was wie: Und wenn sie nicht gestorben sind…

Quatsch, nicht schwülstiger als deine Verkaufsgespräche.

Von denen du dir diesen Sommer ruhig mal etwas hättest abgucken können, gerade in Sachen Freundlichkeit.

Du lenkst ab, Papa.

Du hast angefangen.

Also, wie soll die Geschichte denn dann aufhören, deiner Meinung nach?

Ich mache den Fernseher an, gerade noch rechtzeitig, kurz bevor Detlef D! Soost verkündet, wer diese Woche rausfliegt. Mein Vater setzt sich neben mich.

Einfach so, sagt er. Und jetzt will ich sehen, was an diesen Popstars so toll ist.

Weiß nicht, sage ich, das finde ich komisch, einfach so.

Du musst aber auch immer das letzte Wort haben, was? Kannst ruhig mal auf deinen alten Herrn hören. Der versteht nicht nur was von Schmuck, sondern auch von Büchern.

Er legt den Arm um mich. Die dramatischer werdende Musik kündigt an, dass eine Entscheidung unmittelbar bevorsteht. Leise sage ich, ihm zuliebe und noch immer so glücklich wie lange nicht mehr: „Okay."

Ich zieh mich vor dir aus
(»Zu viel«, Etwas, 2004)

Ich bin zwölf Stunden gefahren, 700 Kilometer durch drei Staaten, um sie zum zweiten Mal kennenzulernen und mich zum ersten Mal zu verlieben.

Dort, wo sie lebt, gibt es keine Berge. Ihre Straßen heißen wie Vögel. Ich weiß jetzt, wie sich Glück anfühlt: wie ihre Lippen auf meinen am Kulkwitzer See.

*

234575 Wörter sind zwischen uns gefallen. Unsere Liebe ist bis hierhin 1446 Kilobyte schwer und, hätte ich so viel Papier, 1319 Seiten dick. Jetzt zählt niemand mehr die Worte. Jetzt ist das Lächeln echt, die Rosen auch, die Küsse feucht wie meine Hände bei unserem ersten Treffen.

Zum Studium, nach Deutschland. Kommunikationswissenschaft und Politik an der Universität Leipzig. Irgendwas mit Medien, Generation Praktikum, aber mir fällt nichts Besseres ein.

*

Sie wohnt in Markranstädt, Amselweg, ehemals Brachgelände am Tagebau, jetzt Doppelhaushälfte am See. Ich wohne in Leipzig-Grünau, einst größte Plattenbausiedlung der DDR, jetzt ehemalige DDR, Studentenwohnheim Mannheimer Straße, vormals Straße der Jugend.

Ihre Straßen heißen wie Vögel. Meine wie Städte in Baden-Württemberg. Auf ihrer Seite des Sees bauen sie neue, kleine Häuser, auf meiner werden alte, große abgerissen.

*

Sie darf abends nicht in die Stadt, also kommt die Stadt am Abend zu ihr. Die Stimme im Bus erinnert mich auch im Dunkeln daran, dass ich Leipzig jetzt verlasse. Ich überschreite die Tarifgrenze wie ein Pendler, der von der Arbeit nach Hause kommt.

Ihre Mutter ist eine tolle Köchin. Sie umarmt mich fast so lang wie ihre Tochter, ihr Vater ein bisschen kürzer und ihr Bruder mit den Augen. Du bist jetzt Teil der Familie, sagen sie. Sie mögen meinen Dialekt und ich mag ihren. Uns trennen drei Staaten und ein untergegangener und doch sprechen wir dieselbe Sprache.

*

Meine neuen Freunde sind keine, aber das ist mir egal. Für sie habe ich die Stadt schon verlassen, bevor ich sie verlassen habe. Sie wohnen in zentral gelegenen WGs, Altbau, spottbillig, und gehen feiern. Leipzig ist für sie Klein-Berlin, das junge Leben, der wilde Osten, weit weg von ihrer Heimat. Städte in Baden-Württemberg, eingetauscht gegen eine Stadt, die frei ist wie ein Vogel.

Aber wenn ich ihnen von Paula erzähle, wundern sie sich: so jung, so weit draußen. Also erzähle ich nicht mehr.

*

Wir küssen uns, wir lieben uns, aber nur mit Augen, Mund und Worten, angezogen auf, nicht von ihrem Kinderbett. Am Wochenende im Wohnheim könnte es passieren, doch wir trauen uns nicht. Dann gibt es einen Fehlalarm, mal wieder, wir ziehen uns an und gehen nach draußen, bis die Feuerwehr nachgesehen und die Sirene abgestellt hat.

Der Automat im Treppenhaus, 3 Euro für 3 Stück, erinnert mich daran, was nicht geschehen ist und ich bin traurig und erleichtert darüber zur selben Zeit.

*

Sie heißt Paula, ihr Bruder Paul, sie sind Zwillinge, seit 15 Jahren schon. Sie sagt, er sei anders und noch ein Kind, dabei ist er nur ein paar Eizellen jünger. Mit ihrem Bruder streitet sie sich, mit mir hat sie Diskussionen.

Mit Paul und ihrem Vater rede ich über Fußball. Mit Paula über Politik. Wenn sie wählen dürfte, würde sie links wählen, und sie versteht nicht, wieso ich meine Stimme per Brief einer christdemokratischen Partei geschickt habe. Sie versteht auch nicht, wieso ich ihr kein Italienisch beibringen, sondern lieber Sächsisch von ihr lernen möchte.

*

Seitdem kein Programm mehr die Worte zählen kann, die wir einander sagen, führe ich Buch über die Tage, an denen wir uns sehen. Am Anfang war jeder Tag, an dem wir uns getroffen haben, ein Strich, doch jetzt mache ich nur noch welche, wenn wir uns nicht treffen.

Diese Tage nennen wir Ruhetage, aber wir sprechen es nicht aus wie der Wirt, sondern wie der hungrige Gast, der unverhofft vor verschlossener Tür steht.

*

Das Wintersemester beginnt, seinen Namen zu verdienen. Es liegt zum ersten Mal Schnee und bald friert vielleicht sogar das Wasser. Wir gehen spazieren, unsere Nasen laufen schneller als wir.

Weihnachten zeige ich dir die Berge, sage ich. Später werden wir ein Haus bei dir in den Bergen haben und eines hier am See, flüstert sie vor dem Einschlafen in mein Ohr.

*

Wenn es später wird, redet sie oft von Später. Wir sprechen über Kinder, während wir auf ihrem Kinderbett liegen, in dem wir noch immer nichts tun, was Kinder nicht auch tun würden.

Da reißt ihr Bruder die Tür auf, noch in der Jacke, er hat Schnee dabei, Schnee ist etwas Besonderes hier, und wirft ihn aufs Bett. Sie schreit, ich werfe zurück, erst Schneematsch, dann Kissen, dann lachen wir alle und ich weiß, dass sie Recht hatte: Er ist noch ein Kind. Und sie auch. Und ich auch?

*

Ich besuche Paula sogar dann, wenn sie gar nicht da ist. Orchesterreise, drei Tage Prag, aber ihre Mutter besteht darauf, mich trotzdem zu bekochen. Danach Playstation mit Paul, er gewinnt gegen mich in jedem Spiel, bis auf ein einziges Mal, da gewinne ich, und er boxt und kitzelt mich zur Strafe.

Dann will er Dinge wissen, die ihn gar nichts angehen, über seine Schwester und mich. Nein, sage ich, als ich ja meine, und ja, als ich nein meine. Er zeigt mir Dinge auf seinem Computer, die mich gar nichts angehen und ich weiß schon wieder, dass sie recht hatte: Er ist anders.

*

Meinen Computer benutze ich nur noch zum Lernen und nachts, wenn die Sehnsucht wiederkommt, obwohl sie eigentlich weg sein müsste. Ich gehe wieder in die alten Räume: in den, wo wir uns fanden, und in die daneben, in denen ich mich verliere.

Tagsüber schreiben wir uns kurze Nachrichten, heimlich zwischen Hörsaal und Klassenzimmer hin und her, manchmal nur drei Worte, abgekürzt zu drei Buchstaben, und trotzdem tut es noch immer gut, sie zu lesen und sich zu vergewissern, dass Sehnsucht auch so funktionieren kann.

*

Zu Weihnachten, haufenweise liebe Worte und kleine Pakete, aber keine Berge für Paula. Niemand in ihrer Familie geht in die Kirche, niemand glaubt an Gott, doch es hätte ihnen das Herz gebrochen, das Fest ohne sie. Aber Ostern ist in Ordnung, oder vielleicht schon früher, in den Semesterferien.

Was ich von zu Hause mitgebracht habe: Erinnerungen, gute Wünsche, eingekochte Marmelade, Geld für ein Notebook. Es hat sogar eine eingebaute Kamera und einen Brenner. Mit dem Brenner kenne ich mich aus, die Kamera ist neu für mich.

*

Es ist Ruhetag, Orchesterprobe bis spät und Mathearbeit morgen, und ich bin zum ersten Mal in der Moritzbastei, auf einem Konzert. Ein Kommilitone stellt mich der Band vor. Der Bassist heißt Stefan, er studiert auch. Den Namen der Frontfrau habe ich vergessen (die Namen anderer Frauen interessieren mich nicht).

Als ich erfahre, dass sie aus Markranstädt kommen, frage ich sie sofort, aber sie kennen keine Paula. Paulas Freunde spielen nicht in Bands, sondern beim Jugendorchester, mit der Playstation oder beides.

*

Im Raum, in dem ich mich manchmal verliere, glaube ich, die Sehnsucht bekämpfen zu können. Ich sehe viel und bleibe süchtig.

Ich ziehe mich aus, so wie ich mich vor ihr noch nie ausgezogen habe, wie ein Vogel, der bis auf die Federn gerupft wurde. Wir tun, wofür es keine Entschuldigung und zu viele Namen gibt.

*

Paul ist doch kein Kind, aber schuldig bin ich trotzdem, auch wenn keiner von uns zufällig die Tür in Räume aufgestoßen hat, die nicht unzweideutiger hätten beschildert sein können.

Paula, meine Schuld ist ein Meer, gefüllt mit deinen Tränen,

wenn du wüsstest, was ich tue, tausend Mal größer als der Kulkwitzer See, dessen Ufer uns trennen. Ich verstecke mich nicht
mehr zwischen Bergen, sondern in einem Plattenbau. Es gibt keine Straße der Jugend mehr.

*

Ich wünsche mir Paulas Rosen aus Nullen und Einsen und das Lächeln zurück, das man aus Satzzeichen bilden kann und das ehrli-
cher war als ein echtes mit meinem Mund jemals sein kann.

Ich habe das Studium ab- und ein junges Herz gebrochen, ein
weiteres verwirrt zurückgelassen. Ich dachte, ich wüsste, wie sich
Glück anfühlt, doch es war gelogen. Alles, was ich weiß, ist, wie
sich Sehnsucht anfühlt.

Ein kleiner Schritt
(»Burli«, Sportfreunde Stiller, 2004)

Am Rand der Stadt, nahe der Autobahn, dort wo die Häuser alle gleich aussahen, war er zu Hause. Und schon das unterschied ihn von den meisten anderen in der Siedlung. Seine Nachbarn sahen sich als Türken, als Russen, als Bosnier oder Albaner, obwohl viele von ihnen das, was sie ihre Heimat nannten, nie kennen gelernt hatten.

Seine Mutter war deutsch, durch und durch, aber auch sie eine Fremde geblieben. Sechzig Jahre nach Kriegsende dachte sie noch immer an einen anderen Flecken Erde, wenn sie von Zuhause sprach – einem Land, das in ihren Augen so verloren war wie ihr Sohn.

Trotzdem ließ sie ihn gewähren, fragte nicht, warum er keine richtige Arbeit hatte und auch keine suchte. Sie kochte für ihn, wusch seine Wäsche, nur sein Zimmer, das betrat sie nicht mehr. Sie ekelte sich, beim Gedanken an die Dinge darin und den Staub darauf.

Hätte sie es betreten, hätte er sie überhaupt hineingelassen, dann wäre ihr unter dem Schmutz aufgefallen, dass sich in den vielen Jahren kaum etwas verändert hatte und es nichts gab, wovor es ihr hätte grauen müssen.

Torsten war ein Meter fünfundsechzig groß, sein Körper neunzig Kilo schwer und dreiunddreißig Jahre alt. Wäre da nicht dieser Staub auf all den Plüschtieren und Überraschungseier-Figuren, trügen die Spieler des FC Bayern auf den Postern nicht so lange Haare und so kurze Hosen, blätterte die mit Bällen bemusterte Tapete nicht an so vielen Stellen ab – man hätte meinen können, sein Zimmer sei das eines Zwölfjährigen. Torsten war sich dessen bewusst, ja, er mochte den Gedanken sogar. Wenn er schon die Zeit und ihren schmerzhaften Verlauf dort draußen nicht aufhalten konnte, so hielt er sie zumindest in seinem Zimmer fest so gut es ging.

Es war ein Freitag im Mai, ein Jahr und einen Monat bevor Deutschland selbst an diesem Ort der Heimatlosen ein Meer aus

Schwarz, Rot und Gold wurde, als er wie jeden Tag auf den Bolzplatz hinter seiner Häuserreihe ging. Er trug das Trikot von Roque Santa Cruz, das ihm zu klein war, während die Jungs an diesem Nachmittag, er sah es schon von weitem, ihm zu groß sein würden.

„Verpiss dich, Fetti!", rief ein Kerl im Besiktas-Dress mit Oberlippenbart, den er nur vom Sehen kannte. Um seinen Worten den fehlenden Nachdruck zu verleihen, schoss er den Ball auf Torsten. Er wollte den Bauch treffen, doch der Schuss war träge und unplatziert, beinahe unfreiwillig köpfte Torsten ihn zurück. Wie so oft war das Spielgerät der Bolzplatzjungen zu weich, unaufgepumpt und ausgedellt.

„Lass ihn, Bruder, er ist korrekt", sagte der andere und begrüßte Torsten mit Handschlag. Torsten dachte daran, wie oft er ihn vor vier, vielleicht fünf Jahren getröstet hatte, wenn er nach jeder noch so kleinen Verletzung in Tränen ausgebrochen war. Der Junge hatte es auch nicht vergessen.

„Bist du bei uns, Torsten? Gehst du Tor?", fragte er.

„Später vielleicht, Hamid. Ich wollt nur mal vorbeischaun. Bin eigentlich aufm Weg zum Turnier", log er.

Da er keine Lust hatte, schon wieder nach Hause zu gehen, lief er, nachdem er sich von Hamid erneut per Handschlag verabschiedet hatte, tatsächlich in Richtung der Bezirkssportanlage beim Schulzentrum, wo das jährliche D-Jugend-Turnier ausgetragen wurde.

Eigentlich ein Pflichttermin für Torsten, war er der Veranstaltung im letzten Jahr ferngeblieben, da Josef Huber, der Jugendleiter und zweite Vorsitzende des örtlichen Sportvereins, ihm Haus- und Platzverbot erteilt hatte.

So wie es eine Handvoll geizige oder arme Zuschauer bei den Punktspielen der ersten Herren in der Kreisliga zu tun pflegten, kletterte er über die kleine Mauer am Rand des Wäldchens hinter dem Platz und stellte sich an den Zaun, an eine lichte Stelle, von der aus man das Spielgeschehen verfolgen konnte, ohne am Eingang zur Sportanlage und damit an Herrn Huber vorbei zu müssen.

Kaum jemand in der Siedlung verfügte über einen umfangreicheren fußballerischen Sachverstand oder eine größere Begeisterung für den Sport als Torsten, und dennoch war es ihm stets verwehrt geblieben, im Verein zu spielen. Seine Trägheit, sein manchmal zügelloser Appetit und vor allem seine Gene hatten verhindert, dass er ein Fußballer, geschweige denn ein guter geworden war. Seine Veranlagung, für ein wachsames, misstrauisches Auge ebenso unübersehbar wie seine Leibesfülle, machten es ihm darüber hinaus ebenfalls unmöglich, das eigentlich für ihn wie geschaffene Amt eines Nachwuchstrainers oder -betreuers auszuüben. So hatte es zumindest der Huber Josef entschieden.

Torsten stand abseits der Bänke, auf Höhe des Strafraums, und wenn sich das Spielgeschehen in diese Hälfte verlagerte, war er versucht, gute Aktionen zu beklatschen oder dem von ihm favorisierten Team aufmunternd zuzurufen. Doch anders als die Eltern am Spielfeldrand, die ihren Söhnen taktische Anweisungen im Minutentakt gaben, tat er, was er am besten konnte: Er hielt sich zurück, damit niemand auf ihn aufmerksam wurde, so wie er es in all den Jahren gelernt hatte.

Wie immer, zumindest außerhalb des Profifußballs, galt seine Sympathie den Außenseitern, den chancenlos Unterlegenen. Die zweite D-Jugend des TSV aus dem Nachbarstadtteil erfüllte diese Rolle mit Bravour. Keiner der Spieler hatte auch nur annähernd Talent.

Nachdem das 0:6 fiel, schickte der Trainer seine zwei einzigen Reservisten zum Aufwärmen. Soweit Torsten das beurteilen konnte, drängten sich die beiden nicht auf. Der eine war übergewichtig, der andere machte bereits bei den lockeren Aufwärmübungen ein schmerzverzerrtes Gesicht, als stünde er kurz vor einem Krampf.

„Das reicht, Leon", sagte der Dicke und trabte gemächlich zurück zur Bank, doch Leon war anderer Meinung und setzte seine eigenwillige Dehnübung fort, die Torsten an sein morgendliches Strecken erinnerte, wenn er mal wieder besonders lang geschlafen hatte. Nachdem Leon fertig damit war, verfolgte er das Spiel weiterhin aus sicherem Abstand vom Trainer, im heimlichen Bemühen, damit seine Chance zu vergrößern, doch nicht auf den

Platz zu müssen.

Als der Ball ins Aus ging und Leon ihn für seinen Mannschaftskollegen holte, sah der Junge Torsten hinter dem Zaun stehen.

„Was machst du da?", fragte er, anstatt sich anzusehen, wie seine Mannschaft auf der anderen Seite des Platzes beinahe das 0:8 kassierte.

„Ich schau mir euer Spiel an", sagte Torsten wahrheitsgemäß.

„Wieso stehst du hinterm Zaun? Kostet doch gar keinen Einritt."

„Weil ich keine Lust hab, dass mich einige Leute hier sehen, mit denen ich mich nicht so gut versteh. Wo spielst du?", versuchte Torsten, das Thema zu wechseln.

„Bei der 2D vom TSV."

„Schon klar. Ich meinte eher, auf welcher Position", sagte Torsten und lachte.

„Innenverteidigung." Auch Leon lachte, verlegen.

„Falls du gleich rein musst, dann lass die Acht nicht aus den Augen. Er hat die meisten Tore geschossen. Ein guter Fußballer, aber ziemlich egoistisch. Und steht ständig frei. Wenn ihr ihn ein bisschen aus dem Spiel nehmen könnt, habt ihr schon viel erreicht. Manndeckung, verstehst du? Ist zwar altmodisch, aber was soll's."

„Hmm."

Der Trainer, resigniert und wortkarg im Gegensatz zu den meinungs- und lautstarken Eltern, zwang Leon beim Stand von 0:9 aufs Spielfeld. Torsten bezweifelte, dass er seinen Ratschlag beherzigen würde. Umso erstaunter war er, als er sah, dass der leidlich motivierte Junge nicht mehr von der Seite der Acht wich. Er gewann zwar keinen einzigen Zweikampf gegen ihn, doch immerhin vermochte Leon es, den talentiertesten Spieler auf dem Platz aus dem Konzept zu bringen. So sehr, dass er sich nicht anders zu helfen wusste, als den Jungen, der es sich wagte, ihn am Toreschießen hindern zu wollen, im Strafraum regelwidrig zu Fall zu bringen.

Leon weinte bitterlich, obwohl es nur ein vergleichsweise

harmloser Trikotzupfer war, der ihm den unfreiwilligen Kontakt mit dem harten Grantboden beschert hatte. Doch die Tränen trockneten schnell, als es seinem Mitspieler gelang, den Strafstoß zu verwandeln und damit das erste und einzige Tor des Turniers für seine Mannschaft zu schießen.

Viel unverständlicher war die Reaktion des Elfmeterverursachers. Nach heftigem Reklamieren erteilte ihm der Schiedsrichter eine Zeitstrafe. Wutentbrannt verließ der Junge das Spielfeld. Als seine Mannschaft wenig später den 10:1-Sieg feierte, saß die Nummer Acht weiter schmollend auf der Bank. Niemand außer Torsten beachtete ihn, auch Trainer und Betreuer nicht. Das Verhalten ihres besten Spielers war ihnen offenbar nicht neu.

Im nächsten und letzten Spiel, dem Finale, forcierte er die Tore, schoss jeden Ball als ginge es um Leben und Tod. Torsten gefiel diese Einstellung außerordentlich. Wenn es dem Jungen gelang, seinen Egoismus abzulegen, würde er es weit bringen, da war er sich sicher.

Doch dann, das Spiel war, nicht zuletzt dank seiner Tore, längst entschieden, ließ der Achter ein oder zwei Chancen liegen, spielte den Ball nicht ab und musste sich verhaltene Vorwürfe seiner Kollegen anhören, die er ungehalten zurückwies. Ein harmloser Freistoß, der gegen ihn nahe der Mittellinie gepfiffen wurde, brachte seine fragile Stimmung endgültig zum Kippen. Wieder sah er sich im Nachteil, glaubte, sich auf Diskussionen mit dem Unparteiischen einlassen zu müssen, der ihn konsequenterweise erneut vom Platz stellte.

Wie Lava aus einem eruptierenden Vulkan brachen Wut, Enttäuschung und Verzweiflung in Gestalt von Tränen, Tritten, Schreien und ungesunder Gesichtsröte aus ihm heraus. Nach reflexartigen Aufmunterungen durch Kollegen und Betreuer, verbaler und körperlicher Natur, die er ebenso reflexartig mit nonverbaler, ja beinahe tätlicher Aggression beantwortete, versuchten sie es abermals mit Ignorieren. Sie ließen ihn allein auf der Bank, auch dann noch, als das Spiel vorbei war und die Siegerehrung begann, in der Hoffnung, die kollektive Freude würde seinen irrationalen Trauerausbruch beenden.

Noch bevor der Pokal überreicht wurde, ließ der Junge mit der Nummer Acht eine Steilvorlage ungenutzt liegen, versäumte seine Großchance zur Wiedergutmachung schlechthin: Josef Huber war gewillt, ihm Kraft seines Amtes die Torjägerkanone zu überreichen, die keine Kanone war, sondern ein kleiner Pokal aus falschem Silber. Doch der beste Torschütze weigerte sich, auf den Rasen zu kommen und die Auszeichnung entgegenzunehmen.

Aufmunternd, ohne jede Häme in ihren noch klaren Stimmen, begannen erst ein paar Spieler, dann die gesamte Mannschaft seinen Namen zu rufen und dazu rhythmisch in die Hände zu klatschen. „Lu-kas, Lu-kas, Lu-kas".

Torsten fieberte aus der Entfernung mit und fühlte sich erinnert an eine unbestimmte Szene aus einem der Fußball-Kinderfilme, von denen er eine ganze Sammlung auf VHS besaß und die stets nach demselben, verlässlich einfachen wie beruhigend schönen Muster abliefen. In einem solchen Film wäre die Nummer Acht jetzt aufgestanden, hätte sich die Tränen aus dem Gesicht gewischt, verlegen gelächelt und schließlich, unter euphorischem Beifall mit breitem Grinsen die hochverdiente Trophäe entgegengenommen.

Doch da das Leben nicht war wie im Film, ja nicht einmal ein Kinderleben wie ein Kinderfilm, schon gar nicht in dieser Gegend der Stadt, blieb Lukas auf der Bank sitzen und tat, was er am besten konnte, als zuerst sein Trainer, dann Turnierleiter Huber sich ihm näherten: Er trat zu, als ginge es um Leben und Tod. Der Vulkan war wieder ausgebrochen und jeder, der ihm zu nah kam, musste sich daran schmerzhaft das Schienbein verbrennen.

Traurig beobachtete Torsten das, was er für den Anfang vom Ende einer traurigen Geschichte hielt – der eines mit göttlichen Gaben gesegneten Jungen, aus dem ein sehr guter Fußballer geworden wäre, stünden ihm da nicht seine Natur und der Rest der Welt im Weg. Eine Geschichte, die Torsten zu kennen glaubte.

„Herrschaftszeiten! Hams dir ins Hirn gschissn, Burli?", entglitt es dem Huber Josef, die Hand bereits zur Ohrfeige ausgeholt, in letzter Sekunde abgebremst, sich der Verantwortung seines Amtes gerade noch rechtzeitig wieder bewusst werdend.

Der Trainer drückte sich, mit etwas zeitlich wie räumlichen Abstand, gewählter aus, konnte jedoch die Enttäuschung über die Unbeherrschtheit seines ebenso schwierigen wie herausragenden Spielers auch nicht länger zurückhalten. Seine mahnenden Worte blieben ohne Wirkung, zumindest ohne die erwünschte: Lukas stand auf und rannte los, als habe er einen letzten Konter schnell auszuführen. Ohne sich noch einmal umzudrehen, sprang er über den Zaun und lief in das Wäldchen hinter der Sportanlage.

Trainer und Turnierleiter waren sich einig darüber, dass man ihm nicht nachlaufen würde, genau wie niemand aus dem Team derlei Anstalten machte. Huber setzte die Preisverleihung fort. Der Pokal für den besten Torjäger wurde herumgereicht und von den anderen Jungen genauso geküsst wie der etwas größere für den Turniersieg und die Medaillen, die Huber ihnen umhängte.

Weder Lukas noch Torsten bekamen davon etwas mit. Ihnen entging gleichermaßen, wie das Team von Torstens zweitem Turnierliebling Leon die Auszeichnung zur fairsten Mannschaft so ausgelassen feierte, als sei sie mehr als nur ein Trostpreis.

Der kleine Vulkan war an ihm vorbeigezogen ohne ihn eines Blickes zu würdigen, obwohl er ihn eigentlich gar nicht hatte übersehen können. Torsten wusste, dass es unvernünftig, bestenfalls sinnlos, vermutlich sogar gefährlich war, dass er sich mehr als nur das Schienbein verbrennen konnte, doch seine Natur ließ ihn jeden Gedanken an die Gefahr des Spiels mit dem Feuer verdrängen. Er folgte dem Jungen.

Nachdem die Zeremonie beendet war und die Mannschaften sich auf den Weg in die Kabine machten, unternahm der Trainer des Turniersiegers noch einmal den Versuch, seiner Verantwortung gerecht zu werden und lief an den Spielfeldrand, um nach Lukas Ausschau zu halten. Seine Rufe blieben unbeantwortet, also stieg er über die hüfthohe Absperrung und begann das schmale Waldstück zu durchforsten. Er sah auch nach oben, erwartete er den Jungen doch auf irgendeinem Ast, wie er mit kleinen Steinen nach Vögeln warf oder dem Baum seine Blätter einzeln ausriss, doch die Nummer Acht war weder auf dem Boden noch in den Baumkronen zu finden.

Als es auch seinem Assistenten und einer als Betreuerin einge-
setzten Mutter nicht gelang, Lukas ausfindig zu machen, weder
auf dem Gelände, noch im angrenzenden Waldstück, wandte sich
der Trainer an die Turnierleitung

Das plötzliche Verstummen der Musik und das anschließende
Quietschen der obligatorischen Rückkopplung ließ die Kinder auf
der Spielerdisco im Vereinsheim, dem traditionellen bunten
Abend mit allen Beteiligten, schlagartig verstummen.

„Hats irgendjemand von eich den Lukas gsehn?", füllte Hubers
honorig-sonorige Stimme den kargen, gefliesten Saal, wofür er weder Mikrofon noch Verstärker gebraucht hätte.

Es gab Mannschaften, wie etwa die zweite D vom TSV, da war
die Fluktuation so hoch, dass die Kinder noch nicht einmal den
Namen all ihrer gegenwärtigen Mitspieler kannten, doch wer Lukas war, wussten alle Anwesenden.

Getuschel setzte ein. „Der hockt doch bestimmt noch da hinten im Wald", sagte irgendwer im Dress des Siegers.

„Mit dem Fetti im Gebüsch", rief ein Spieler der Gastgeber
und ein paar der Kinder um ihn herum kicherten wissend. Leon
war der einzige Junge, der an diesem Tag Torstens versteckte Blicke vom Waldrand erwidert, aber bei weitem nicht der einzige, der
sie registriert hatte.

Huber wurde hellhörig. „Habts ihr außer dem Lukas noch jemandem im Wald gsehn?"

Jetzt erst dämmerte es Leon, wen sie mit Fetti gemeint hatten,
und er fand es gemein, dass sie den Mann so nannten, der seiner
Mannschaft mit ermutigenden Worten und klugen Ratschlägen,
die sie von ihrem resignierten Trainer so sehr vermissten, zu ihrem einzigen Tor des Turniers verholfen hatte.

Ein Spieler der Heimmannschaft erzählte Huber bereitwillig,
von wem sie während der Spiele heimlich beobachtet wurden.

„Wer ist dieser Mann? Was hat er im Wald verloren?", erkundigte sich der Trainer des Siegers beim Turnierleiter.

Josef Huber war nervös, Schweißperlen flossen über seine fal-
tige Stirn in sein rundliches, gerötetes Gesicht, was nur zum Teil
an der stickigen Luft im Festsaal lag. Er ordnete an, die Musik wie-

der aufzudrehen und verließ gemeinsam mit dem Betreuerstab von Lukas' Mannschaft das Vereinshaus.

„Des wenn i wüsst, was der da macht. Der hat hier nix zum suache. Der Mo hat Hausverbot, und des aus guadem Grund", antwortete Huber, nachdem der Trainer seine Frage wiederholt hatte.

„Warum? Was ist der Grund?"

Huber zögerte kurz und bereute mit einmal seine freimütigen, der erhöhten Erregung geschuldeten Äußerungen. „Es hat an Vorfall gem", war alles, was er schließlich einzuräumen bereit war.

Das seltsame Verhalten seines Gegenübers begann nun auch den erfahrenen Übungsleiter zu verunsichern, so sehr, dass er nicht nachhakte und sich mit der nebulösen Andeutung Hubers zufrieden gab.

Sie suchten erneut das Waldstück ab, doch noch immer fehlte sowohl von Lukas als auch von Torsten jede Spur.

„Wo führt der hin?", erkundigte sich der Trainer, als sie den Feldweg am Rand des Walds erreicht hatten.

„In Richtung Autobahn."

„Könnte dieser Mann hier ein Auto abgestellt haben?"

„Na, des glaub i fei ned. Der hat doch noch ned amoi an Führerschein."

„Dann sind sie ja vielleicht noch hier in der Nähe."

Der Trainer wusste, dass seine Sorge in diesem Moment nur dem Jungen zu gelten hatte, doch er kam nicht umher, daran zu denken, was er den Eltern, dem Jugendamt oder gar der Polizei sagen würde, wenn Lukas wirklich etwas zugestoßen war.

Athletischen Schrittes lief er den Feldweg in Richtung Autobahn entlang, so schnell, dass der alte Huber große Mühe hatte, mitzuhalten. Sein scheinbar zielstrebiger Gang war mehr Verzweiflung als Entschlossenheit geschuldet. Die Sonne stand tief und schränkte die Sicht ein, doch auch am helllichten Tag hätte er nichts anderes als menschenleere Felder und in der Ferne die Silhoutte der grauen Wohnblöcke erkannt.

„Des hat doch koan Wert. Lassens uns die Polizei ruaffa", meldete sich Huber zur Wort, schon mit dünnem Atem. Er musste die Stimme heben, damit der einige Meter vor ihm gehende Trainer ihn trotz des mit jedem Meter anschwellenden Autobahnlärms hören konnte.

Doch der Angesprochene reagierte nicht, denn just in diesem Moment erkannte er die Umrisse eines kleinen Menschen auf der Brücke, gefährlich weit über das Geländer gebeugt, den er schon aus der Ferne als den Entflohenen zu identifizieren glaubte. Noch einmal legte er an Geschwindigkeit zu und schüttelte den Würdenträger in seinem Rücken damit endgültig ab.

„Lukas, komm sofort da runter!", schrie er, doch als der Junge seinen Trainer sah, beugte er sich noch weiter vor.

„Hau ab oder ich springe! Haut alle ab!", rief er.

Anders als in schlechten Filmen, in denen solch dramatische Szenen, sei es durch bedrohliche Musik, pathetische Dialoge oder aberwitzige Zeitlupen künstlich in die Länge gezogen werden, ging es in dieser brutalen Wirklichkeit am äußersten Rand der Stadt furchtbar schnell.

Erst setzte der Junge das erste Bein und, nachdem der Trainer noch immer nicht stehen geblieben war, auch das zweite Bein vor das Geländer. Mit nur noch einer Hand hielt er sich am Geländer und damit am Leben fest, bereit in den Tod zu springen mit derselben unerklärlichen Verbissenheit, mit der er Tore schoss.

Im Gegenlicht der untergehenden Sonne hatte der Trainer übersehen, ja angesichts dessen, was sich vor seinen Augen abspielte, vielleicht sogar bewusst ausgeblendet, dass direkt gegenüber auf der anderen Seite der schmalen Brücke ein korpulenter Mann hockte, den Rücken am Geländer, und diese Sitzposition erst dann ruckartig verließ, als sich die Hand des Jungen vom Geländer löste und er zum Sprung ansetzte.

Ein kleiner, aber entschlossener Schritt genügte und die kurzen, massigen Arme des Mannes griffen nach dem Jungen. Noch nie war Torsten einem Menschen, mit Ausnahme seiner Mutter, körperlich so nah gekommen wie in diesem Augenblick, als er den Leib des Jungen an sich und das Geländer presste, ihn mit seinem gesamten Gewicht umschloss, bereit ihn nie mehr loszulassen, gegen jeden Trainer, jede unberechtigte oder berechtigte Zeitstrafe des Lebens und jede Lebensmüdigkeit zu verteidigen.

Für einen kurzen Moment ließ der Schock die Lava in Lukas' Adern, all die Wut und den Schmerz gefrieren, so sehr, dass er vergaß, zu weinen, zu schreien, zu treten. Ohne dass sein Gehirn ihm den Befehl dazu gegeben hätte, hob er mechanisch seine Beine und stieg über das Geländer zurück auf die Brücke.

Erst nachdem der ebenfalls für kurze Zeit erstarrte Trainer Torsten beinahe gewaltsam von dem Jungen löste und ihn zu sich zog, kehrte das Leben mit all seiner Schwermut in Lukas zurück und er begann zu zappeln wie ein Fisch, dem man das Wasser genommen hat. Doch der Trainer war stark genug, körperlich zumindest, um mit einem Zwölfjährigen zurechtzukommen.

Herr Huber erreichte die Brücke, als alles vorbei war, als der Junge sich dem festen Griff seines Trainers ergeben hatte und Torsten schon darüber nachdachte, ob es nicht das Beste wäre, einfach zu gehen. Doch dazu war es zu spät.

„Bist du wahnsinnig, du Gstörter? Du kannst doch ned mit dem Burm hier auf die Brückn marschiern! Des wird Konsequenzen ham, des sog i dir."

„Ich… Ich hab nur versucht, ihn davon abzuhalten… Mit ihm zu reden, aber als Sie gekommen sind, da ist er plötzlich…"

„Hör zu, halte dich in Zukunft bitte trotzdem von den Jungs und vom Platz fern, verstanden?", meldete sich der Trainer zu Wort, selbst überrascht darüber, dass er die Souveränität in seiner Stimme und seine natürliche Autorität noch immer nicht verloren hatte. Nach einer kurzen Pause fügte er hinzu, leiser und unsicherer: „Ich hab gesehen, was du getan hast. Danke."

Lukas schien weiterhin gedanklich abwesend und hielt den Kopf gesenkt, doch auch die Männer schwiegen und vermieden es, sich in die Augen zu sehen. Wortlos traten der Turnierleiter, der Trainer der Siegermannschaft und sein bester Spieler den Rückweg über die Felder zur Bezirkssportanlage an.

Torsten blieb allein auf der Brücke zurück, so lange, bis die Sonne ganz untergegangen und das Essen auf dem Küchentisch in der Wohnung seiner Mutter kalt war. Er dachte an das Gespräch mit Lukas, falls man die wenigen Sätze, die zwischen ihnen gefallen waren, überhaupt so nennen konnte. Er hatte ihn gefragt, warum er so voller Wut und Verzweiflung war. „Mich versteht niemand", hatte der Junge nur gesagt, und Torsten ihn verstanden.

Josef Huber erklärte die Feier vor der Zeit für beendet, nachdem Lukas vom kinder- und jugendpsychiatrischem Notdienst der Stadt übergeben und im Beisein seiner Eltern in eine Klinik gebracht wurde.

„Eine Frage habe ich noch, Herr Huber", sagte der Trainer der Siegermannschaft zum Abschied. „Mal unter uns: Was hat sich dieser Torsten eigentlich genau zu Schulden kommen lassen?"

„Warum woins des jetzt no wissen? Er hat doch nix gmacht, mitm Lukas, oder?"

Ohne darüber ein Wort verloren zu haben, waren sich Herr Huber und der Trainer unmittelbar nach dem Vorfall einig darin gewesen, niemandem gegenüber zu erwähnen, wer sich noch auf der Brücke befunden hatte.

„Ich möcht es halt wissen."

„Er hat Vereinseigentum entwendet. Bälle und Pumpen hat er gstohln."

Der Trainer sah ihn fragend an, als würde ein solches Fehlverhalten ein Hausverbot nicht bereits hinlänglich erklären.

„An die kloanan Burschn vom Bolzplatz beim Asylantenheim hat er unser Zeigl verteilt. Mit denen spuit er immer no, seit zwanzig Jahrn hat er nix andres toa. Als war er net langsam a moi zu oid dafüa", sah sich der Huber Josef genötigt zu erklären, bevor er, mit wie immer festem Händedruck, den athletischen, um mindestens dreißig Jahre jüngeren Nachwuchsübungsleiter verabschiedete – am Ende eines Turniers, bei dem die Grenzen zwischen Siegern und Verlieren so fließend waren wie der niemals ruhende Verkehr auf der nahegelegenen Autobahn am Rande der Stadt der Heimatlosen.

Perfekte Welle
(»Es ist Juli«, Juli, 2004)

In den ersten heißen Tagen seiner letzten großen Ferien saß Julian auf seinem Rad, das ihm zu klein geworden war, genau wie die Stadt, durch deren Straßen er nach Hause fuhr. Er sah seine Mutter im Garten, winkte ihr und schob das Fahrrad am Haus vorbei in den Abstellraum unter der Veranda. Beim Rausgehen stieß er mit dem Kopf gegen die viel zu niedrige Tür.

„Aua", schrie er, mehr vor Schreck denn vor Schmerz. Seine Mutter, die im Kräutergarten Petersilie erntete, sah zu ihm rüber. „Was ist passiert, Hase?". So nannte sie ihn immer, nicht nur, wenn er sich wehgetan hatte. Früher war es ihm peinlich, besonders vor seinen Freunden, doch mittlerweile merkte er es gar nicht mehr.

„Nichts, Mama. Ich hab mir nur den Kopf gestoßen."

„Die Welt ist nicht gemacht für große Männer", rief sie. Auch das sagte sie oft, bis vor ein paar Jahren allerdings nur zu ihrem Mann, doch dann hatte Julian einen Wachstumssprung hingelegt und überragte mit beinahe zwei Metern mittlerweile sogar den Vater.

„Hast du alles bekommen?"

„Bio-Kartoffeln hatten sie keine mehr", sagte er und reichte ihr den Stoffbeutel. „Sonst ja."

Sie warf einen Blick in die Einkaufstasche. „Na gut, dann gibt es Nudeln dazu. Und die Tomaten, sind das holländische oder…?"

„Deutsche, natürlich", fiel er ihr ins Wort. Sie nickte zufrieden.

Zu Mittag gab es nur Salat und etwas aufgewärmte Suppe. „Papa wird sich nächste Woche Donnerstag einen halben Tag freinehmen. Dann können wir noch im Garten Kaffee trinken, wenn das Wetter so schön bleibt."

„Gut", sagte Julian und nahm sich noch ein Stück Brot.

„Iss nicht so viel Brot, Hase, es gibt doch heute Abend noch warm, sonst hast du keinen Appetit mehr."

„Mama!" Julian verdrehte die Augen.

„Apropos Appetit: Hast du dir schon überlegt, was du dieses Jahr für einen Geburtstagskuchen möchtest?"

„Erdbeertorte?", sagte Julian fragend, auch wenn er die Antwort kannte. Aber Erdbeeren waren seine Lieblingsfrüchte.

„Die Zeit ist vorbei, und die aus Spanien kauf ich nicht. Machen wir nächstes Jahr zu Pfingsten wieder, aus dem Garten, bessere kann man nicht bekommen. Ich würde vorschlagen, Johannisbeeren mit Streusel, was meinst du?"

„Gut", sagte Julian nur, und nahm sich auch noch das letzte Stück Brot, das seine Mutter aufgeschnitten und in den Korb auf den Esstisch in der Veranda gestellt hatte.

Als sie den Tisch abgeräumt hatten, klingelte das Telefon. Früher war Julian immer sofort hingestürmt, doch da es ohnehin meistens nicht für ihn war, hatte er sich das abgewöhnt.

Umso erstaunter war er, als seine Mutter ihn rief. „Ist für dich. Tim."

Tim war Julians bester, vielleicht einziger Freund, aber seit er mit Olivia zusammen war, sahen sie sich eigentlich nur noch in der Schule.

„Tim?", meldete er sich, immer noch überrascht.

„Hi Juli, wie geht's?"

„Gut und selbst?"

„Wenn Ferien sind, geht's mir immer gut."

Julian lachte etwas verlegen. „Ja, mir auch", sagte er, obwohl das nicht stimmte.

„Sag mal, du kennst doch Eva aus der Elften?"

Sollte das ein Witz sein? Natürlich kannte Julian Eva, genauso wie Tim und so ungefähr jeder Junge der Oberstufe, ach was, jeder Junge der Schule sie kannte – oder zumindest gerne kennenlernen wollte. Als Tim noch nicht mit Olivia zusammen war, hatten Julian und er oft über Eva gesprochen.

„Äh, ja, klar."

„Also, jedenfalls der Freund von Eva, irgend so ein Vollasi von der Berufsschule, hat sie sitzen lassen für 'ne andere. Hast du vielleicht schon mitgekriegt. Und du weißt doch, Olivia und Eva sind beste Freundinnen."

„Ja", sagte Julian, was schon wieder nicht stimmte, denn er hatte keine Ahnung, mit wem Eva befreundet, geschweige denn gerade liiert oder nicht mehr liiert war. Tim war der erste Mensch aus der Schule mit dem er seit Ferienbeginn vor fast zwei Wochen sprach.

„Eigentlich wollten wir alle vier ein paar Tage wegfahren, nach Spanien, also Olivia, Eva, ihr Freund und ich. Das Haus ist schon gebucht. Aber jetzt, wo der Typ sich verpisst hat und es Eva so dreckig geht, steht das natürlich alles auf der Kippe."

„Und was hab ich damit zu tun?", fragte Julian, patziger als es eigentlich gemeint war.

„Na, Olivia will ihre Freundin jetzt nicht einfach alleine lassen. Aber es wäre ja irgendwie blöd für Eva, wenn sie ohne jemanden mitkommen würde und wir so als Paar... Da hab ich mir gedacht, vielleicht hast du ja Lust...", druckste Tim herum.

„Ich soll mitkommen, als Ersatz für den Vollproleten von der Berufsschule? Du willst mich mit ihr verkuppeln? Das ist ungefähr deine dümmste Idee seit der Sache mit der Mädchenumkleide in der Siebten. Eva kennt mich doch nicht mal!"

„Klar kennt sie dich! Ihr habt euch doch an meinem Achtzehnten getroffen, weißt du nicht mehr?" Natürlich wusste er noch, auch wenn das Treffen aus einem Lächeln ihrerseits, das er im Nachhinein als Mitleid interpretierte, und unbeholfenen Gesprächsfetzen seinerseits bestanden hatte.

„Außerdem, von Verkuppeln redet ja keiner! Sie will sowieso nichts mehr wissen von Männern, erst mal."

„Und dann falle ich dir ein, na danke", sagt Julian, diesmal wirklich etwas beleidigt. Er war zwar gewohnt, dass Tim manchmal seltsame Einfälle hatte, aber das schoss wirklich den Vogel ab.

„Quatsch, Kumpel. Ich... Wir dachten nur, dass du als Single, du bist ja noch Single, oder? Und sie auch als Single... Dass das besser wär mit euch beiden, als wenn wir da als glückliches Paar sind und sie gar keinen hat. Außerdem, das Haus ist groß genug, ihr hättet beide euer eigenes Zimmer."

„Und was sagt Eva selbst dazu?" Wie Julian seinen Freund kannte, war es gut möglich, dass er die Sache noch nicht einmal mit ihr abgesprochen hatte.

„Sie findet es super", sagte er. „Ich glaube, sie mag dich."

Julian lief rot an und war froh, dass Tim ihn nicht sehen konnte. „Ja, ja, wer's glaubt. So viel zum Thema Verkuppeln, du Möchtegern-Kai-Pflaume", sagte er. Jetzt klang auch Tims Lachen unsicher.

„Wann würde das denn losgehen und für wie lange? Und was würde mich der Spaß kosten?", hakte Julian nach, obwohl er sich kaum vorstellen konnte, sich darauf einzulassen. Das, was sein Freund ihm da erzählte, klang einfach zu haarsträubend.

„Das Haus haben wir für vier Nächte. Übermorgen geht's los, wir fahren mit dem Auto. Ich krieg den alten Fiat von meiner Mutter. Benzin übernehmen wir, müsstest dich nur an Miete und Essen beteiligen. Mit zweihundert Euro bist du dabei. Hast du so viel?"

„Zweihundert? Denke schon."

„Heißt das, du kommst mit?"

„Weiß nicht. Am Donnerstag ist ja mein Geburtstag."

„Weiß ich doch, Alter, weiß ich doch. Ist doch genial. Feiern am Strand, was will man mehr?" Julian war sich ziemlich sicher, dass Tim erst in diesem Moment wieder eingefallen war, dass der Geburtstag seines Freundes bevorstand. Seit Jahren schon hatte er weder mit ihm noch mit anderen Gleichaltrigen gefeiert, was nicht nur damit zu tun hatte, dass der Termin im Hochsommer lag und meist mitten in die Schulferien fiel.

„Mit Mutti, Papi und der buckligen Verwandtschaft kannst du dich den Rest des Sommers auch noch abgeben", erriet Tim die Gedanken seines Freundes, denn natürlich wären sie enttäuscht, wenn Julian ausgerechnet an seinem Achtzehnten verreisen würde. „Du hast die Wahl: Party unter Palmen mit Paradies-Eva und deinem besten Kumpel oder lieber Kaffeekränzchen unterm Apfelbaum mit Tante Uschi."

„Ich überleg's mir", sagte er, und in Tims Ohren musste es fast so schlimm geklungen haben wie: Ich muss erst meine Mama um Erlaubnis fragen.

Sie vereinbarten, dass Julian sich wieder melden würde. Beim

Abendessen brachte er das Thema zur Sprache. Er war sich zwar noch immer nicht sicher, was er von dem Angebot halten sollte, doch es interessierte ihn, wie seine Eltern darauf reagieren würden. Es wäre schließlich das erste Mal für ihn – ins Ausland, mit Übernachten und ohne Eltern.

„Davon halte ich gar nichts. Nach Spanien mit dem Auto und Tim am Steuer! Der hat doch den Führerschein gerade erst. Und dann ausgerechnet auch noch an deinem Geburtstag. Ist doch schon alles geplant, deine Tante will kommen und beide Omas und Opa auch."

„Wir können doch nachfeiern." Julian sah seinen Vater an und hoffte, dass er auf seiner Seite wäre. Doch noch tat er, als ginge ihn das Thema nichts an, steckte sich die Serviette in den Kragen und aß ohne vom Teller aufzusehen. Er trug noch immer das gute Hemd von der Arbeit, die Krawatte hatte er jedoch genauso ausgezogen wie die Stoffhose und sie gegen eine weite von Adidas eingetauscht, was in dieser Kombination unglaublich albern aussah, wie Julian fand.

„Was meinst du, Hase?" Es war nicht immer einfach, zu wissen, welchen ihrer Männer sie meinte, doch in diesem Fall war es klar. Julians Vater konnte sich nicht mehr vor der Diskussion drücken.

„Ich finde, der Junge ist alt genug, um selbst zu entscheiden, wie und wo er seinen Geburtstag feiert. Er wird erwachsen, Schatz. Außerdem können wir froh sein, dass er überhaupt Freunde hat, die mit ihm feiern wollen."

Während Julian sich noch darüber ärgerte, dass sein Vater ihn „den Jungen" nannte, wurde ihm plötzlich klar, dass er mitfahren wollte. Nur so würde seine Mutter verstehen, dass er erwachsen war und sein Vater, dass er sehr wohl Freunde hatte. Auch wenn er sich bei beidem manchmal nicht so sicher war.

„Ich bitte dich, Walter!", rief seine Mutter. So nannte sie ihren Mann nur, wenn sie sauer war.

„Darf man hier nicht mal mehr seine Meinung äußern? Ich sag doch nur, was Sache ist!"

Julian wollte nicht, dass sie sich stritten. „Wir fahren doch dann im August trotzdem alle zusammen ins Allgäu, wie immer. Und den Spanien-Trip zahle ich von meinem eigenen Geld."

„Na gut, wenn's denn sein muss. Aber du steigst nicht in dieses Auto, wenn Tim was getrunken hat." Auch seine Mutter wollte sich nicht streiten.

„Wenn Tim was getrunken hat, dann fährt er nicht", sagte Julian und hoffte, dass es wirklich so war. Er hatte bislang erst einmal neben seinem Freund am Steuer gesessen, an einem Regentag nach der Schule, und da war er natürlich nüchtern gewesen.

„Und du cremst dich bloß ein, versprich mir das. Mit Sonnenbrand ist nicht zu spaßen, Hase."

Im Morgengrauen, fast noch in der Nacht des übernächsten Tages stand Julian überpünktlich an der Ecke, dort wo die kleine Sackgasse auf die Durchgangsstraße stieß, und hielt Ausschau nach einem roten Fiat Punto.

Er war aufgeregt, noch schlimmer als vor Prüfungen oder Terminen beim Arzt. Wieder dachte er darüber nach, ob Tim die Wahrheit gesagt hatte und Eva wirklich so angetan von der Idee war, dass er das Trio in den Urlaub begleitete - oder ob er das nur gesagt hatte, damit er mitkam und sie den vierten Mann hatten, den sie vermutlich brauchten, um sich das gebuchte Ferienhaus leisten zu können.

Noch während ihm dieser Gedanke kam, schämte er sich dafür. Tim war immer großzügig gewesen, obwohl er und seine Familie weniger hatten als Julian. Und er hatte ja auch bereits angekündigt, dass sein Freund sich an den mit Sicherheit saftigen Spritkosten nicht beteiligen musste, was er ja wohl kaum getan hätte, wenn es ihm ums Geld gehen würde. Aber dass Eva, dieses wunderschöne Mädchen, sich an ihn erinnerte, ja sogar gute Erinnerungen an ihn hatte, das konnte er sich beim besten Willen nicht vorstellen.

Als der Kleinwagen endlich um die Ecke bog, fühlte sich Julian für einen kurzen Moment in seine Kindheit zurückversetzt. Wie oft hatten ihn Tim und seine Mutter genau an dieser Stelle damit abgeholt und zum Training gefahren, als er noch mitspielen durfte, im Fußballverein.

Doch nun saß nicht die Mutter, sondern der Sohn am Steuer, und daneben Olivia. Auf der Rückbank, Eva. Noch hübscher als er sie in Erinnerung hatte. Dunkelblondes, langes, lockiges Haar, ein makelloses Gesicht, tiefblaue Augen, schwungvolle Brauen, schlanke Taille, üppige Oberweite.

Wie konnte so ein Mädchen, oder besser gesagt, so eine Frau, so einen Mann, oder besser gesagt, so einen Jungen, schlaksig und schüchtern, gut finden? Vielleicht, überlegte sich Julian, hatte sie genug von gutaussehenden, muskulösen Berufsschultypen. Julian war Jahrgangsbester am Gymnasium, aber damit hatte er bislang noch kein Mädchen beeindruckt, eher im Gegenteil.

„Hi Julian, schön, dass du dabei bist", sagte sie, als er sich neben sie auf die Rückbank setzte.

„Hallo", antwortete er, und schon das fiel ihm schwer. Sie gaben sich die Hand, ihr Händedruck war weich wie Butter, ihr Lächeln auch.

Olivia drehte sich zu ihm um. „Julian ‚The Brain' in da House. Jetzt kann uns ja im Urlaub nichts mehr passieren. Du sprichst doch bestimmt fließend Spanisch."

Wenn Julian die Freundin seines besten Freundes nicht schon ein bisschen gekannt hätte, wäre er wohl beleidigt und hätte gedacht, sie würde sich lustig über ihn machen, doch so redete sie immer mit ihm. Sie ging in seine Klasse, war ehrgeizig und clever, aber nicht ehrgeizig und clever genug, um für Arbeiten zu lernen, so dass sie ihn, anders als der in solchen Dingen denkbar gleichgültige Tim, um seine guten Noten beneidete.

„Spanisch leider nicht, aber Französisch, und mein Latein ist auch ganz okay, was insofern gut ist, als dass das Spanische, wie das Französische, bekanntlich eine romanische Sprache ist und auf dem Lateinischen basiert, wodurch ich es einigermaßen verstehen kann, zumindest die Schriftsprache." Schweißperlen liefen ihm die Stirn hinunter. Je nervöser er war, umso länger wurden seine Sätze.

„Danke für den Vortrag, Herr Professor. Das wird der reinste Bildungsurlaub", sagte Olivia lachend. Sie kurbelte das Fenster herunter. Der Fahrtwind blies ihr die rotgefärbten Strähnchen ins

Gesicht und brachte ihre großen Ohrringe ins Schwanken. Ihm fiel auf, dass sie ein kleines Piercing über der Lippe hatte, das er entweder zuvor noch nicht bemerkt hatte oder neu war.

Olivia war hübsch, aber nicht so wie Eva, das hieß, nicht so, dass Julian nicht hingucken konnte oder in ihrer Gegenwart nur noch verschwurbelte Schachtelsätze herausbekam. Deshalb hatte er eigentlich gehofft, die Mädels würden hinten sitzen und er auf dem Beifahrersitz Platz nehmen können.

„Dafür geht mein Süßer locker als Spanier durch", sagte Olivia. In der Tat wirkte Tim mit seinen schwarzen Haaren und dunklen Augen wie ein südländischer Typ. Julian sah seinen Freund durch den Rückspiegel und war erstaunt, wie alt ihn sein Bart machte. Kaum zu glauben, dass sie nur ein paar Monate trennten.

Es fielen noch ein paar Scherze und lockere Bemerkungen, doch noch bevor sie überhaupt die französische Grenze erreicht hatten, wurde es still. Julian befürchtete, es könnte an ihm liegen. Olivia und Tim sahen sich schließen jeden Tag, es war also nicht so ungewöhnlich, dass sie sich auch einmal anschwiegen. Doch er und Eva, vereint nur durch die Rückbank, kannten sich kaum und schienen sich noch weniger zu erzählen zu haben.

Er deutete ihr Schweigen als Desinteresse, bezog es darauf, dass er nicht interessant genug für sie war. Auf die Idee, dass sie vielleicht dasselbe von ihm denken könnte, dass sie genau so schüchtern war wie er, kam er nicht.

Etwas Erleichterung brachte das Radio, das Tim irgendwann einschaltete. Olivia sang fast jeden Sommerhit mit. Sogar zu französischen Songs, die sie vermutlich noch nie zuvor gehört hatte, summte sie eifrig und wippte im Takt.

„Wann sind wir eigentlich da?", erkundigte sich Julian irgendwann.

„Auf die Frage habe ich schon gewartet", antworte Tim. „Keine Ahnung, Kumpel. Es sind über 1000 Kilometer bis zum Meer. Wenn wir wenig Pausen machen, sind wir hoffentlich noch vor Mitternacht unten."

Die erste Pause machten sie in der Mittagszeit an einer Raststätte bei Lyon. Julian ging aufs Klo und sah im Spiegel, dass er

Schweißflecken unter den Achseln hatte, obwohl es durch die geöffneten Fenster im Auto eigentlich gar nicht so heiß war. Doch wenn seine Nerven beansprucht wurden, konnte er gar nichts dagegen tun: Angst und Unsicherheit fanden ihren Weg nach draußen, in Form von Rinnsalen aus Schweiß, die ihn jedes Mal verrieten.

Julian war der einzige, der ein Hemd trug. Er hatte sich extra vor der Reise bei New Yorker in der Stadt ein paar davon gekauft, mit Schlangen- und Lotusblütenmotiven, von denen er dachte, sie wären gerade angesagt. Weit genug geschnitten, damit man nicht sah, wie dürr er war und wie wenige Muskeln sich unter dem Stoff verbargen.

Tim trug immer T-Shirts von irgendwelchen Indie-Bands, auf deren Konzerten er gewesen war. Die meisten waren ihm zu klein, doch es schien ihm nichts auszumachen, dass sich sein schwabbelig gewordener Bauch und sein Brustansatz darunter abzeichneten.

Umständlich bückte Julian sich unter den Händetrockner und versuchte, die Flecken mit heißer Luft zu bekämpfen, als plötzlich Tim die ansonsten menschenleere Autobahntoilette betrat. Vor ein paar Jahren noch war ihm vor seinem Freund nichts peinlich gewesen, sie kannten einander seit dem Sandkasten, doch jetzt richtete er sich sofort auf und tat so, als würde er sich die Hände trocknen. Aber Tim hatte ihn schon durchschaut.

„Du musst was Dunkles anziehen. Ist zwar wärmer, aber dann sieht man es nicht so", sagte er und zeigte auf sein schwarzes Shirt und die kaum sichtbare, aber ebenfalls vorhandene Feuchtigkeit im Achselbereich.

„Und, wenn ich dir noch einen Tipp geben darf: Es wird besser, sobald du den ersten Schritt gemacht hast. Glaub mir."

„Hä? Vom Laufen schwitze ich eigentlich noch mehr", sagte Julian, doch natürlich wusste er, was sein Freund meinte.

Wieder auf der Autobahn, unternahm er einen ersten, zaghaften Versuch. „Warst du schon mal in Spanien?" Obwohl sie direkt neben ihm saß, hatte Julian das Gefühl, dass mehr als nur ihre Handtasche zwischen ihnen stand, dass er geradezu schreien musste, um sie zu erreichen, was nicht nur am Fahrtlärm, dem Radio und Olivias Singsang lag.

„Nein, und du?"

„Ich auch nicht", sagte er, und Tim hatte recht gehabt, der erste Satz, die erste Frage war das Schwierigste. Was er als nächstes sagen wollte, kam irgendwie von selbst. „Wir fahren immer ins Allgäu, da meine Eltern dort ein Ferienhaus besitzen. Und ihr?"

„Meine Mutter muss viel arbeiten, sie ist ja selbstständig, deshalb fahre ich meistens mit Freunden weg, nach Frankreich oder Italien mit dem Zug und dann irgendwo in die Jugendherberge. Aber ein eigenes Ferienhäuschen, das wäre auch schön."

„Na ja, wenn man 15 Jahre lang immer an denselben Ort fahren muss und jeden Stein und jede Kuh mit Namen kennt, ist es nicht mehr ganz so prickelnd", sagte Julian und war noch immer überrascht darüber, wie locker die Worte plötzlich aus ihm herauskamen, mit denen er es jetzt sogar geschafft hatte, ihr ein Lächeln zu entlocken.

Streng genommen war es nichts anderes als Smalltalk, und doch hatte Julian das Gefühl, zum ersten Mal seit langer Zeit, ja vielleicht zum ersten Mal überhaupt ein längeres Gespräch mit einem Mädchen zu führen. Er verdrängte den Gedanken, dass sich Eva nur deshalb so lange mit ihm unterhielt, weil sie nicht davonlaufen konnte. Doch als das Geplänkel über Urlaubsziele und Ferienreisen irgendwann abebbte, sie ihre Schminksachen herausholte und die Lippen und Lidschatten nachzog, gelang es ihm nicht mehr.

Nach der zweiten Rast am frühen Nachmittag, kurz hinter Montpellier, gerieten sie in einen Stau und es dauerte fast eine Stunde, bis er sich aufgelöst hatte. Die Sonne stand schon tief, da waren sie noch immer über hundert Kilometer entfernt von ihrem Ziel an der Costa Brava.

„Ich glaube, es wird Zeit für Plan B", sagte Tim.

„Und wie lautet der?", wollte Eva wissen.

„Keine Ahnung. Ich war nur für Plan A zuständig. Irgendetwas müsst ihr ja auch noch zu tun haben."

„Unser Budget reicht nicht für einen Zwischenstopp mit Hotel-Übernachtung. Also müssten wir eigentlich weiterfahren, egal wie spät es wird, aber ehrlich gesagt, Tim sieht jetzt schon ziemlich fertig aus", gab Olivia zu bedenken.

„Von mir aus könnten wir auch im Auto 'ne Runde pennen", schlug Tim vor.

„Oder wir fahren demnächst irgendwo ab in Richtung Küste und suchen uns ein Plätzchen am Strand. Warm genug ist es ja", sagte Olivia.

„Oh ja, eine laue Sommernacht am Meer unterm Sternenhimmel, das klingt gut", sagte Eva und Julian war sich nicht sicher, ob alle nur scherzten oder ob sie das wirklich ernst meinten. Sicherheitshalber lachte er auch und sagte nichts.

Julian hätte sich auch ein Hotel leisten können, ein günstiges allemal, es wäre ihm sogar deutlich lieber gewesen, aber da Olivia schon für alle gesprochen hatte, traute er sich nicht, diese Option erneut zur Diskussion zu stellen.

Tatsächlich nahm Tim die nächste Ausfahrt und fuhr auf der Landstraße in Richtung eines kleinen Fischerdorfes irgendwo im französischen Teil Kataloniens. Sie parkten vor einem kleinen Supermarkt. „Da holen wir uns Proviant für die Strandparty", sagte Olivia.

Tim rief den Vermieter des Ferienhauses von seinem Handy aus an, einen Deutschen, der mit seinen Eltern befreundet war. „Die erste Nacht müssen wir leider trotzdem bezahlen", sagte er, nachdem das Telefonat beendet war.

Die Sonne war fast untergegangen, als sie den Strand betraten. Es war eine natürliche Bucht, links und rechts eingerahmt durch hohe Felsen und Klippen, in die sich kleine, aus Holz und unverputztem Beton gebaute Verschläge schmiegten, wo die Fischer ihre Boote nach Feierabend einschlossen.

Ein braungebrannter, von der Sonne faltig gewordener, alter Mann mit freiem Oberkörper war gerade dabei, die Liegen vom Sand zu befreien und auf einem Stapel neben dem Kiosk zusammenzubinden. Tim lief auf ihn zu. „Monsieur, s'il vous plait, quatre", sagte er, zeigte dem Mann vier Finger und mit der anderen Hand auf die Liegen. „Désolé, c'est fini pour aujourd'hui", erwiderte der Alte, doch als Tim ihm einen 20-Euro-Schein in die

Hand drückte, ließ er sich erbarmen und überließ ihm vier Liegen.

„20 Euro für ein Vier-Bett-Zimmer mit Meerblick ist doch ein guter Kurs", sagte er.

„Und allemal besser als Sand im Höschen", ergänzte Olivia trocken und alle lachten.

Der Kiosk schloss, der Liegen-Mann verschwand, ebenso wie zwei einheimische Großfamilien, die ein abendliches Picknick in der Bucht veranstaltet hatten, und zurück blieben neben dem Quartett nur noch ein verliebtes Paar, das sich ans andere Ende des Strandes zurückgezogen hatte, und ein athletischer Mann, der einsam seine Runden schwamm.

Nachdem sie zunächst einmal ins Wasser gesprungen und sich erfrischt hatten, saßen sie eine ganze Weile lang am Strand und lauschten andächtig dem gleichmäßigen Rauschen des Meeres. Dann baute Tim den Einweggrill aus dem Supermarkt auf, der trotz übel riechenden Grillanzünders nur mühsam ansprang. „Romantischer wäre es ja, wenn wir Holz sammeln würden und ein richtiges Feuer hätten", sagte Eva.

Es wurde dunkel und auch die letzten anderen Badegäste verschwanden. Sie hatten den Strand ganz für sich alleine. Der Sternenhimmel war weniger spektakulär als erwartet, was daran lag, dass der Mond fast voll und es so am Strand auch ohne Lagerfeuer hell genug war.

Romantisch war es dennoch. Olivia hatte sich einen Joint gedreht und teilte ihn mit Tim. Die beiden küssten sich, während sie rauchten, was Julian eklig fand. Wie immer lehnte er ab, als Tim ihm die Tüte reichte, und er war froh, dass auch Eva nur einmal kurz daran zog. Genauso wie sie seit einer halben Stunde an einer Flasche Bier nippte, während Julian, der trotz des mittlerweile etwas erfrischenden Windes noch immer schwitze, schon die dritte Dose Cola geleert hatte.

„Du hast ganz schön Durst, was?", sagte Eva.

„Ja. Ich bin die Wärme hier nicht gewohnt. Macht dir das gar nichts aus?"

„Nein, ist doch toll."

Wieder herrschte Schweigen, unterbrochen nur durch die Wellen und das immer breitere Lachen der beiden Verliebten. Es war erstaunlich, wie wenig man in Gesellschaft reden konnte, dachte sich Julian. Mit seiner Mutter wäre es unmöglich gewesen, so lange Zeit zusammen zu sein und so wenig zu sagen. Auch mit Tim hatte er früher ohne Unterlass geredet, über alle Mädchen in der Klasse, über die Lehrer, Videospiele, Fußball. Zu keinem dieser Themen hatte er mehr viel zu sagen.

Julian sah auf die Uhr. In weniger als einer Stunde würde er erwachsen sein, zumindest auf dem Papier, und erneut beschlich ihn das Gefühl, dass sein bester und einziger Freund den Termin schon wieder vergessen hatte.

Zum Nachtisch gab es Erdbeeren, Julian hatte sie ausgesucht. Es waren spanische, aber sie schmeckten trotzdem. Seltsam fasziniert betrachtete er Eva dabei, wie sie die Früchte aß. Sie nahm immer nur einen winzigen Happen und hielt die Beere beim Abbeißen jedes Mal einen Moment länger im Mund, als es eigentlich nötig gewesen wäre.

Als sie merkte, wie er sie ansah, lächelte sie und er wandte seinen Blick beschämt ab. Plötzlich schien sie doch Durst bekommen zu haben und leerte die Bierflasche mit großen Schlucken. Dann ließ sie sich von Tim seinen Joint reichen, er und Olivia waren schon beim zweiten angekommen, und nahm einen tiefen Zug.

„Bist du sicher, dass du nicht doch mal probieren willst?", sagte sie.

„Hab schon mal probiert, ist nichts für mich", log er.

„Und Alkohol trinkst du auch keinen?", hakte Eva nach.

„Vertrage ich nicht so gut, wegen der Krankheit", sagte er und auch das stimmte nicht ganz. Julian sprach das Thema nur ungern an, es wusste ohnehin jeder in der Schule, immerhin hatte er ein ganzes Jahr deswegen gefehlt. Aber vor Alkohol hatte er einfach nur Angst, wie vor so vielen Dingen, und da das niemand verstand, kam ihm die Ausrede mit seiner Krankheit gelegen.

„Ach so, verstehe", sagte Eva. Die Masche funktionierte eigentlich immer. „Aber ich hoffe, es ist okay für dich, wenn ich etwas trinke?", sagte sie, und ohne eine Antwort abzuwarten, nahm sie sich eine weitere Flasche Bier. „Ich hab jetzt doch irgendwie Durst bekommen."

Julian war verunsichert über ihren plötzlichen Sinneswandel. Er versuchte, sich nichts anmerken zu lassen, nahm die letzte Dose Cola, obwohl er wusste, dass er damit seinen Durst nicht löschen würde, und stieß mit Eva an. „Na dann, willkommen im Club der Durstigen", sagte er und war erstaunt, dass Evas Lachen noch nicht einmal gekünstelt wirkte. Wahrscheinich, dachte er sich, lag es daran, dass Alkohol und Marihuana begannen, ihren Zweck zu erfüllen.

Die Zeit plätscherte vor sich hin wie die Wellen im Mondschein. Julian war noch immer nicht ganz achtzehn, als er dem Druck nachgab und sich kurz von Eva verabschiedete. Er kletterte auf einen Vorsprung hinter einem Felsen am Rande der Bucht und erleichterte sich ins Mittelmeer, und noch während er das tat, drehte er den Kopf langsam um. Er spürte, dass jemand hinter ihm stand. Es war Eva, die ihm gefolgt sein musste.

Hektisch packte er ein, was doch nur der Mond sehen konnte. Auch vor Tims und Olivias Blicken waren sie hinter dem Felsen sicher, so dass die Wellen die einzigen Zeuge waren, für das, was danach geschah: Eva gab ihm einen Kuss auf den Mund, den ersten, den er jemals von einem Mädchen bekommen hatte.

Wenngleich er ohnehin nicht im Stande gewesen wäre, auch nur ein Wort hervorzubringen, legte sie den Zeigefinger erst auf ihre, anschließend auf seine Lippen. Dann verschwand die Hand und ihr Gesicht näherte sich ein zweites Mal dem seinen, bis irgendetwas in ihm den Befehl dazu gab, die Lippen doch zu öffnen, nicht um zu sprechen, sondern allein um ihrer Zunge Einlass in seinen Mund zu gewähren.

Er musste die Augen schließen, um nicht verrückt zu werden. Sie umklammerte ihn mit ihren Händen, ihre Haare wehten in sein Gesicht und kitzelten ihn. Eva stand jetzt so nah bei ihm, dass der Mond und seine langen Schatten ihm nicht mehr helfen konnten, das vor ihr zu verbergen, was in seiner Badehose passierte.

Eva bückte sich, um seine Unschuld aufzuheben wie eine heruntergefallene Münze, ein Glückspfennig, eigentlich nicht viel

Wert und dennoch unvergesslich kostbar.

Mit dem gleichen Erdbeermund, mit dem sie ihn eben noch geküsst hatte, sah sie ihn an, als sie fertig war. Noch immer lächelnd, nahm sie seine Hand und führte ihn zurück zum Strand. Er ließ es ebenso willenlos geschehen wie alles, was er in den Minuten zuvor erlebt hatte, vor Aufregung unfähig, einen klaren Gedanken zu fassen.

Julian hatte gehofft, Tim und Olivia würden schon schlafen oder wären zumindest noch immer ganz mit sich und ihrem Rausch beschäftigt, doch als sie sich ihnen näherten, sah er, dass sie auf ihren Liegen saßen, als hätten sie die beiden erwartet. Tim hatte ein wissendes Grinsen auf den Lippen. Womöglich war der Gesichtsausdruck seines Freundes allein der Tatsache geschuldet, dass er Händchen haltend mit Eva den Strand entlang spazierte. Dennoch fühlte sich Julian nackter als er es eben, mit heruntergelassener Badehose, gewesen war.

„Alles Gute zum Geburtstag, mein Freund! Wie ich sehe, hast du dein Geschenk schon ausgepackt", sagte er. Olivia lachte und Eva auch, verlegen und nicht ganz so laut, aber sie lachte.

Julian ließ ihre Hand los, senkte kurz den Kopf und ohne sich noch einmal in Richtung seiner Freunde umzudrehen, lief er davon, weg vom Strand, den kleinen Schotterweg hinauf zum Auto, für das er weder einen Führerschein noch den Schlüssel besaß.

Sie hatten vergessen, eines der Fenster zuzumachen und so gelang es ihm, die Tür zu öffnen. Tränen behinderten seine Sicht wie Wolken, die sich vor den Mond schieben, und so kam es, dass er sich den Kopf beim Einstiegen stieß und laut aufschrie, vor Schmerz, der nicht nur vom Aufprall kam.

Die Welt war nicht gemacht für große Männer, das wusste er, und noch weniger für große Jungs.

Eva klopfte ans Fenster. Sie war ihm schon wieder gefolgt. Julian schwieg und bewegte sich nicht. Sie stieg trotzdem ein und setzte sich auf den Beifahrersitz. „Ich wusste nicht, dass du Geburtstag hast. Alles Gute."

„Danke", sagte er, tonlos, noch immer ohne aufzusehen.

„Ich mag dich, wirklich."

„Ich dich auch", sprach er seinen ersten erwachsenen Satz aus, bevor er zum zweiten Mal in seinem Leben ein Mädchen küsste.

Bonustrack – Mein Leben mit Peter

Ich hocke neben dem Sofa, denn darauf ist kein Platz mehr. Ich will endlich mit dem Aufräumen anfangen, aber ich weiß einfach nicht wo. Es ist zu viel.

Überall um mich herum verteilt liegen Erinnerungsstücke an ein ganzes Leben: CDs, DVDs – selbst gebrannte, gekaufte, noch eingeschweißte – Panini-Alben, vergilbte Zeitschriften, schöne Steine, hässliche Mitbringsel, wertlose Münzen, nie angezündete Kerzen, eingestaubte Kuscheltiere. Aber vor allem Fotos. Gerahmte, in Alben oder Kalender geklebte, in Klarsichthüllen und Briefumschläge gestopfte und sogar beschämend viele ohne jeden Schutz, ohne jede Ordnung. Ein überproportional hoher Anteil der Bilder stammt aus Kindertagen. Meine Kindheit, seine Kindheit, Familie, Menschen, die ich nie kennen gelernt habe, die längst tot sind. Neben solchen, die in diesem Moment wünschten, sie wären es.

Dazwischen irgendwo ein großer Stapel Papier, seltsam unversehrt, obwohl aus lauter losen Blättern bestehend. Es ist das erste Manuskript meines ersten Romans – meiner Geschichte. Ich blättere zur letzten Seite, stelle fest, dass es wirklich der allererste Entwurf ist, noch ohne diesen verhängnisvollen letzten Satz. Ich sehe das Bleistiftherz, dass er darunter gekritzelt hat und erinnere mich, was er danach zu mir gesagt hat: „Lass alles so, wie es ist. Außer das Ende. Es gibt nichts Kitschigeres als ein Happy End!"

Wir einigten uns auf ein offenes. Und doch scheint es, als hätten wir damit unser eigenes besiegelt.

...

Auch wenn ich es damals, mit vierzehn, um nichts in der Welt zugegeben hätte und mir sehnlichst mein altes Leben, mein Stadtleben, zurückwünschte – der Umzug aufs Land hatte auch Vorteile. Mein Stiefvater und meine Mutter arbeiteten beide Vollzeit, in der Stadt, und so hatte ich nach der Schule meist bis in die frühen Abendstunden meine Ruhe. Und selbst wenn sie zu Hause waren, entzog ich mich ihnen so gut es ging.

Mein Zimmer war noch immer nicht abschließbar. Sie erlaubten mir nicht einmal mehr einen eigenen PC und der im Wohnzimmer hatte keinen Internetzugang. Bald entdeckte ich zumindest eine analoge Fluchtmöglichkeit, die mir in der Stadt stets verwehrt geblieben war: den direkten Weg in die Natur. Der Garten ging nahtlos in Felder über, die ein Stückchen später wiederum einem bewaldeten Hügel wichen.

Das Waldstück war zu unspektakulär für Wanderer und zu klein für Jäger oder für intensive Forstwirtschaft, sodass man dort höchstens einmal einem Hasen begegnete. Es war weit genug weg, um vom Ort aus weder gesehen noch gehört zu werden. Wenn ich gut gelaunt war, nahm ich meinen Discman mit und sang dem Wald laut und schräg meine Lieblingslieder von der Bravohits vor. War ich schlecht drauf, ließ ich meinen Frust an den Bäumen aus, die meine Schreie und Tritte stoisch ertrugen.

Sobald ich mich wieder aus dem Schutz des Waldes hinaus auf die Lichtung am Rand der Felder zurückbegab, hatte ich es mir zur Gewohnheit gemacht, statt hinab ins Dorf hinauf in den offenen Himmel zu schauen. Manchmal öffneten sich dabei auch meine Gedanken, fanden zu einer neuen Ordnung, und es gelang mir, in dieser Weite so etwas wie einen Horizont, eine Perspektive für mich zu erahnen.

Zum naturverliebten Träumer oder nachdenklichen Einzelgänger mag ich mich in dieser frühen Phase meiner Jugend dennoch nicht verklären. Von den kurzen lichten Momenten unter freiem Himmel einmal abgesehen, verbrachte ich den größten Teil meiner Freizeit vor dem Fernseher, unterforderte meinen Verstand mit zweitklassigen amerikanischen Sitcoms, nach denen ich schnell süchtig wurde, obwohl ich das meiste trotz eingespielter Lacher nicht einmal lustig fand.

Meine Mutter und mein Stiefvater redeten viel und sagten wenig. Sie ermahnten mich, weniger fernzusehen, mehr zu lernen, gesünder zu essen, freundlicher zu sein. Ungefragt erzählten sie jeden Abend von ihrer langweiligen Arbeit im Drogeriemarkt, von schwierigen Kunden, verspäteten Lieferungen, kranken Kolleginnen. Im Gegenzug verlangten sie von mir Bericht über meinen Schultag, den ich auf ein paar knappe, oftmals frei erfundene Allgemeinplätze beschränkte. Selten gaben sie sich damit zufrieden, ständig gab es Streit.

Trotz aller Diskussionen sprach niemand mehr über die einschneidenden Erlebnisse, die sich wenige Monate zuvor ereignet hatten. Die Scheidung meiner Eltern, der Autounfall meines Vaters, der ihn zum Invaliden gemacht hatte, der Auszug und weitestgehende Kontaktabbruch meiner großen Schwester – für all das galt das Gleiche wie für die alten Möbel und die nicht mehr passenden Kleidungsstücke: Wir hatten uns dieser Dinge beim Umzug endgültig entledigt, sie für immer in der Stadt zurückgelassen.

Ein noch größeres Tabu – sozusagen Sondermüll statt Altkleidersammlung – war nur die Sache mit Peter.

...

Ich hatte Peter im Jahr zuvor kennengelernt, noch mit dreizehn. Anfangs waren es bloß harmlose Blicke, die wir uns zuwarfen, aber ich verstand schnell, dass er sich von mir angezogen fühlte. Nur dadurch wurde er auch für mich interessant. Dass ich auf das eigene Geschlecht stand, war mir eigentlich schon immer klar gewesen, und dank des Internets, das kurz zuvor Einzug in unser kleines Reihenhaus gehalten hatte, verfügte ich bereits über eine sehr genaue Vorstellung meiner homosexuellen Fantasien. Ein nach außen hin spießiger und zutiefst erwachsener 30-Jähriger gehörte allerdings nicht gerade zu dem, wovon ich träumte. Dennoch ließ ich mich auf die Versuchung ein. Nach kurzem Smalltalk und ein paar harmlosen Treffen auf einem einsamen Bolzplatz folgte ich seiner Einladung und er verführte mich gekonnt auf seinem Ledersofa. Zunächst ließ ich es bloß geschehen, doch dann genoss ich es sogar, meistens zumindest.

Es blieb nicht beim Sex. Peter hatte sich unsterblich in mich verliebt. Für einen halben Sommer lang bildete ich mir ein, seine Gefühle erwidern zu können und wir lebten und liebten uns wie auf Wolke sieben. Endlich hatte ich jemanden, der mich trotz (oder vermutlich gerade wegen) meiner körperlichen (und geistigen) Unreife begehrenswert fand, meine sexuellen Wünsche teilte und bediente. Der mir, anders als meine zerstrittenen Eltern und meine flügge werdende große Schwester, Zeit und Aufmerksamkeit schenkte.

Die Tatsache, dass wir unsere Beziehung vor allen verstecken mussten, war Fluch und Segen zugleich. Auf der einen Seite war die Heimlichtuerei spannend, das Versteckspiel leidenschaftlich. Auf der anderen Seite lebte ich in ständiger Angst, meine konservativen Eltern und meine homophoben Mitschüler würden von meinem Doppelleben erfahren. Doppelleben deshalb, weil ich mir alle Mühe gab, der ganzen Welt den Hetero vorzuspielen.

Es kam, wie es kommen musste. Die Affäre flog auf. Am selben Tag verunglückte mein Vater schwer – Trunkenheit am Steuer. Ich mache mir bis heute Vorwürfe, da ich ihm kurzfristig abgesagt hatte, um mich stattdessen mit Peter zu treffen. Wenn wir uns sahen, trank er nämlich für gewöhnlich nicht.

Und als ob das noch nicht genug wäre, verlor ich auch meinen besten, ja vermutlich sogar einzigen Freund. Auch das war allein meine Schuld, denn er hatte mir meine Lügengeschichte (ein Mädchen, das es nicht gab) verziehen. Er verhalf mir bei meinem ersten Besuch in meiner alten Heimatstadt nach dem großen Knall und unserem anschließenden Umzug sogar zu einem Alibi, damit ich Peter heimlich treffen konnte. Völlig überrumpelt von diesem unerwarteten Vorschlag ließ ich mich auf sein Angebot ein.

Peter, der geglaubt hatte, mich nie wieder zu sehen, war überwältigt vor Glück. Wir hatten nur wenig Zeit und nutzten sie auch nicht für Gespräche. Als wir fertig waren, erwartete mich bereits mein Freund. Sein wissendes Grinsen war ein großes Geschenk, doch ich war noch immer zu feige und zu unreif, um es anzunehmen. Wenig glaubhaft beteuerte ich, es sei nie etwas außer Freundschaft zwischen mir und diesem Mann gewesen und fügte sicherheitshalber hinzu, dass ich auch diese soeben endgültig beendet hätte.

Und obwohl ich Sekunden zuvor in Peters Armen leise, aber völlig gegenteilige Bekenntnisse abgegeben hatte, machte ich meine Ankündigung wahr. Ich stellte den nach Enttarnung und Wegzug ohnehin schwierig gewordenen Kontakt zu Peter völlig ein. Vor lauter Scham meldete ich mich nach diesem doch eigentlich so versöhnlichen Treffen nicht einmal mehr bei meinem ehemals besten Freund.

Peter ließ mir kurz nach unserer letzten Begegnung einen langen Brief zukommen. Trotz aller darin enthaltenen Liebesbekenntnisse verstärkten seine Zeilen meinen Entschluss nur noch. Schon der Sex mit ihm hatte mich, bei aller Lust, zwischenzeitlich überfordert, aber seine Offenheit, die intimen Geständnisse und großen Worte ließen mich ratloser zurück als alles, was bisher zwischen uns geschehen war.

Er gestand mir in jenem Brief nicht nur seine Liebe, sondern offenbarte mir auch Details zu seiner Neigung, die ich bislang nicht gekannt oder zumindest verdrängt hatte. Blumig, aber unmissverständlich schrieb er mir, dass meine körperliche Attraktivität in seinen Augen über ein Verfallsdatum verfügte und dass wir kurz davor waren, dies zu erreichen. Gönnerhaft versprach er mir, dass er – anders als bei einer vorherigen Beziehungen mit einem anderen Jungen, den er verlassen hatte, als dieser ihm zu alt geworden war – versuchen wolle, mich auch dann noch zu lieben, wenn ich schon bald meine kindliche Gestalt endgültig hinter mir lassen würde.

Ich antwortete ihm nicht, aber ich brachte es auch nicht übers Herz, den Brief zu vernichten und versteckte ihn tief im Futter meiner Matratze.

...

In meiner alten Klasse am (vor-)städtischen Gymnasium hatte ich mir mühsam einen Platz im gesicherten Mittelfeld der erbarmungslosen Hierarchie gesichert. Als meine Mitschüler Wind von der Sache mit Peter bekamen, war es damit sofort vorbei und mein Ansehen ruiniert. Die Gleichgültigkeit, mit der sie mich zuvor behandelt und die mir bereits missfallen hatte, schlug unmittelbar in Spott und kaum mehr erträgliche, unverhohlen zur Schau gestellte Ablehnung um.

Rückwirkend betrachtend waren die Ausgrenzung sowie die ständigen verbalen Erniedrigungen und Demütigungen meiner Klassenkameraden eine gerechte Strafe. Wie leichtfertig waren doch auch mir noch bis kurz vor meinem unfreiwilligen Outing

Beleidigungen wie ‚Schwuchtel' oder ‚schwule Sau' gegenüber einem Klassenkameraden herausgerutscht, der aufgrund seiner femininen, um nicht zu sagen, tuntigen Art von allen anderen Jungen aufgezogen wurde. Statt mich mit ihm zu solidarisieren, hatte ich geradezu panisch versucht, mich von ihm zu distanzieren.

Mit unserer Umsiedlung aufs Land wechselte ich nicht nur die Schule, sondern auch die Schulform. Wegen meiner durchwachsenen Leistungen am Gymnasium steckten sie mich in die nächstgelegene, dörflich geprägte Realschule. Obwohl ich als Zugezogener in einer eingeschworenen Klassengemeinschaft fast ausnahmslos Dialekt sprechender Bauernkinder auch nicht gerade mit offenen Armen empfangen wurde, war der Neuanfang auch eine Chance, denn niemand kannte meine Vorgeschichte.

Doch wieder gelang es mir nicht, mich mit der Rolle eines wenig beliebten, aber immerhin in Ruhe gelassenen Außenseiters abzufinden. Noch immer verspürte ich den Drang, mich selbst zu verleugnen und saß dem Irrglauben auf, dass ich das Geheimnis meiner sexuellen Andersartigkeit nur dann erfolgreich würde bewahren können, wenn ich mich in den Augen der anderen als ein besonders harter Kerl erwies. Ergo gab ich mich gegenüber Lehrern gelangweilt und gegenüber Mitschülern unnahbar.

Meine körperliche Erscheinung war jedoch im Vergleich zu Gleichaltrigen androgyner und kindlicher, egal wie mühsam ich mir grimmige Gesichtsausdrücke und maskuline Bewegungen antrainierte. Obwohl ich ein passabler Fußballer war (zuvor hatte ich jahrelang im Verein gespielt, mit mäßigem Erfolg zwar, aber immerhin) wurde ich im Sportunterricht stets als einer der letzten in die Mannschaft gewählt. Für sie war ich ein arroganter Städter, der gestelztes Hochdeutsch sprach und sich – obwohl stinkfaul – als ehemaliger Gymnasiast für etwas Besseres hielt. Vermutlich hatten sie recht, aber ich wehrte mich trotzdem brutal gegen jede Beleidigung. Gleich in der ersten Woche zettelte ich in drei Schlägereien mit vier verschiedenen Jungen an. Meine körperliche Unterlegenheit kompensierte ich mit überzogener Härte und Brutalität, so dass ich aus allen Kämpfen als Sieger hervorging.

Nur mit Glück wurde ich nach diesen Aktionen nicht der

Schule verwiesen. Noch immer konnte mich keiner so recht leiden, aber immerhin war ich jetzt gefürchtet. Ich spürte, wie die Mädels hinter vorgehaltener Hand über mich herzogen und bildete mir ein, in ihren verächtlichen Blicken auch so etwas wie heimliche Bewunderung zu erkennen. Die Jungen hingegen waren zweigeteilt, ein paar tumbe Mitläufer hatte ich schnell auf meine Seite gebracht, spielte mit ihnen Fußball in den Pausen. Andere wiederum, jene, die mich zu Anfang besonders aufgezogen und denen ich meine brutale Lektion erteilt hatte, schienen fieberhaft zu überlegen, wie man es mir heimzahlen konnte, trauten sich aber bislang nicht, sich erneut mit mir anzulegen.

Kurzum: Im verzweifelten Versucht, schnell erwachsen zu werden, verhielt ich mich kindischer denn je, indem ich mich selbst weiterhin nach Kräften verleugnete.

...

Im nächstgrößeren Ort, in dem sich meine neue Schule befand, gab es eine kleine Bücherei. Ich gab vor, zum Lernen oder zur Recherche für Arbeiten hinzufahren und lieh mir sogar tatsächlich hin und wieder ein Buch aus, allerdings nur Comics oder Jugendromane, die rein gar nichts mit dem zu tun hatten, was wir für die Schule lesen mussten. Aber der wahre Grund, warum ich trotz unmöglicher Öffnungszeiten und mühsamen, hügligen Anfahrtsweg mit dem Rad immer wieder dorthin fuhr, war ein anderer: Es gab einen öffentlichen Computer mit Internetzugang.

Wie ich schnell feststellte, war es unmöglich, sich einschlägige Seiten anzusehen. Nicht nur, weil die ehrenamtliche, mindestens siebzigjährige Bibliothekarin ständig Kontrollgänge durch die engen Räume der Bücherei machte und einem dabei unverhohlen aus ihren dickrandigen Brillengläsern auf den Monitor starrte, sondern auch, weil auf dem Rechner ein Jugendschutzfilter installiert war. Mit gewissen Einschränkungen konnte ich dennoch jugendfreie, aber nicht minder heikle Dating-Webseiten für Schwule aufrufen. Stets hielt ich dabei zeitgleich ein unverfängliches Fenster – irgendeine Lycos-Suche – geöffnet und löschte penibel nach jeder Sitzung den Verlauf.

Ich war nicht besonders wählerisch und schrieb jeden Typen

im Alter von fünfzehn bis zwanzig an, dessen Profilfoto mich einigermaßen ansprach. Anders als in der Stadt, wo ich mich zu Beginn meiner sexuellen Selbstfindung mit Pornos, erotischen Online-Flirts und fantasievoll ausgeschmückten Chats zufrieden gegeben hatte, wollte ich nun nur noch eines: Die Lücke füllen, die mein halb erzwungener, halb erwünschter Abschied von Peter hinterlassen hatte. Ich wollte wieder begehrt, wieder befriedigt werden, einfach ich selbst sein dürfen.

Gleich mit dem Ersten, der sich halbwegs interessiert zeigte, verabredete ich mich. Er hieß Andy und war siebzehn. Wie die meisten, denen ich geschrieben hatte, wohnte er in meiner alten Heimatstadt. Nachdem ich mich seit Monaten nicht mehr bei meinem ehemals besten Freund gemeldet hatte, kam es nicht mehr infrage, ihn erneut als Alibi zu nutzen. Also musste das Treffen während der Arbeitszeit meiner Mutter und meines Stiefvaters stattfinden.

Der Weg von meinem Dorf in die Stadt mit öffentlichen Verkehrsmitteln war so umständlich, dass ich es nachmittags nach der Schule nicht rechtzeitig bis zum Feierabend schaffen würde, also wählte ich einen Samstag aus, an dem beide bis Ladenschluss um 16 Uhr Dienst hatten. Wegen des mehrfachen Umsteigens blieben mir dennoch nur knapp zwei Stunden.

Ich hatte befürchtet, das wäre viel zu kurz für ein Date, doch das Gegenteil war der Fall: Schon nach wenigen Minuten wünschte ich, es wäre vorüber. Wir trafen uns in einem Café, in dem fast ausschließlich Schwule und Lesben verkehrten. Obwohl ich in meinem kurzen Leben schon viele Dinge getan hatte, gegen die eine Verabredung in einer Gaybar geradezu harmlos war, konnte ich meine Aufregung in Gestalt eines leichten Zitterns am ganzen Körper nur schwer verbergen. Auch wenn es äußerst unwahrscheinlich war, hatte ich panische Angst, dass mich jemand hier sehen würde: meine Schwester, Peter, meine Mutter oder, noch schlimmer, irgendjemand von der neuen Schule.

Andy fand ich bei Weitem nicht so attraktiv wie auf seinem Foto im Internet. Er war schlaksig, hatte unreine Haut und, was noch schlimmer war, er versuchte, seine Pusteln mit Make-up zu kaschieren. Auch wenn ich aufgrund seiner Körpergröße und der abgeklärten Art, in der er routiniert mit mir Smalltalk betrieb, keinen Zweifel daran hatte, dass er beim Alter nicht gelogen hatte, war seine Stimme für siebzehn zu hoch, seine Gesichtszüge mir viel zu feminin.

Er redete wie ein Wasserfall, erzählte mir von Lieblingssängern, ehemaligen Liebhabern und der Liebeskomödie, die er am Abend zuvor mit seiner für solche Jungen offenbar obligatorischen, besten Freundin im Kino gesehen hatte. Hin und wieder stellte er mir eine Gegenfrage, die ich recht knapp beantwortete. Er unterbrach seinen Redefluss eigentlich nur, um umständlich ein paar winzige Schlucke des zähflüssigen Milchshakes mit seinem Strohhalm zu schlürfen (meinen hatte ich längst hinuntergespült, ohne Strohhalm).

Ich nutzte seine Trinkpausen, um mich verstohlen im Lokal umzusehen. Zum Glück entdeckte ich niemanden, den ich zu kennen glaubte, auch wenn ein dickbäuchiger, glatzköpfiger Mann um die fünfzig, der auf einem Hocker am Tresen saß und trotz der frühen Uhrzeit bereits eine Bierflasche in der Hand hielt, auffällig in meine Richtung sah. Für einen kurzen Moment kreuzten sich unsere Blicke.

Als auch Andy seinen Milchshake endlich ausgetrunken hatte, schlug er vor, unser Gespräch an einem anderen Ort fortzusetzen. „Hier sind mir zu viele alte Säcke. Der notgeile Typ da an der Bar zum Beispiel, der glotzt dich die ganze Zeit an." Auch wenn ich dafür nun wirklich nichts konnte, merkte ich, dass ich rot anlief.

Ich stammelte irgendetwas von einem Zug, den ich bald bekommen müsse, dabei war es bis zu meiner geplanten Abfahrt noch eine halbe Ewigkeit, doch er stellte zum Glück keine Fragen. Obwohl er so redselig gewesen war und offenbar auch noch weiter mit mir gesprochen hätte, schien er nicht besonders enttäuscht zu sein, dass unser Date nach so kurzer Zeit schon wieder vorüber war.

Wir zahlten am Tresen – ich unterdrückte den Drang, noch einmal in Richtung des Mannes zu schauen – und ohne mir anzubieten, mich noch zur Bahn zu begleiten, verabschiedete er mich mit einer oberflächlichen, von ihm ausgehenden Umarmung und einem unverbindlichen „War nett, dich kennen zu lernen, wir hören voneinander!" Ich nickte freundlich und wusste doch, dass wir uns nie wieder schreiben geschweige denn sehen würden.

…

Ich merkte sofort, dass er mir folgte, doch statt das einzig Richtige zu tun – schneller gehen, nicht umdrehen, ihn abschütteln – blieb ich stehen, tat so, als würde ich in das Schaufenster eines Bekleidungsgeschäfts blicken, bis ich seine Spieglung dort direkt hinter mir sah.

Seine ersten Worte waren unverfänglich, irgendetwas mit Shoppen und welches der drei ausgestellten Shirts mir besser gefiel. Noch ehe ich mir eine Antwort überlegt hatte, zückte er seine Brieftasche und holte einen Fünfziger hervor. „Musst dich nicht entscheiden. Damit holst du dir einfach alle drei." Für einen winzigen, naiven Augenblick dachte ich, der fremde Mann würde mir einfach so den Schein schenken und verspürte bereits den Impuls, danach zu greifen, doch da hatte er das Portemonnaie schon wieder weggepackt.

Er deutete mir an, ihm zu folgen. Wir liefen in Richtung Fußgängerzone und er plauderte mit mir in vertrautem Ton wie mit einem guten Bekannten über das Wetter und wie voll es heute in der Stadt doch war. Wir kamen an einer Straßenbahnhaltestelle vorbei, an der eine abfahrbereite Tram stand. Mein Kopf befahl mir, noch schnell einzusteigen, doch meine Beine gehorchten nicht.

Er stellte sich mir nicht vor, erkundigte sich auch nicht nach meinem Namen. Das einzige, wonach er mich fragte, war nach meinem Alter. Ich antwortete wahrheitsgemäß mit fünfzehn, doch er zog es sofort in Zweifel, schätzte mich auf „keine vierzehn", was mich kränkte. Ich widersprach dennoch nicht. Dieses Spiel kannte ich von Peter nur zu gut. Auch er hatte er stets verstanden, den Makel meiner Unreife als Tugend zu verdrehen.

Als wir einen zentralen Platz erreichten, steuerte er zielstrebig ein großes Schnellrestaurant an. Ich überlegte bereits, ob ich in Gegenwart des Unbekannten überhaupt dazu in der Lage sein würde, eine Bestellung zu äußern und diese auch noch zu verzehren, da merkte ich, dass der Mann diesmal nicht zum Tresen wollte, sondern in Richtung der Treppe lief, die hinab zur den Toiletten führte. Er gab mir eine Münze für die Klofrau. „Die letzte Kabine. Nicht abschließen. Ich komme in einer Minute nach."

Wieder zitterte ich, diesmal nicht nur vor Aufregung, sondern auch vor Erregung. Instinktiv verschloss ich die Tür hinter mir, doch als ich glaubte, seine Schritte gehört zu haben, löste ich, wie von einer höheren Macht ferngesteuert, die Verriegelung. Zu weiteren Bewegungen war ich nicht mehr imstande, verharrte wie versteinert in der engen, nach einer Mischung aus Urin und Reinigungsmitteln stinkenden Toilettenkabine und ließ ihn gewähren.

Noch mehr als vor dem WC-Geruch ekelte ich mich vor seinem dicken Bauch, seinem unrasierten Gesicht, seiner speckigen Lederjacke, seinen wurstigen Fingern, um die er diverse, metallfarbene Ringe trug, und dennoch ließ ich zu, dass er damit mein Glied berührte.

Am meisten aber ekelte ich mich vor mir selbst, schon Sekunden nachdem ich mich auf ihn entladen hatte. Ich war zweifelsohne an einem neuen Tiefpunkt meiner noch so kurzen Existenz angelangt.

...

Mein Leben mit fünfzehn glich einer Geisterfahrt mit Vollgas verkehrt herum in eine Einbahnstraße. Auch wenn es eine ganze Zeit lang gut ging, stand fest, dass es jederzeit schrecklich enden konnte. Ich war mir darüber im Klaren und bremste mich dennoch nicht, als ob ich den großen Knall herbeigesehnt hätte.

Die Gesellschaft, in der ich mich fortan bewegte, war in jeder Hinsicht gefährlich und zwielichtig. Nicht nur jene in der Stadt, auch meine neuen Freunde auf dem Land. Es stellte sich heraus, dass der große Bruder einer der Jungen, die sich in der Klasse auf meine Seite geschlagen hatten, ein erfolgreicher Kleindealer war, der den halben Landkreis mit Gras versorgte.

Meinen ersten Joint rauchte ich also nicht in dubiosen Clubs oder auf einer verruchten Großstadtparty, sondern im Kreis der Dorfjugend in der Scheune des Hofes der Familie meines Klassenkameraden Oliver. Seine übertriebene Angst davor, das Heu könne Feuer fangen, verging nach ein paar Zügen. Als sie wissen wollten, woher ich das Geld hatte, um so großzügig Stoff zu spendieren, behauptete ich, mein geschiedener Vater sei steinreich.

Wenn ich zu Hause sturmfrei hatte, kam Oliver vorbei und wir spielten die neuesten Computerspiele, die ich mir stets sofort nach Erscheinen kaufte. Dazu tranken wir Bier in Mengen, in denen ich früher nicht einmal Cola vertragen hätte. Mein neuer Freund war, wie viele der Landjungs, sehr trinkfest, auf Dorffeiern erlaubten ihm seine Eltern sogar bereits das Biertrinken. Ich mochte den gärigen Geschmack noch immer nicht besonders gern, wohl aber das angenehme Gefühl völliger Gedankenlosigkeit, das sich nach zwei bis drei Flaschen einstellte, insbesondere in Kombination mit einem guten Joint.

Natürlich gelang es mir auf Dauer nicht, unsere nachmittäglichen Gelage vor meiner Mutter und meinem Stiefvater geheim zu halten. Nach langem Hin und Her nahmen sie mir sowohl den eigenen Fernseher, als schließlich auch den PC und sämtliche Spiele weg und erteilten mir wochenlangen Hausarrest, den sie jedoch aufgrund ihrer Arbeitszeiten und der langen Fahrtwege in die Stadt und zurück kaum kontrollieren konnten. Es war daher kein größeres Problem, unsere Treffen zu Oliver zu verlagern. Sein Rechner war zwar lahmer als meiner und anspruchsvollere Spiele liefen darauf nicht besonders gut, dafür hatte er aber anders als wir Zugang zum Internet.

Ich zeigte meinem in dieser Hinsicht noch recht unschuldigen Freund, wo man im Internet die besten Pornos fand, ausschließlich heterosexuelle natürlich, und im Gegenzug gestattete er mir, seinen Rechner auch dann zu benutzen, wenn er nicht da war, etwa wenn er auf den Feldwegen mit seinem Bruder für den Mofaführerschein übte (meine überängstliche Mutter hatte mir dies natürlich nicht erlaubt) oder seinem Vater auf dem Hof helfen musste.

Nun wurde ich wieder dort aktiv, wo alles angefangen hatte: im Netz. Zwar hatte ich sowohl meinen ersten Freund (Peter) als auch meinen ersten Freier (der Glatzkopf, dessen Namen ich auch nach dem x-ten Mal noch nicht erfahren hatte) außerhalb des Internets kennen gelernt. Doch ohne das Wissen um die Vielfalt menschlicher – oder konkreter: männlicher – Perversion, das ich mir mithilfe des World Wide Web in so frühen Jahren bereits verschafft hatte, wären beide Begegnungen vermutlich flüchtig und folgenlos verlaufen.

...

Ich verkaufte meinen Körper in der Stadt und mit dem Erlös erkaufte ich mir Anerkennung und Respekt auf dem Land. Olivers Bruder vertickte mir nicht nur Stoff, er brachte mir auch heimlich das Mofafahren bei. Als Oliver seinen Führerschein hatte, schenkten ihm seine Eltern eine gebrauchte Vespa, und ich durfte sie mir ausleihen, um zum nächstgelegenen Bahnhof – der S-Bahn-Endstation – zu fahren, wo ich das Mofa passenderweise auf einem „Park and Ride"-Parkplatz anschloss. So schaffte ich es auch unter der Woche in die Stadt. Im Gegenzug zahlte ich regelmäßig die Tankfüllungen und brachte ihm unter anderem eine nagelneue Grafikkarte für seinen PC und einen Premium-Joystick mit.

Meinen Freunden erzählte ich weiterhin das Märchen vom reichen Vater, den ich angeblich hinter dem Rücken meiner Mutter und meines Schwiegervaters besuchte und von dem ich das viele Geld hätte. Und als ob das noch nicht Grund genug für meine häufigen Ausflüge wäre, dichtete ich meinem Vater auch noch eine blutjunge, oberweitenstarke Geliebte an. Als ich zu allem Überfluss behauptete, sie hätte auch mit mir geschlafen, wagten sie nicht einmal, diese offensichtlich ausgedachte Geschichte in Zweifel zu ziehen.

Doch statt meinen eigenen Erzeuger zu besuchen oder zumindest die Töchter anderer Mütter zu erobern, diente ich mich sogenannten „Sugardaddys" bereitwillig als Sexspielzeug an. Der Glatzkopf aus der Gaybar war bloß der Anfang. Schnell baute ich mir über einschlägige Webseiten einen kleinen, aber zahlungsfähigen Kundenstamm auf. Ich legte meine anfängliche passive Naivität ab und gewöhnte mir gegenüber Freiern einen geschäftsmäßigen, dominanteren Habitus an. Meine Preise stiegen, waren nicht verhandelbar, und es stand von vorneherein fest, was ich machen würde und was nicht. Ich lernte, meinen Marktwert richtig einzuschätzen und erlebte mit Genugtuung, dass die Männer mir geradezu hörig waren.

Analverkehr und Zungenküsse waren für mich Tabu. Ansonsten gab es kaum Ausschlusskriterien, ich richtete mich ganz nach den Gegebenheiten der Freier. Da war zum Beispiel der Familienvater, dem es einen besonderen Kick bereitete, es mit mir im Ehebett neben Bildern seiner Frau und seiner Kinder zu treiben. Oder der Fernfahrer, der mich in die Fahrerkabine seines LKW bestellte und der von Kopf bis Fuß nach Dufttanne roch. Und sogar ein Gymnasiallehrer, der nach dem ersten Sex anbot, mir kostenlose Nachhilfe zu erteilen, sofern ich seinem Unterricht unbekleidet beiwohnte. Obwohl es meinen desaströsen Noten vermutlich gutgetan hätte, lehnte ich ab und ließ mich stattdessen auf inszenierte Schüler-Lehrer-Rollenspiele ein, die derart albern waren, dass ich Mühe hatte, dabei ernst zu bleiben.

Mein ständiges Bedürfnis zu kichern, selbst in Situationen wie dieser, die eigentlich gar nichts Komisches hatten, war vermutlich meinem inzwischen gewohnheitsmäßig gewordenen Kiffen geschuldet. Vor und nach den Treffen mit Freiern dröhnte ich mich zu, so dass es einem Wunder glich, dass ich bei meinen ohnehin noch bescheidenen Fahrtkünsten keinen Unfall mit dem Mofa auf der Landstraße baute. Manchmal, wenn ich mich besonders für mein Tun schämte, wünschte ich mir geradezu, einfach gegen einen Baum zu fahren. Nur aus Angst, dabei nicht zu sterben, sondern so zu enden wie mein Vater – als Krüppel – tat ich es nicht.

...

Meinen Körper abwechselnd zu verkaufen und zu betäuben mag objektiv gesehen, gerade in meinem damaligen Alter, ein äußerst problematisches Verhalten gewesen sein. Ich sah es aber nicht so, im Gegenteil, mein lasterhaftes Leben erschien mir nicht als Problem, sondern als Lösung für all meine Sorgen. Ich berauschte mich – zumindest stundenweise – an Drogen, Alkohol, Sex, Macht und Geld und entkam damit meinen Komplexen, meinen Schuldgefühlen, meiner Einsamkeit und dem Konstrukt aus abstrusen Lügen und diffusen Zukunftsängsten, das meinen Alltag bestimmte.

Dennoch war ich oft sehr unglücklich. Insbesondere die Einsamkeit holte mich stets wieder ein. Etwa bei meinen immer seltener befreiend und immer öfter deprimierend wirkenden Streifzügen durch das umliegende Waldstückchen. Doch sogar wenn meine Mutter und mein Stiefvater wieder zu Hause waren, mich aber nur mit Vorwürfen bombardierten, statt sich wirklich für mich zu interessieren, fühlte ich mich verlassen.

Ich vermisste meine Schwester und meinen Vater, zu denen ich trotz meiner zahlreichen Fahrten in die Stadt kaum noch Kontakt hatte. Ich vermisste meine alten Freunde aus Kindertagen, die mich gemocht hatten, ohne dass ich mit Geld oder gar Gewalt hatte nachhelfen müssen. Und tatsächlich vermisste ich auch Peter. Auch wenn ich seine Gefühle nie ganz erwidern konnte, so war er der einzige Mann, der mich nicht gekauft, sondern aufrichtig geliebt hatte.

Ab und zu nahm ich mir vor, nicht mehr auf den Strich zu gehen, aber ich war davon längst mindestens genauso abhängig wie vom Kiffen. Ich redete mir ein, wenn ich nur den Richtigen fände, würde ich vielleicht aufhören können und versuchte, mich wieder mit gleichaltrigen oder nur geringfügig älteren Jungs zu verabreden. Einmal hatte ich sogar wieder Sex, ohne dass ich dafür bezahlt wurde. Doch es gelang mir nicht, mich zu verlieben. Ich sehnte mich zurück in die unschuldige Zeit, in der ich zumindest noch ständig unerreichbare Schönheiten angehimmelt hatte. Nicht einmal mehr Schwärmereien glückten mir.

Die einzigen Tagträume, denen ich mich noch hingab – beinahe genussvoll und voller Selbstmitleid – waren Schreckensszenarien aller Art. Ich stellte mir vor, eines Tages an den Falschen zu geraten, trotz aller Vorsichtsmaßnahmen Aids zu bekommen oder gar entführt, vergewaltigt, ermordet zu werden. Ich malte mir aus, wie die Polizei mich beim Kiffen, beim Mofafahren ohne Führerschein erwischte oder – schlimmer noch – der illegalen Jugendprostitution überführte und wie meine Familie und Freunde mich verachten würden, wenn sie davon erfuhren. All das hielt ich an schlechten Tagen für unausweichlich und unmittelbar bevorstehend, was mich jedoch nicht davon abhielt, meinen riskanten Lebenswandel fortzusetzen.

Doch wie so oft im Leben kam alles anders als gedacht, viel profaner, aber nicht weniger einschneidend. Es begann mit einem harmlosen Plausch unter Müttern, die sich beim Metzger oder beim Bäcker oder auf der Post oder wo auch immer getroffen hatten. Ich konnte mir nur zu gut vorstellen, wie Olivers und meine Mutter sich gegenseitig ihr Leid klagten über ihre Jungs und dieses verflixte „schwierige Alter", ganz in gespielten Einvernehmen, wo man sich doch in Wahrheit gegenseitig misstraute, da jede der beiden davon ausging, das jeweils andere Kind sei die berühmte „schlechte Gesellschaft". Einer der durch die Blume geäußerten Vorwürfe der Bauersfrau hatte meine Mutter hellhörig werden lassen: Ob sie denn nicht glaube, dass ihr Ex-Mann das gemeinsame Kind zu sehr verwöhne. Es war Olivers Familie offenbar nicht entgangen, dass der Zugezogene ständig großspurig mit voller Brieftasche und teurem PC-Spielzeug auf dem Hof auflief, vermeintliche Geschenke des Vaters aus der Stadt.

Doch dieser Vater lebte in Wahrheit von einer winzigen Erwerbsunfähigkeitsrente, sah seinen Sohn so gut wie nie und noch weniger machte er ihm üppige Geschenke. Natürlich erzählte meine Mutter ihrem neuen Mann sofort davon, der wie gewohnt vom Schlimmsten ausging und nicht zögerte, während meiner (trotz nahezu lebenslänglich ausgesprochenem Hausarrest) üblich gewordenen Abwesenheit, mein Zimmer zu durchsuchen.

Mein Geld fanden sie zum Glück nicht. Ich trug es immer bei mir oder zahlte es auf mein Postsparbuch ein. Und dennoch: Als ich am Abend nach Hause kam, saßen beide am Tisch und schon von Weitem erkannte ich das Stück Papier, das vor ihnen lag. Es war Peters Brief. Die Liste der Dinge, die ich auf ewig bereuen würde, wuchs in diesem Moment um einen weiteren Punkt.

Ich sagte ihnen wahrheitsgemäß, dass ich seit Ewigkeiten keinerlei Kontakt mehr zu Peter hatte. Sie glaubten mir kein Wort. „Von wem sonst hast du auf einmal Geld?"

Sie erzählte mir von der Begegnung mit Olivers Mutter. Ich

versuchte, ihre Glaubwürdigkeit in Zweifel zu ziehen, doch offenbar hatte sie schon beschlossen, dass selbst einer flüchtigen Bekannten aus dem Dorf mehr zu trauen war als mir (was vermutlich nicht ganz aus der Luft gegriffen war). So angestrengt ich auch nachdachte, mir fiel keine Geschichte ein, mit der ich meinen angeblichen Reichtum hätte entkräften oder gar erklären können.

Ein Wort gab das andere und es endete damit, dass mein Stiefvater mit der Faust auf den Tisch schlug: „Mir reicht's jetzt. Ich ruf die Polizei, zeig das Schwein wegen Kindesmissbrauch an. Und du kommst ins Internat." Wie immer in solchen Momenten, wagte es meine Mutter nicht, ihm zu widersprechen.

Er stand auf, wohl um zum Telefon zu gehen, da schnappte ich mir den Brief und rannte davon. Ich hörte sein Rufen noch hinter mir, als ich schon die Ausläufer des Waldes erreicht hatte. Es dämmerte bereits und im Schutz der Bäume, die ich von meinen vielen einsamen Spaziergängen wie kein Zweiter kannte, war es mir ein Leichtes, mich vor ihm zu verstecken. Ich wartete Stunden, bevor ich mich zurück ins Dorf traute. Die erste Nacht verbrachte ich in der Scheune von Olivers Hof. Im Morgengrauen des nächsten Tages lief ich mit knurrendem Magen und Stroh zwischen den Haaren zur Landstraße und trampte bis in die Stadt.

Es war nicht das erste Mal, dass ich von zu Hause abhaute, aber es war das erste Mal, dass ich mir wirklich sicher war, nie wieder nach Hause zurückzukehren. Und es tatsächlich so kam.

...

Meinen sechzehnten Geburtstag verbrachte ich mit meinem Vater vor dem Fernseher in seiner kleinen Wohnung in der Sozialbausiedlung am Rande der Großstadt. Wir saßen auf der durchgesessenen Couch, die mir neuerdings als Bett diente. Daneben lehnten der Rollator meines Vaters, mehr Mahnmal denn Gehhilfe, denn obwohl ich ihn ständig dazu aufforderte, benutzte er ihn so gut wie nie. Er zog es vor, sich in Zeitlupe humpelnd, oft auch taumelnd durch die Wohnung zu bewegen. Schon mehrfach war er gestürzt, nur mit Glück hatte er sich noch nie etwas dabei gebrochen.

Während wir eine dieser furchtbaren Telefonquiz-Sendungen

sahen, die mein Vater so sehr liebte und bei denen er ständig und natürlich ohne je etwas zu gewinnen anrief, wartete ich ebenfalls vergeblich auf einen Anruf. Der Lebensgefährte meiner Mutter hatte mir meinen Auftritt vor der Familienrichterin nicht verziehen und meine Mutter offenbar dazu gebracht, jeden Kontakt mit mir einzustellen, so dass sie mir nicht einmal gratulierte. Dabei hatte ich bloß das getan, was ich am besten konnte, nämlich Lügengeschichten erzählt. Das Märchen oder zumindest maßlose Übertreibung vom jähzornigen, prügelnden Stiefvater war am Ende überzeugend genug gewesen, damit ich meinen Willen bekam und in die „Obhut" meines ebenso schwerbehinderten wie alkoholkranken Erzeugers gelangt war.

Enttäuscht hatte ich damit auch meine Schwester. Obwohl sie ganz und gar nicht im Verdacht stand, Sympathien für den neuen Mann meiner Mutter zu hegen, ahnte sie, dass ich gelogen hatte und hielt es für falsch, dass ich meine Mutter verließ. Dabei hatte meine Schwester einige Jahre zuvor genau dasselbe mit uns getan. Doch ihre rebellische Phase war endgültig vorbei, sie hatte jetzt einen Ausbildungsplatz in der Stadt gefunden und einen festen Freund. Offenbar reichte das, um sich auf die Seite meiner Mutter zu schlagen.

Immerhin hatte sie mir gratuliert, wenn auch nur per SMS. Das einzige Geburtstagsgeschenk kam hingegen von meinem Vater: ein Kasten Bier, den ich auch noch zur Hälfte mit ihm teilte. „Sorry, für mehr reichts's nicht, aber wenn der Rentenscheck da ist, kriegst du was Vernünftiges."

Daran hatte ich meine Zweifel, denn auch zum Monatsanfang investierte er sein Geld für gewöhnlich in nichts anderes als Bier, Zigaretten, die Telefonrechnung und Fertiggerichte, aber ich schwieg, mir war nicht nach Streit zu Mute. Immerhin hatte er sich heute mal nicht darüber aufgeregt, dass ich mir einen Joint in seiner Anwesenheit drehte. Vielleicht hatte er eingesehen, dass Belehrungen über Rauschmittel aus dem Munde eines tabaksüchtigen Alkoholikers wenig glaubwürdig waren.

Nachdem ich die ländliche Realschule lang vor der mittleren Reife mit nichts weiter als einem Hauptschulabschluss in der Tasche verlassen hatte, vermittelte mir der ehemalige Chef meines Vaters aus Mitleid – es war nicht ganz klar, ob mit seinem verunglückten Mitarbeiter oder mit dessen missratenem Sohn – ein Praktikum in seinem Betrieb, einem Automobilzulieferer. Ich stand den ganzen Tag an einem Fließband und bearbeitete Kartons mit einer Scannerpistole. Die Tätigkeit war stupide, aber ich liebte sie. Das erste Mal seit langem in meinem Leben war ich mir sicher, etwas richtig zu machen. Ich nahm mir vor, mich im Anschluss um eine Ausbildung zum Lageristen zu bemühen.

Doch dann, nach einigen zugedröhnten Nächten, verschlief ich zweimal hintereinander und sie feuerten mich. Ich erzählte meinem Vater nichts davon, da ich wusste, er würde nur noch trauriger werden, noch mehr trinken, und ging jeden Morgen mehr oder weniger früh aus dem Haus – er schlief ohnehin noch – und kehrte erst spät abends wieder zurück.

Da ich während der kurzen Phase meiner geregelten Arbeit meine Freier ein wenig vernachlässigt hatte, glaubte ich, ich müsste bloß wieder stärker ins Geschäft einsteigen, um die Schmach meines gescheiterten Starts ins seriöse Berufsleben zu kompensieren. In Internet-Cafés verbrachte ich viele Stunden mit der Akquise. Zum ersten Mal in meinem Leben korrigierte ich mein Alter nicht nach oben, sondern nach unten. Und doch musste ich schnell feststellen, dass es schwieriger geworden war, meine Preise durchzusetzen. Stammkunden sprangen ab, neue blieben aus. Ich rasierte mir sogar sämtliche lang ersehnte, noch immer überschaubare Körperbehaarung ab. Es half nichts. „Vierzehn? Kann nicht sein. Guck dir deinen Apfel an, daran merke ich, dass an dir schon was faul ist", musste ich mir von einem anhören. Den Adamsapfel konnte ich mir nun wirklich nicht abrasieren. Den Pädos war ich endgültig zu alt.

Der schwule Straßenstrich in Bahnhofsnähe war von Osteuropäern und Junkies dominiert, ich wurde mehrfach vertrieben und sogar bedroht, und trotzdem versuchte ich nun auch dort mein Glück. Dabei hatte ich das Geld, anders als die abgebrannten Fixer oder die ausgehungerten Einwanderer, eigentlich gar nicht nötig. Der Unterhalt meiner Mutter, den sie trotz aller Verbitterung anstandslos zahlte, reichte für alles Alltägliche und sogar für Gras, das einem in der Stadt an jeder Ecke zu im Vergleich zu den überteuerten Landpreisen von Olivers Bruder sogar recht günstig angeboten wurde. Bei meinem Vater hatte ich ein Dach über den Kopf und meistens auch einen (wenn auch sehr ungesund) gefüllten Kühlschrank. Und dennoch war ich süchtig nach bezahltem Sex. Das Geld der Freier war so ziemlich das einzige auf der Welt, das mir das Gefühl gab, etwas wert zu sein.

…

Wenn ich heute überlege, was mir an meisten an meiner Jugend gefehlt hat, dann ist es eigentlich die Jugend selbst; jene in den Erinnerungen vieler Menschen so unbeschwerte Zeit, in der alles noch in der Schwebe ist, man sich ausprobieren kann, zu sich selbst findet. Lange Zeit wollte ich älter sein, erwachsen, war unzufrieden mit meinem noch kindlichen Aussehen, meiner verzögerten körperlichen Reife. Als ich dann viel zu früh viel zu erwachsene Dinge tat, mit Erwachsenen, die diese Dinge besser hätten nicht tun sollen, änderte sich das radikal. Ich wünschte mir meine naive Unschuld, meine Kindheit zurück, verklärte sie geradezu.

Vielleicht war das der Grund, warum ich aus den schmerzhaften Erfahrungen der Vergangenheit nichts gelernt hatte und nahezu den gleichen Fehler, den ich zu Beginn meiner Adoleszenz begangen hatte, zwei Jahre später ein weiteres Mal beging. Es geschah in einem stickigen, winzigen Zimmer einer billigen Pension im Bahnhofsviertel. Der Mann, der mich kurz zuvor auf der Straße angesprochen hatte und dem ich vorher noch nie begegnet war, machte auf den ersten Blick einen passablen Eindruck, mit seinen geschätzten dreißig Jahren dürfte er der jüngste Freier gewesen sein, den ich jemals hatte. Er zog sich vollständig und vor mir aus und ich stellte fest, dass er in jeder Hinsicht erstaunlich gut gebaut war.

Ich ahnte bereits, dass es einen Haken geben musste, wenn jemand, der das augenscheinlich gar nicht nötig hatte, für Sex bezahlte. Dennoch war ich blöd und verzweifelt genug gewesen, ihm aufs Zimmer zu folgen. Und tatsächlich, er erwies sich als brutal.

Ich versuchte, mich zu wehren, aber es hatte keinen Zweck, er war um ein Vielfaches stärker als ich. Er warf mich aufs Bett und legte mir Handschellen an. Es waren keine dieser lachhaften, in Plüsch eingewickelten Spielzeugteile, die man mitunter sogar ohne Weiteres abschütteln konnte und die ich von anderen Freiern kannte, sondern richtige, die sich eng und schmerzhaft um meine Knöchel schlossen.

Ich zappelte und kreischte, trat mit den Füßen nach ihm, woraufhin er zunächst mit einem Stück Packband meinen Mund zuklebte und schließlich Kabelbinder aus seinem Rucksack hervorholte, mit denen er auch meine Füßen aneinander knebelte. Ich bekam Todesangst, war kurz davor, ohnmächtig zu werden, doch leider blieb ich bei Bewusstsein, während er mich wie ein Stück Fleisch in der Pfanne auf den Bauch wendete und ohne weitere Vorwarnung – und natürlich auch ohne Kondom – tief in mich eindrang. Nicht einmal der Klebefilm auf meinem Mund und das Kissen, in das er mich drückte, konnten meine verzweifelten Schreie vollständig ersticken, doch das störte ihn nicht, schien ihn eher noch anzuspornen.

Als ob mein Schmerz und die Erniedrigung noch nicht groß genug gewesen wären, begann er, während er mich noch immer nahm, mich zusätzlich mit Faustschlägen zu trätieren. Ich spürte, wie nicht nur der ein oder andere Knochen, sondern auch etwas in meiner Seele zu zerbrechen schien.

Ich war mir sicher, ich würde sterben. Mehr noch, ich wünschte es mir.

Doch dann, nach Minuten, die mir vorkamen wie Stunden, ließ er plötzlich von mir ab, drehte mich wieder um, vergleichsweise sanft. Wie ein kleines Kind, das glaubt, unsichtbar zu sein, in dem es bloß die Augen schließt, kniff ich die Lider zusammen, wollte meinen Peiniger nicht ansehen müssen. Ich spürte, wie er mich von den Handschellen befreite und die Fußfessel durchtrennte, wollte aufstehen, fliehen, doch ich war noch nicht einmal in der Lage, die Augen zu öffnen. Mein Körper und mein Geist waren zwei voneinander getrennte Dinge, zwischen denen nicht mehr die geringste Verbindung bestand.

Ich hörte, wie im Badezimmer der Wasserhahn angemacht wurde und schließlich, wie die Tür ins Schloss fiel. Erneut vergingen mir ewig lang vorkommende Minuten, bis ich begriff, dass er gegangen war und es schaffte, wieder zu blinzeln, mich zu bewegen, mir das klebrige Band vom Mund zu reißen. Alles tat mir weh, aber am schlimmsten war das Gefühl, überlebt zu haben. Ich überlegte, ob ich die Kraft haben würde, aus dem Fenster zu springen. Dann fiel mir wieder ein, dass ich mich im ersten Stock befand und mir der Sturz vermutlich keine Erlösung bescheren würde.

Mein Vergewaltiger hatte die Unverfrorenheit besessen, auf dem Nachttisch sogar den vereinbarten Geldbetrag zu hinterlassen. Ich fasste die Scheine nicht an, als ob ich dadurch auch nur einen Hauch meiner Würde wiedererlangen könnte. Mechanisch zog ich mich an. Ich hätte die Polizei und einen Notarzt rufen sollen oder zumindest meinen Vater oder meine Schwester. Ich hätte im Spiegel meine Verletzungen begutachten und im Bad all die furchtbaren Flüssigkeiten auf und in meinen Körper – Schweiß, Sperma, Blut – abduschen sollen.

Aber alles, was ich tat, war mich wie in Trance aus dem Zimmer zu schleichen (ich schloss noch nicht einmal die Tür hinter mir) und die Pension zu verlassen, auf dem selben Weg, auf dem ich sie keine dreißig Minuten zuvor aber in einem scheinbar anderen Leben, betreten hatte: unerkannt durch die Hintertür.

Zwischen zwei Müllcontainern im Hinterhof sah ich eine Gestalt kauern, einen androgynen Typen unbestimmbaren Alters. Er war kurz davor, sich einen Schuss zu setzten, als auch er mich entdeckte. Ich wollte weitergehen, doch noch immer gehorchte mein Körper nicht oder nur mit großer Verzögerung auf das, was mein Kopf befahl. Mit seiner Spritze zeigte er auf mich. Über mein Äußeres, meine sichtbar zerstörte Jugendlichkeit, schien er sich nicht zu wundern. Er winkte mich heran.

„Hast du Geld? Willst du probieren?"

Und plötzlich wusste ich, warum ich es nicht schaffte, wegzulaufen. Warum ich überhaupt an diesem Ort gelandet war. Dieser junge Mann mit den schmutzigen Röhrenjeans, den fettigen Haaren, der blassen Haut, dem leeren Blick und dem Fixerbesteck in der Hand – das war ein Spiegel meiner selbst. Das war ich. Meine Zukunft, meine Bestimmung, mein Ende.

Ich lief zurück in das Pensionszimmer, das noch immer offen stand, nahm das Geld und besorgte mir davon meinen ersten Schuss.

...

Wie groß ist doch die Versuchung, meine Geschichte an dieser Stelle ein bisschen abzukürzen, die erbärmlichen Umwege auszuklammern und meinem Leben in jener Zeit eine etwas direktere Wendung zum Guten zu geben. Aber das wäre fast genauso verlogen wie mein damaliges Handeln, also will ich zumindest kurz versuchen, etwas von den abscheulichen Wahrheiten dieser Zeit zu berichten.

Das Heroin war besser als der beste Sex, der stärkste Joint, das größte Besäufnis. Es war pures Glück, eine Befreiung von allem Leid und allem Schmerz, schlichtweg eine Offenbarung. Eine noch nie dagewesene Schwerelosigkeit, ein Rausch der positiven Emotionen bei absoluter Sorgen-, ja beinahe Gedankenfreiheit. Obwohl ich seit vielen Jahren clean bin, vergeht kaum ein Tag, an dem ich nicht ein wenig wehmütig an dieses Glücksgefühl zurückdenke wie an eine alte Liebe, leidenschaftlich wie keine zweite, auch wenn sie mich fast umgebracht hätte.

Wenn also dieser sechzehnjährige Junge plötzlich wieder vor Peters Haustür stand, dann nicht, weil er seine Fehler eingesehen hätte, weil er reumütig gewesen wäre, weil er auf Versöhnung, ja auf Rettung hoffte. Nein, er kehrte zurück, weil er ein Junkie war, geil auf den nächsten Schuss, völlig abgebrannt, von seiner Mutter längst verstoßen, sogar von seinem Alki-Vater rausgeschmissen und selbst von Freiern mittlerweile verschmäht.

Peter gab mir kein Geld. Er stellte auch keine Fragen. Er umarmte mich lang, obwohl ich stank und hässlich geworden war, wirklich hässlich, nicht nur für jemanden, der einen unschuldigen Jungen verloren und einen gebrochenen Jugendlichen zurückbekommen hatte. Nein, es war eine Hässlichkeit, die aus dem Inneren kam. Und die ihn dennoch nicht abzuschrecken schien.

Er fuhr mich in die Entzugsklinik. Er fuhr mich wieder hin, nachdem ich zum ersten Mal abgehauen war. Er redete mit meinem Vater, mit meiner Schwester, mit den Ämtern. Er ertrug die Vorwürfe meiner Mutter, die Drohungen ihres Freundes, überstand sogar die Anzeige und die Ermittlungen.

Als ich nach zahlreichen Therapiesitzungen und nicht weniger Rückfällen das Gefühl hatte, stabil genug zu sein, entließen sie mich aus der Klinik. Obwohl ich siebzehn und damit noch nicht volljährig war, zog ich bei ihm ein. Offiziell war ich in einer Wohngruppe gemeldet, doch dort tauchte ich nur einmal in der Woche auf, um mein Taschengeld abzuholen. Mein zuständiger Betreuer – ein toleranter Alt-Hippie – war dermaßen erleichtert, dass ich keine Drogen mehr nahm und ließ mich gewähren, froh, ein Sorgenkind weniger zu haben.

Peter meldete mich auf der Abendschule an, zahlte das Schulgeld für mich. Mit seiner Hilfe holte ich innerhalb kürzester Zeit den Realschulabschluss nach und machte mich ans Abitur. Zum ersten Mal ging ich gern zur Schule. Meine Mitschüler waren größtenteils älter als ich. Sie interessierten sich glücklicherweise weder für meine Vorgeschichte noch für mein Sexualleben. Und doch verstanden wir uns bestens, denn uns alle einte das Ziel, einen Fehler wieder gut zu machen, eine zweite Chance zu bekommen.

Mein Leben verlief zunehmend in geordneten Bahnen, bestand überwiegend aus Schlafen und Lernen. Aus Angst, ich könnte wieder Mist bauen, hatte Peter seinen Arbeitgeber – eine bekannte Versicherung – überzeugt, größtenteils von zu Hause aus arbeiten zu dürfen. In Peters Reihenhaus, das er von seiner verstorbenen Mutter geerbt hatte, bewohnte ich zunächst sein altes Kinderzimmer, doch kurz nach meinem achtzehnten Geburtstag baute er es zum Büro mit je einem Schreibtisch für uns beide um und ich zog zu ihm ins Schlafzimmer. Ein treffenderes Symbol für meinen Übergang vom Zögling zum Lebensgefährten hätte es nicht geben können.

Auch wenn wir nun das Bett miteinander teilten, schliefen wir nur selten miteinander und wenn wir es doch taten, war es auch nicht besonders leidenschaftlich, für keinen von uns. Mir fehlte der Sex nicht sonderlich, im Gegenteil, ich war froh, dass dieses Thema keinen großen Raum mehr in meinem Leben einnahm. Doch ich spürte, dass ich Peter nicht genügte, dass seine Präferenzen und Sehnsüchte unverändert waren und ich sie ihm nicht mehr erfüllen konnte, und obwohl das natürlich nicht meine Schuld war, hatte ich deswegen ein schlechtes Gewissen.

...

Die Beziehung zu Peter war insgesamt nicht frei von Spannungen. Uns plagten beide Schuldgefühle. Immer wieder zweifelte ich an seiner Liebe, unterstellte ihm ein Helfersyndrom oder dass er nur aus schlechtem Gewissen zu mir hielt. Obwohl ich noch immer unreif und streitlustig war, verfügte er über eine Engelsgeduld mit mir. Langsam aber sicher ahnte ich, dass er das Liebesversprechen in jenem Brief, den ich noch immer aufbewahre, wirklich halten würde.

Die Streitigkeiten wurden weniger, nachdem ich mein Abitur erfolgreich bestanden hatte und endlich ein wenig Selbstvertrauen und Zuversicht zurückgewann. Während mit meiner Familie noch immer nahezu Funkstille herrschte, war Peter unendlich stolz auf mich, machte mir großzügige Geschenke und lobte mich in den höchsten Tönen. Da ich noch immer kein eigenes Geld verdiente, gab es für mich kaum Möglichkeiten, mich erkenntlich zu zeigen. Ich hatte im Rahmen meines Deutsch-Leistungskurses angefangen, meine als Kind recht ausgeprägte Freude am Schreiben wiederzuentdecken, die mir irgendwann im Laufe der Pubertät abhanden gekommen war, und so verfasste ich eine aus heutiger Sicht furchtbar kitschige Geschichte, die ich ihm schenkte. Er war dennoch zu Tränen gerührt und bestärkte mich, mehr aus meinem angeblichen Talent zu machen.

Doch zunächst musste ich mir eine Stelle für meinen Zivildienst suchen. Ich fragte meinen ehemaligen Betreuer in der Wohngruppe für suchtgefährdete Jugendliche, in der ich bis vor kurzem zumindest auf dem Papier gewohnt hatte, in der Hoffnung, ihm dort zu Hand gehen zu dürfen. Es hatte mir geschmeichelt, dass er in mir stets ein leuchtendes Beispiel für den gelungenen Weg zurück auf den Pfad der Tugend gesehen hatte. Er hätte mich wohl gern genommen, doch seine Vorgesetzten waren aus mir unerfindlichen Gründen dagegen. Stattdessen boten sie mir einen Platz in einem Jugendclub an, der vom gleichen Träger betrieben wurde.

Ich zögerte, sah mir als Alternative eine Einrichtung der Kranken- und Altenpflege an, doch die Hilfsbedürftigkeit, ja teilweise sogar Hilflosigkeit der Menschen rief schmerzhafte Erinnerungen an das Schicksal meines Vaters und meine Mitschuld daran hervor. Ohne großen Enthusiasmus sagte ich dem Jugendclub zu. Würde ich vor nur geringfügig Jüngeren wieder in alte Muster zurückfallen, mich verleugnen, anpassen und gefallen wollen um jeden Preis?

Meine Sorgen stellten sich als unbegründet heraus. Neben Tätigkeiten im Büro an den Vormittagen leitete ich nachmittags zwei überwiegend aus vor- und frühpubertierenden Jungen bestehenden Gruppen, einen kleinen PC-Kurs und eine wilde Fußball-AG. Zu meinem Erstaunen wurde ich von den Kindern respektiert. Natürlich waren sie oftmals furchtbar anstrengend, „schwul" galt ihnen als Lieblingsschimpfwort. Dennoch stellte niemand meine altersbedingte Autorität oder meine vermeintliche Heterosexualität infrage. Ich musste dazu keine Drogen nehmen, mir weder eine Freundin noch einen reichen Vater andichten. Um ihre Anerkennung zu gewinnen, reichte es, nicht besonders streng zu sein, passabel Fußball zu spielen, sich mit Computerspielen auszukennen und ein Alter zu besitzen, in dem sie selbst gern gewesen wären: volljährig, aber noch immer jugendlich.

Peter fragte mich jeden Abend über die Arbeit mit den Kindern aus. Bereitwillig erzählte ich von meinen Jungs, vor allem von jenen, zu denen ich einen guten Draht entwickelt hatte, die mir sogar in den Pausen oder nach dem Kurs ihre Sorgen anvertraut, mich wie einen großen Bruder um Rat gefragt hatten. Ich spürte, wie er die Geschichten aus zweiter Hand genoss und wie gern er selbst meine Erfahrungen gemacht hätte. Doch ich wusste aus früheren Erzählungen, dass er lang vor unserem Kennenlernen bereits mit sämtlichen Engagement in diese Richtung abgeschlossen hatte. Während seiner Jugend hatte er als Nachwuchstrainer gearbeitet und sich als junger Mann in einen seiner Zöglinge verliebt. Obwohl er glaubhaft beteuerte, ihn im Gegensatz zu mir nie verführt zu haben und es auch keine Indizien dafür gegeben hatte, mussten seine Gefühle für das Kind so offensichtlich gewesen sein, dass sie den Verantwortlichen nicht verborgen geblieben waren und man ihn aus dem Verein geworfen hatte.

Schmach und Schmerz waren damals so groß gewesen, dass er unmittelbar nach dem Abitur sogar die Stadt verlassen und eine Ausbildung in der Hamburger Niederlassung jener Versicherung angetreten hatte, die ihn bis heute beschäftigt. Dort lernte er den halbwüchsigen Sohn eines Kollegen kennen, in den er sich verliebte und der seine Gefühle offenbar sogar erwiderte, doch als dieser zum jungen Mann heranwuchs und noch dazu Peters Mutter erkrankte, verließ er nach wenigen Jahren seinen Liebhaber und die Hansestadt gleichermaßen wieder, kehrte zurück in seine Heimat und lebte dort nach dem frühen Tod seiner Mutter einsam und enthaltsam, bis er mich traf.

Seitdem wir zusammen waren, hatte Peter keine Versuche mehr unternommen, Kontakt zu Kindern aufzunehmen. Ich war sehr froh darüber, halb aus Vernunft, halb aus Eifersucht. Und dennoch wusste ich um das Restrisiko, denn sowohl mich als auch seinen Ex-Freund hatte er nur durch Zufall kennengelernt. Wenn wir auf der Terrasse saßen und auf dem kleinen Weg hinter dem Haus eine Junge im fraglichen Alter vorbeilief – was wegen der Nähe zum Sportplatz und mehreren Schulen im Umfeld öfter vorkam – entgingen mir Peters verstohlene Blicke nicht und ich betete, das Kind würde sie, anders als ich damals, nicht bemerken und schon gar nicht erwidern. Auch wenn das so gut wie nie geschah, blieb die irrationale Angst, Peter könne sich eines Tages Hals über Kopf verlieben, so wie er sich einst in mich verliebt hatte.

Ohne ihn, da bin ich mir sicher, hätte ich meine Drogensucht nicht überlebt. Und es fiel nicht schwer, sich auszumalen, wie schnell es mit mir und dem fragilen Frieden, den ich mit dem Verlangen meiner Vergangenheit geschlossen hatte, wieder bergab gehen würde, sollte Peter mich irgendwann doch noch verlassen.

...

Nach dem Zivildienst schrieb ich mich an der Uni ein. Ich hatte keine Ahnung, was mich dort erwartete. Niemand in meiner Familie hatte studiert, auch Peter nicht. Dennoch war er überzeugt davon, dass ich es schaffen würde. Auf seinen Rat hin hatte ich mich für ein geisteswissenschaftliches Magisterstudium entschieden, mit Medienwissenschaft im Hauptfach. „Irgendwas mit Medien" war in den Nullerjahren ein sehr populärer Berufswunsch.

Hatte man sich einmal an das wissenschaftliche Gehabe, die endlosen Diskussionen, das viele Lesen und die abgehobene Sprache der Professoren gewöhnt, war es weniger schwierig als befürchtet. Vor allem war ich positiv überrascht, wie gut ich mich auch hier integrierte. Dabei kamen meine Kommilitonen überwiegend aus gebildeten und besser situierten Verhältnissen als ich. Vergeblich versuchte ich zunächst, mich in alter Gewohnheit zu verstellen und als einer von ihnen auszugeben. Doch obwohl sie schnell merkten, dass ich anders als sie war, grenzten sie mich nicht aus, sondern gaben sich tolerant.

Ich schöpfte zum ersten Mal außerhalb des Internets den Mut, mich zu outen. Schon bald plauderte ich mit meinen neuen Bekanntschaften in urigen Kneipen wie selbstverständlich über meinem Freund, erzählte sogar andeutungsweise von meiner Drogenvergangenheit, ohne dass sich irgendjemand daran gestört oder auch nur groß darüber gewundert hätte. In welchem Alter ich Peter kennengelernt und mit wem ich in so jungen Jahren alles noch geschlafen hatte, das erwähnte ich dann allerdings lieber doch nicht.

Ein Studienfreund, der als freier Mitarbeiter bei der Zeitung tätig war, verhalf mir bereits in den ersten Semesterferien zu einem Praktikumsplatz in seiner Redaktion. Es war ein kleines, regionales Blatt und ich schrieb nur kurze, unbedeutende Meldungen im Sport und im Vermischten. Dennoch platzte ich fast vor Stolz, als ich meinen Namen zum ersten Mal unter einem Artikel las und dafür sogar ein Honorar erhielt, wenn auch nur ein winziges.

Als ich im Herbst wieder an die Uni zurückkehrte, kam mir die ganze abstrakte Theorie auf einmal noch grauer vor und ich beschloss, so schnell wie möglich mit dem Studium fertig zu werden und mir eine richtige Arbeit zu suchen. Anders als meine Kommilitonen, die von Bafög, Nebenjobs oder ihren Eltern lebten, war Peter noch immer meine einzige Geldquelle. Auch wenn er mir deshalb nie Vorwürfe oder Druck gemacht hatte, wollte ich endlich etwas zurückgeben und eigenständiger werden, also ließ ich mich so wenig wie möglich vom vielfältigen Studentenleben – Politik, Feiern, Müßiggang – ablenken und sammelte fleißig einen Schein nach dem anderen.

Wie schon das Abitur beendete ich auch mein Studium zügig und mit guten Noten. Voller Zuversicht schrieb ich Bewerbungen an sämtliche Redaktionen der Stadt, doch es hagelte Absagen. Ein Angebot kam dann doch. Für ein unbezahltes Praktikum. Mir blieb nichts anderes übrig, als mich darauf einzulassen, immerhin handelte es sich um einen renommierten Verlag. Es waren harte Monate. Ich arbeitete von morgens bis abends, kochte Kaffee und druckte betagteren Kollegen, die zu bequem oder unfähig waren, selbst im Netz zu recherchieren, seitenweise Suchergebnisse aus dem Internet aus. Nach einem halben Jahr wurde eine Stelle als Volontär frei. Ich atmete auf. Endlich bekam ich ein kleines Gehalt und ich bestand darauf, es größtenteils in unsere Haushaltskasse einfließen zu lassen.

In zwei Jahren sollte ich umfassend zum Redakteur ausgebildet werden, doch schon nach zwei Wochen machte ich die gleiche Arbeit, die ein Redakteur zu leisten hatte. Nun durfte ich zwar endlich eigene Artikel schreiben, aber aufgrund des Zeitdrucks, mangelnder Erfahrung und ausbleibender Anleitung waren es nur mittelmäßige, beliebige Texte, die ich wie am Fließband schrieb, ohne je das stickige Großraumbüro zu verlassen. Mit dem erträumten, spannenden Reporterleben hatte das nichts zu tun.

Mehrfach war ich kurz davor, alles hinzuschmeißen, doch Peter zuliebe – ich wollte ihn nicht enttäuschen, er war noch immer stolz auf mich – hielt ich durch. Kurz bevor die zwei Jahre vorüber waren, rief mich mein Ressortleiter in seinen kleinen Glaskasten. Da zu dieser Zeit kein Tag verging, an dem nicht vor der großen Medienkrise die Rede war, rechnete ich fest damit, dass er mir die Nachricht überbringen würde, man könne mir nach dem Volontariat keine Festanstellung als Redakteur anbieten. Aber nein: Er, der sich nie um meine Ausbildung geschert und mich Überstunden ohne Ende hatte schieben lassen, lobte mich und meinen Fleiß auf einmal in den höchsten Tönen, während er gleichzeitig unverhohlen über andere, teils hochdotierte Kollegen herzog, denen er Engstirnigkeit und Faulheit attestierte. Dann eröffnete er mir, er würde die Redaktion demnächst verlassen und „auf die dunkle Seite der Macht", sprich in die PR-Branche wechseln. Und dass er sich vorstellen könne, mich als seinen Nachfolger „aufzubauen".

Vom Redaktionssklaven, wie Volontäre nur halb im Spaß genannt wurden, direkt zum Ressortleiter, und das mit unter dreißig Jahren. Das war fast so erstaunlich wie mein Weg vom Strich zurück auf die Schulbank, von der Gosse bis an die Uni.

...

Es stellte sich schnell heraus, dass die Dinge anders lagen als ich zunächst gehofft hatte. Ja, ich bekam den Posten wirklich, aber meine Bezahlung lag kaum über der eines einfachen Redakteurs, außerdem war der Vertrag erneut auf zwei Jahre befristet. Meine langjährigen, größtenteils unkündbaren Kollegen waren offenbar nicht bereit gewesen, den Job unter diesen Bedingungen anzunehmen. Dennoch sabotierten sie mich, wo sie nur konnten. Ich hatte auf einmal Verantwortung für alles, aber entscheiden konnte ich nichts. Horden pubertierender Fußballjungs im Jugendclub waren nichts gewesen im Vergleich zu dieser eitlen Riege eingebildeter Edelfedern in meinem Ressort. Die spannenden Reportagen und schönen Kolumnen schrieben andere, die höher in der Gunst des Chefredakteurs standen. Ich plagte mich hingegen mit dem Kleinklein, mit unzuverlässigen Autoren, verstrichenen Fristen, erbosten Lesern, verärgerten Anzeigekunden.

Ich kam spät und übermüdet nach Hause, schlief meist vor dem Fernseher ein. Peter und ich gerieten schnell wegen irgendwelcher Kleinigkeiten aneinander, zum Beispiel weil ich nicht dazu kam, im Haushalt zu helfen oder weil ich seiner Ansicht nach schon dann zu viel trank, wenn ich mir abends noch ein oder zwei Bier gönnte. Er hatte ständig Angst, ich würde dadurch wieder süchtig werden, zu härteren Drogen greifen, dabei hatte ich seit Jahren keinen Rückfall mehr gehabt, anders als noch hin und wieder an der Uni kiffte ich nicht einmal mehr.

Auch Peter zog sich immer öfter zurück, ging nach dem Abendbrot noch einmal an den Rechner und kam erst ins Bett, wenn ich längst schlief. Ich fragte ihn nie, womit er seine Zeit verbrachte, wollte es gar nicht wissen. Wir begannen, mehr nebeneinander als miteinander zu leben. So wäre es vermutlich noch Jahre weitergegangen, hätte Peter mich nicht eines Tages vor vollendete Tatsachen gestellt: Er hatte über alte, während seiner Ausbildung geknüpfte Beziehungen in den Norden eine Beförderung zum Vertriebsleiter im Außendienst bekommen – im Großraum Hamburg, sprich, am anderen Ende der Republik.

Wir stritten uns heftig, weil er der Versetzung zugestimmt hatte, ohne mich vorher zu fragen. Wie selbstverständlich ging er davon aus, dass ich meine Stelle kündigen und ihm folgen würde. „Sei ehrlich, deine Arbeit macht dir doch sowieso keinen Spaß", sagte er. Außerdem rechnete er mir vor, wie gut er verdienen würde, viel mehr als ich, und schlug mir großspurig vor, ich könne ruhig eine Weile zu Hause bleiben, doch das kränkte mich nur noch mehr.

Wieder einmal war ich an einem Punkt meines Lebens angelangt, der mir vertraut vorkam: Ich versuchte, mich von Peter zu lösen. Als er merkte, dass ich es ernst meinte – ich hatte mir sogar schon Wohnungen angesehen – kam er mir entgegen. Tränenreich entschuldigte er sich, erklärte sich bereit, den Job im Norden sofort sausen zu lassen, wenn ich ihn bloß nicht verließe.

Mehr aus Angst vor der Einsamkeit denn aus Liebe zu Peter, auf den ich noch immer sauer war, änderte ich meine Meinung. Er hatte recht: Mein Beruf bereitete mir keinerlei Freude. Und außer Peter hatte ich niemanden mehr. Die zahlreichen Verbindungen, die ich während meiner Studienzeit geknüpft hatte, waren so lose und unverbindlich gewesen, dass ich zu den meisten längst den Kontakt verloren hatte. Meine Familie spielte schon lang nur noch eine unbedeutende Nebenrolle in meinem Leben.

Mit dem Gefühl, eine bittere Niederlage erlitten zu haben, kündigte ich beim Verlag, kein halbes Jahr nach meiner Ernennung zum Ressortleiter.

…

Innerhalb weniger Wochen hatten wir das Reihenhaus ausgeräumt und verkauft. Im Nachhinein wundert es mich nicht, wie schnell und endgültig Peter bereit war, sich von dem Haus zu trennen, in dem er aufgewachsen war. Jeder in der Nachbarschaft kannte uns, viele schon so lang, dass sie auch von unserer Vergangenheit, sprich von meinem zarten Alter zu Beginn unserer Beziehung wussten. Wir waren in all den Jahren bestenfalls geduldet, schlimmstenfalls noch immer mit Argwohn angesehen worden, wie ein Schandfleck in diesem durch und durch spießigen, kleinbürgerlichen Viertel, in dem auch ich den größten Teil meines bisherigen Lebens verbracht hatte.

Da bezahlbare Immobilien in Hamburg rar gesät waren und Peter ohnehin für seinen neuen Beruf im ganzen Norden würde umherfahren müssen, sahen wir uns im Umland um und wurden in einer unscheinbaren Kleinstadt fündig. Wir verliebten uns sofort in das zierliche Backsteinhäuschen mit dem großen Garten am Ende einer Sackgasse. Es lag am Ortsrand, in der Nähe eines Naturschutzgebietes. Endlich konnte ich wieder direkt vom Haus ins Grüne, bei langen Spaziergängen den Kopf frei kriegen, ohne einer Menschenseele zu begegnen, so wie einst im Dorf meines ehemaligen Stiefvaters – meine einzige schöne Erinnerung an jene Zeit.

Wahrscheinlich war unsere neue Nachbarschaft überwiegend nicht weniger konservativ als die in der Reihenhaussiedlung. Der Unterschied bestand hauptsächlich darin, dass nun keiner mehr unsere Vorgeschichte kannte. Überhaupt hatten sich die Zeiten geändert, selbst in bürgerlichen Kreisen waren zwei Männer, die zusammenlebten, nun wirklich kein Skandal mehr. Und auch der immer noch sichtbare Altersunterschied zwischen uns machte niemanden mehr stutzig.

Normalität und Akzeptanz waren Dinge, nach denen ich mich

seit frühester Kindheit gesehnt hatte. An der Uni hatte ich bereits eine Ahnung davon bekommen, wie angenehm es sein konnte, wenn es meinen Mitmenschen egal war, welche sexuelle Präferenz ich hatte. Während meiner kurzen Verlagskarriere gab man sich zwar ebenfalls gern sehr tolerant, doch es dauerte nicht lang, bis ich erfuhr, dass hinter meinem Rücken, insbesondere unter den älteren männlichen Kollegen, die derbsten homophoben Sprüche über mich geklopft wurden.

Doch nun, ausgerechnet in einer Kleinstadt, erlebte ich zum ersten Mal sogar so etwas wie Anerkennung: Unsere direkte Nachbarin, Mutter zweier Jungen im Grundschulalter, suchte unmittelbar nach unserem Einzug meine Nähe. Sie war seit Jahren im Erziehungsurlaub und daher wie ich tagsüber zu Hause. Wenn ihre Kinder in der Schule und unsere Männer auf Arbeit waren, kam sie fast täglich vorbei, brachte oft selbstgebackenen Kuchen mit, zu dem ich uns Latte Macchiato aus unserer nagelneuen, wie mittlerweile alles in unserem Haus sündhaft teuren Espressomaschine servierte.

Schnell vertraute sie sich mir an, suchte meinen Rat in Liebesfragen (mit ihrem Mann lief es nicht besonders gut). Ich erzählte ihr viel von meiner Beziehung zu Peter, berichtete, wie wir unsere Krise durch den Umzug überwunden hatten, aber unsere heiklen Anfänge klammerte ich dabei genauso aus wie meine schlimmen Jugendsünden, log sie sogar an, als sie mich direkt fragte, wann und wo wir uns kennen gelernt hatten.

Und obwohl ich mir sicher war, dass Peter die Nachbarsjungen nie im Leben angerührt hätte und sie gern in unserem verwilderten Garten spielten oder mit unseren beiden getigerten Katern (Luca und Toni) schmusten, wenn ihre Mutter mich in den Ferien oder nachmittags besuchte und wir uns auf der Terrasse unterhielten, sorgte ich stets dafür, dass Peter den Kindern nicht begegnete.

...

Wenn meine neue Freundin meist gegen Mittag wieder ging, um ihre Söhne abzuholen und von einer Freizeitaktivität zur nächsten zu kutschieren, setzte ich mich in das kleine Arbeitszimmer, das ich mir im Dachgeschoss eingerichtet hatte, und versuchte mich an dem ein oder anderen Text. Neben Kurzgeschichten, die ich außer Peter niemandem zeigte, schrieb ich auch wieder Artikel. Mit mäßigem Erfolg hatte ich mich als freier Journalist selbstständig gemacht. Da Peter wirklich gut verdiente, konnte ich es mir erlauben, nur solche Aufträge anzunehmen, die mir Spaß machten, auch wenn das Honorar niedrig war.

Schnell gelangte ich dabei zum einzigen Thema, bei dem ich glaubte, mich gut auszukennen: von der Norm abweichende sexuelle Identitäten. Ich schrieb für diverse Zeitschriften und Online-Portale über sogenannte „queere" Lebensweisen, über Geschlechterrollen und Gleichstellungspolitik, über Homosexualität im Fußball, HIV und Diskriminierung, oder verfasste Kritiken zu Filmen und Büchern, in denen gleichgeschlechtliche Liebe eine Rolle spielte.

Mein eigenes Liebesleben war hingegen nach wie vor so gut wie erloschen. Je mehr ich mich auch beruflich mit diesem Thema beschäftigte und je länger meine traumatischen Erfahrungen in dieser Hinsicht nun zurücklagen, umso präsenter wurde auch wieder mein Verlangen nach Sex. Manchmal dachte ich an eine Affäre, hatte sogar bereits im Internet Ausschau nach attraktiven, gleichaltrigen oder sogar geringfügig jüngeren Männern gehalten, doch es blieb beim virtuellen Appetitholen – am Ende war die Angst zu groß, Peter und vor allem mich selbst zu enttäuschen, wenn ich ihn betrog. Ich tröstete mich damit, dass es auch ganz normalen, heterosexuellen Paaren nicht besser erging: Meine Nachbarin hatte mir gestanden, dass sie und ihr Mann seit der Geburt des zweiten Kindes überhaupt nicht mehr miteinander schliefen. Flaute im Bett war offenbar eine gängige Nebenwirkung langjähriger Beziehungen.

In allen anderen Dingen lief es mit Peter besser denn je. Die Wochenenden waren (abgesehen von der erloschenen Erotik und Romantik) ein bisschen wie früher, in meinen ersten großen Ferien als Vierzehnjähriger mit ihm. Wir waren ständig unterwegs, ließen es uns auf seine Kosten gut gehen. Peter zeigte mir die schönsten der zahlreichen Orte, die er durch seine Arbeit im Außendienst kennengelernt hatte. Wir spazierten durch malerische

Altstädte und kleine Küstendörfer oder unternahmen ausgiebige Heide-, Watt-, Dünen- und Deichwanderungen. Manchmal nahm ich ihn mit nach Hamburg zu Filmpremieren, Vernissagen oder Lesungen, zu denen ich als Reporter eingeladen war. Davor oder danach gaben wir sein Geld in noblen Boutiquen und ausgefallenen Restaurants aus. Ich hatte diesbezüglich nicht einmal mehr ein schlechtes Gewissen, immerhin kümmerte ich mich um den Haushalt, den Garten und die Kater, hielt ihm daheim den Rücken frei.

Unter der Woche hingegen sahen wir uns kaum, er ging früh aus dem Haus und kam erst spät wieder zurück. Seine Arbeit forderte ihn sehr, er war für hunderte Mitarbeiter in dutzenden Außenstellen und Agenturen verantwortlich. Oftmals setzte er sich noch nach dem Abendessen an seinen Schreibtisch, den er im Hobbykeller aufgestellt hatte, und arbeitete bis spät in die Nacht, während ich es mir allein auf dem Sofa bei einem guten Buch, einem Kater auf dem Schoss und einem Glas Rotwein gemütlich machte.

Bis ein neuer, scheinbar harmloser Auftrag auf einmal Unruhe in mein so bequem gewordenes (Berufs-)Leben brachte.

...

Das Thema sexueller Missbrauch hatte ich bislang ganz bewusst ausgeklammert. Als mich der Redakteur eines angesehenen Monatsmagazins, der mich ab und zu beauftragte, eines Tages um ein ausführliches Stück dazu bat, wehrte ich mich trotz oder gerade wegen meiner persönlichen Verbindung zu diesem Sujet zunächst vehement. „Warum fragst du ausgerechnet mich? Nur weil ich schwul bin, über schwule Themen schreibe, bin ich jetzt auch Experte zum Thema Kindesmissbrauch? Dir ist hoffentlich klar, dass du damit Ressentiments der schlimmsten Art bedienst!"

Er wies den Vorwurf erbost von sich, verlangte sogar eine Entschuldigung von mir. Da ich ihn nicht verärgern wollte (immerhin war er einer meiner wenigen Auftraggeber außerhalb von Szene- und Nischenmedien) äußerte ich nach einigem Hin und Her Bedauern über meine Wortwahl und nahm den Auftrag an. Eigentlich sollte es in dem Text vornehmlich um Zeitgeschichte gehen: die Rolle der Schwulenbewegung in den Siebzigern und

Achtzigern, in deren Fahrwasser auch Forderungen einiger pädophiler Aktivisten salonfähig geworden waren, zumindest in linken Kreisen. Doch schnell gelangte ich zu den bis in die Gegenwart reichenden Schatten dieses Zeitgeists, zu all den Missbrauchs-Skandalen, die erst in den letzten Jahren bekannt geworden waren, in kirchlichen genauso wie in weltlichen Organisationen.

Natürlich musste ich an Peter denken, an meine Vergangenheit aber auch an die offenen Fragen in der Gegenwart. Alles war auf einmal wieder da. Die Recherche zu diesem Artikel riss sämtliche Wunden wieder auf. Unfähig, sie zu beenden, sammelte und las ich wochenlang sämtliche Artikel, die ich zu diesem Thema finden konnte, zögerte den Abgabetermin immer weiter heraus. Es ließ mir keine Ruhe. Ich war nicht in der Lage, den mir aufgetragenen Artikel sachlich zu schreiben, ihn von meinen eigenen Erfahrungen zu trennen.

Peter spürte natürlich, dass ich aufgewühlt war, er wusste von dem Auftrag und was er bei mir ausgelöst hatte, aber es gelang mir nicht, meine Gedanken zu ordnen und ein sinnvolles Gespräch über seine Neigung mit ihm zu führen. Zu groß war die Angst, er würde mich falsch verstehen und glauben, ich wolle auf einmal schmutzige Wäsche waschen und alte, längst überwunden geglaubte Geschichten wieder aufkochen.

Wie so oft schaffte er es trotzdem, mir zu helfen – mit einem ebenso profanen wie weitreichenden Vorschlag: Er regte an, ich solle meine Erinnerungen und Gefühle an den (zu) frühen Beginn unserer Beziehung aufschreiben. „Sag dem Redakteur ab und schreib stattdessen ein Buch über das Thema, natürlich unter Pseudonym. Ich glaube, unsere Erlebnisse von damals, die guten wie die schlechten, könnten den Menschen helfen, ein realistischeres Bild von Pädophilie zu bekommen. Mehr als all die schlauen Artikel und die selbsternannten Experten, die mit moralisch erhobenem Zeigefinger am Stammtisch, in Boulevardblättern und in Talkshows über Menschen wie mich richten."

Genau das tat ich.

. . .

Die Monate, in denen ich ich mein Buch verfasste, waren eine emotionale Achterbahnfahrt. Ich durchlebte meine gesamte Kindheit und frühe Jugend erneut, all die Sehnsüchte und Hoffnungen, die Freude und Ängste, die Fehler und Umwege. Oft hatte ich beim Schreiben Tränen in den Augen, doch meist sah ich klarer, nachdem ich ein Kapitel beendet hatte. Auf einmal schien ich doch so etwas wie einen roten Faden in meinem Leben gefunden zu haben. Auch wenn er vielleicht nur auf dem Papier existierte, war das eine tröstende Vorstellung.

Ich spannte Peter auf die Folter, denn anders als bei meinen Artikeln und Kurzgeschichten ließ ich ihn nicht an meinem kreativen Prozess teilhaben, sondern machte ein Staatsgeheimnis aus meinem Text. Selbst als ich fertig mit dem Schreiben war, dauerte es noch einige Wochen, bis ich Peter schließlich einen dicken Stapel Papier ausdruckte (er liest nicht gern am Bildschirm). Dabei hatte ich kaum mehr Änderungen vorgenommen. Lediglich Namen, Orte, Zeiten und dergleichen hatte ich so gut es ging verfremdet, nicht nur, um im Fall der Veröffentlichung unsere Anonymität zu wahren, sondern auch, um eine erträgliche Distanz zwischen meinem wahren Leben und meinem Ich im Roman zu erschaffen.

Dennoch nahm ich kein Blatt vor den Mund. Meine größte Furcht war, Peter (der in Wahrheit, man ahnt es vermutlich, gar nicht Peter heißt) könne sich bloßgestellt oder verurteilt fühlen, doch auch wenn es so gewesen sein sollte, ließ er es sich nicht anmerken. Als ich ihn nach seiner Meinung zu den besonders expliziten, teils grenzüberschreitenden Sex-Szenen fragte, sagte er bloß: „Ohne meine offensichtliche Verantwortung und meine Fehler abstreiten zu wollen, muss ich dir sagen, dass ich unsere damalige Sexualität anders als du in Erinnerung habe, einvernehmlicher und harmonischer. Aber wenn du es so empfunden hast, dann ist es richtig. Auf keinen Fall sollst du meinetwegen etwas abmildern, auslassen oder beschönigen. Du schreibst das für dich und nicht für mich."

Mehr bekam ich von ihm dazu nicht zu hören, auch auf wiederholte Nachfrage nicht. Wie kam er zu seinen Einschätzungen über den Sex mit mir als Dreizehn- oder Vierzehnjährigem, wofür genau fühlte er sich deswegen verantwortlich? Obwohl er es war, der mich dazu animiert hatte, über unsere Sexualität zu schreiben, fiel es ihm schwer, mit mir darüber zu reden. So wie es auch mir nicht leicht gefallen war, ihm mein Buch zu zeigen. Wir hatten uns den gesellschaftlichen Verhältnissen in den letzten Jahren durch und durch angepasst. Pädophilie war ein Tabu, etwas Schreckliches, wir wollten nichts damit zu tun haben, obwohl oder gerade weil diese fatale Neigung unser beider Leben bestimmt hatte.

Das Einzige, wozu er sich ausführlich äußerte und woran er wirklich etwas auszusetzen hatte, war der Schluss. Nachdem ich mich zuvor über hunderte Seiten minutiös über sämtliche noch so kleinen Erlebnisse unserer aufregenden ersten Jahre ausgelassen hatte, fasste ich im letzten Kapitel relativ knapp – noch verkürzter als in dieser Geschichte – die lange Zeit nach der ersten Trennung von Peter bis in die Gegenwart zusammen: meinen Wegzug, meinen Absturz, meine Rettung und schließlich mein im Vergleich fast so schon langweiliges Leben mit Peter als scheinbar ganz normales Homo-Paar.

Es fehlte nur noch ein „Und wenn sie nicht gestorben sind, dann leben sie noch heute". Zurecht kritisierte er den unverhofften Tempowechsel und die Auslassungen, doch ich wollte nichts davon näher ausführen, schon gar nicht die schlimmen Zeiten auf dem Strich und an der Nadel. Das war nicht das Thema, der Sinn des Buches.

„Dann lass das Ende doch offen", schlug er vor. Tatsächlich überarbeite ich den Ausstieg noch einmal, doch ein völlig ungeklärter Abschluss der Geschichte erschien mir unbefriedigend und fast genauso unterkomplex wie ein Happy End, also baute ich zumindest im Nachwort noch eine Auflösung ein, in der ich andeutungsweise durchblicken ließ, dass Peter und ich nach wie vor ein Paar waren, und das obwohl er weiterhin ein Opfer seiner Neigung war, zumindest virtuell. Es erschien mir die eleganteste Art, die ganze Widersprüchlichkeit unserer Beziehung zum Ausdruck zu bringen.

Und ja, es war auch eine gewollte Provokation – der Versuch, ihn endlich zum Reden zu bringen.

Wie erwartet, hatte er die Anspielung sofort verstanden und wehrte sich vehement gegen die darin enthaltene Unterstellung. Zwar gab er ohne Umschweife zu, dass er sich unverändert sexuell nahezu ausschließlich zu Jungen kurz vor oder zu Beginn der Pubertät hingezogen fühlte. Aber seine häufigen nächtlichen PC-Zeiten rechtfertigte er ausschließlich mit seiner Arbeit, die tagsüber wegen der ständigen Dienstreisen kaum zu schaffen sei. Als er merkte, dass ich ihm nicht glaubte, räumte er immerhin ein, dass er sich hin und wieder an einschlägigem Bildmaterial befriedigte, das aber vergleichsweise harmlos sei, die schlimmen Dinge habe er längst gelöscht. Ich verlangte dennoch, er solle auch den Rest umgehend entfernen. „Was ist, wenn dir das Harmlose irgendwann doch nicht mehr reicht? Wenn du längst schon süchtig bist nach diesen Bildern?"

„Du solltest nicht von dir auf andere schließen", gab er bissig zurück. Prompt fühlte ich mich getroffen, wurde nervös, hatte das Gefühl, mich verteidigen zu müssen. „Mit meiner Sucht habe ich immerhin nur mir selbst Schaden zugefügt." Ich merkte sofort, dass ich Unsinn redete – er hatte schließlich wie kaum jemand unter meiner Abhängigkeit gelitten, noch immer plagten ihn bei jedem Glas, das ich trank, schlimmste Ängste, ich könnte wieder rückfällig werden. Also ruderte ich zurück. „Zumindest müssen wegen meiner Laster keine unschuldigen Kinder leiden. Außerdem habe ich mich im Griff."

Er versicherte mir, auch er habe sich im Griff, gerade weil er seinen Trieb mithilfe seines, wie er es nannte, „Giftschrankes" unter kontrollierten Bedingungen entladen könne. Und Kinder hätten deswegen nicht zu leiden, die Fotos seien uralt, ohne sein Zutun entstanden. Er habe kein Geld dafür ausgegeben, niemanden darum gebeten, sondern sie einfach irgendwo im Netz heruntergeladen. Ich verlangte, seine Sammlung zumindest sehen zu dürfen, damit ich mir selbst ein Urteil bilden könnte, doch er lehnte ab, erbat sich „einen letzten Rest Intimsphäre" und konterte erneut mit einem Gegenangriff: Er habe von mir ja auch nie erwartet, dass ich ihm *en detail* schilderte, wie ich meinen Körper an andere Männer verkauft hatte.

Ich regte mich furchtbar über diesen absurden Vergleich auf und wir stritten uns wie seit Langem nicht mehr. Ich beharrte darauf, er müsse mir Einsicht und Mitsprache zu seinen zweifelhaften Masturbationsvorlagen gewähren und er wollte mich dazu bringen, die Anspielung im letzten Satz meines Romans zu streichen. Wir blieben beide stur, fatalerweise. Ich beruhigte mich nur, weil er mir mehrfach und durchaus glaubhaft versicherte, er habe erkannt, dass Enthaltsamkeit für einen Menschen seiner Orientierung der einzig gangbare Weg war. Es sei unvorstellbar für ihn geworden, sich in ein Kind oder Heranwachsenden zu verlieben, geschweige denn, einen solchen jungen Menschen zu sexuellen Handlungen zu verführen.

Ich fragte ihn, ob das auch bedeutete, dass er es aus heutiger Sicht bereute, genau das mit mir getan zu haben. Er dachte lang nach, bevor er antwortete. Ich spürte, wie es ihn förmlich zerriss, dieses Paradoxon. Auf der einen Seite wusste er, dass er einen schweren Fehler begangen, Grenzen überschritten hatte, dass dieses frühe Begehrtwerden mich überfordert und meine Entwicklung negativ beeinflusst hatte. Auf der anderen Seite sagte er: „Ich kann doch nicht bereuen, dass ich die Liebe meines Lebens gefunden habe."

„Vielleicht hast du sie nur zu früh gefunden", erwiderte ich, doch er schüttelte den Kopf und erklärte mir recht schnörkellos, dass ich, wäre ich zum Zeitpunkt unseres Kennenlernens schon erwachsener und folglich reif genug für sein Begehren gewesen, er dieses für mich gar nicht mehr empfunden hätte. Und genau dieses Begehren, gemeinhin auch Verliebtsein genannt, sei nun mal der Grundstein wahrer Liebe, der Beginn jeder Beziehung.

…

Obwohl Peter dem Schreiben in erster Linie eine therapeutische Wirkung zuschrieb („Du schreibst das für dich") und mit dem Ende nach wie vor unzufrieden war, zeigte er sich sehr enttäuscht, als ich ihm eröffnete, ich wolle das Manuskript zunächst einmal niemandem zu lesen geben. „Das ist viel zu gut für die Schublade", sagte er. Ich ließ mich überreden und schrieb einige bekannte

Verlage an.

Wie schon meine journalistische Laufbahn begann auch meine schriftstellerische mit viel Frust. Es kamen fast nur Absagen. Der einzige Lektor, der sich halbwegs interessiert gab, verlangte umfangreiche, aus meiner Sicht sinnentstellende Änderungen. Er wollte aus meinem „viel zu heiteren und schwammigen" autobiografischen Roman einen reißerisch-schicksalshaften Erlebnisbericht in Schwarz-Weiß machen. Jedes zweite Wort in unserem kurzen Telefonat war „Missbrauchsopfer". Ich lehnte dankend ab.

Ohne große Erwartungen und hauptsächlich, weil ich Peter und seinen Stolz auf mich und meine Arbeit nicht enttäuschen wollte, versuchte ich es im Eigenverlag oder, neudeutsch, als Selfpublisher. Ich bastelte an zwei Nachmittagen eine Webseite, entwarf sogar das Cover selbst, probierte mich ein wenig in sozialen Medien und Suchmaschinen-Marketing aus. Und siehe da, es klappte doch: Das Buch verkaufte sich auch ohne Verlag im Rücken einige tausend Mal.

Das Erstaunlichste waren jedoch nicht die passablen Verkaufszahlen (reich wurde ich dadurch nicht), sondern die Reaktionen der Leser. Peter hatte recht behalten, unsere Geschichte bewegte viele Menschen. Am Anfang erhielt ich täglich mehrere Zuschriften, noch heute erreichen mich immer wieder Mails und Briefe. Die meisten Rückmeldungen sind und waren positiv und erfüllen mich mit großer Dankbarkeit.

Aber es gab auch Kritik. Insbesondere nachdem ich, ermutigt durch den bescheidenen, aber durchaus achtbaren Erfolg meines Erstlings, ein zweites Buch nachlegte. Es handelte sich dabei um eine Kurzgeschichte, die ich während meiner Zeit als Zivildienstleistender im Jugendclub begonnen, irgendwann aufgrund des anstrengenden Studiums beiseite gelegt und nun, Jahre später, zum Roman ausgebaut und beendet hatte. Meine kleine Fangemeinde war enttäuscht, dass ich das auch von den Lesern oftmals monierte, offene und bedeutungsschwangere Ende des ersten Buches nicht wieder aufgegriffen hatte und jene, die mir ohnehin kritisch gegenüber standen, weil sie der Ansicht waren, meine autobiografischen Auslassungen hätten Pädophilie verklärt, sahen sich bestätigt, weil auch die neue, völlig fiktive Story in diesem Milieu spielte und durchaus ambivalent war.

Ich erhielt auch einige wenige Mails mit schweren Anschuldigen, teils sogar Beschimpfungen. So etwas kannte ich schon von meinen journalistischen Texten zu schwulen Themen, aber anders als Homophobie war die Ablehnung gegenüber jedem, der auch nur den Anschein erweckte, Verständnis für „Kinderschänder" aufbringen zu wollen, durchaus gesellschaftlicher Konsens und auch in mir tief verankert, so dass ich das Gefühl hatte, mich verteidigen und die Vorwürfe entkräften zu müssen. Doch schnell merkte ich, dass ein sachlicher Dialog mit diesen Leuten, die blind vor Angst und Hass waren, unmöglich war und begann, Kommentare dieser Art so gut es ging zu ignorieren.

...

Meiner Nachbarin hatte ich freimütig erzählt, dass ich an einem Buch schrieb und als ich irgendwann nicht mehr leugnen konnte, dass es fertig war, wollte sie es unbedingt lesen, obwohl ich behauptete, es sei nicht gut geworden. Wir mochten uns sehr und vertrauten einander Vieles an, aber dennoch hatte ich Angst davor, wie sie auf die pikanten Enthüllungen darin reagieren würde, immerhin war sie zweifache Mutter. Also griff ich zu einer Notlüge: Ich erklärte ihr vorab, die Handlung sei weitestgehend frei erfunden und hauptsächlich das Ergebnis meiner Recherchen und von Gedankenspielen zu diesem Thema. Die Vermarktung als autobiografischer Roman wäre nur eine Marketing-Strategie, um unter der Masse der Selfpublisher Aufmerksamkeit zu erregen und die Verkäufe anzukurbeln.

Auch wenn mir Kritiker unter andrem genau das unterstellt hatten, ließ sich meine Freundin davon nicht blenden, durchschaute das Ablenkungsmanöver. Sie las das Buch innerhalb von nur einem Tag und umarmte mich danach lang und innig, hatte Tränen in den Augen. „Es tut mir so leid, was du durchmachen musstest. Selbst wenn vielleicht nicht jedes Detail genau so passiert ist, wie du es geschrieben hast – ich glaube, das ist wirklich deine Geschichte, oder? Und so etwas sollte kein Kind jemals erleben. Willst du darüber reden? Du weißt, wir sind Freunde, du kannst mir alles erzählen.“

Offenbar hatte sie die Anspielung am Ende überlesen oder zumindest zu den erfundenen Dingen gezählt, denn wohl kaum hätte sie so verständnisvoll reagiert, wenn ihr klar gewesen wäre, dass der Peter im Buch derselbe Mann war, mit dem ich noch heute zusammenlebte.

Doch ich täuschte mich, unterschätzte meine Freundin noch immer. „Jetzt verstehe ich auch, warum du die Jungs nie hier haben willst, wenn er da ist. Wobei ich deinen Freund immer als liebevoll und aufrichtig erlebt habe. Ich kann mir beim besten Willen nicht vorstellen, dass er seine schlimmen Fantasien jemals wieder ausleben wird. Obwohl er dir das offenbar wirklich angetan hat, verstehe ich sogar, dass du bei ihm geblieben bist. Auch er tut mir leid, er hat sich seine Neigung ja nicht ausgesucht. Aber glaubst du wirklich, dass er sich noch solche furchtbaren Bilder ansieht? Dann musst du ihn überreden, eine Therapie zu machen!“

Nur war ich es, der gegen die Tränen kämpfte. Was war es doch für ein überwältigendes Gefühl, dass es nun jemanden gab, der die Wahrheit kannte und weder Peter, noch mich, noch unsere Liebe deswegen verurteilte. Endlich hatte ich wirklich eine dieser besten Freundinnen gefunden, die schwule Männer dem Klischee nach doch eigentlich stets zur Seite standen. Warum bloß hatte ich so lang dafür gebraucht? Immerzu hatte ich um die Anerkennung heterosexueller Jungen und Männer gekämpft, meist erfolglos, obwohl es doch so viele Frauen gab, heterosexuell durch und durch und dennoch voller Empathie und Zuneigung für Männer wie mich. Statt mich schon viel früher um eine solche Freundschaft zu einer Frau zu bemühen, hatte ich mich sogar gelegentlich über sogenannte „Schwulenmuttis“ in meinen Texten lustig gemacht, wofür ich mich auf einmal sehr schämte.

Doch selbst gegenüber einer so verständnisvollen Frau schaffte ich es nicht, bei der Wahrheit zu bleiben. Ich behauptete, Peter habe, mit meinem Buch konfrontiert, sich einsichtig und reumütig gezeigt und von sämtlichen zweifelhaften Bildern endgültig getrennt. Sie schien sehr erleichtert, lobte ihn dafür, aber noch mehr

lobte sie mich, und zwar dermaßen, dass es mir schon unange-
nehm wurde. „Das zeigt deine Größe, dass du ihm all diese Dinge
verziehen hast. Du kannst stolz auf dich sein. Mit deiner Liebe
hast du ihn gerettet, ihn befreit von der Geißel seines Triebs!"

Ich widersprach. Allerdings nicht, indem ich meine Zweifel
daran einräumte, ob er wirklich so befreit von seinen Trieben war,
wie ich es mir wünschte und dargestellt hatte. Sondern indem ich
ihr offenbarte, was ich auch in dieser Geschichte beschreibe: Im
zweiten Teil meiner Adoleszenz war es eindeutig Peter, der mich
gerettet hatte. Nachdem sie nun unser großes Lebensgeheimnis
kannte, fiel es mir erstaunlich leicht, ihr von meinen nicht weniger
dramatischen Jugendsünden zu erzählen, von der Prostitution, den
Drogen und der Sucht nach beidem und wie ich dank Peters Un-
terstützung und Geduld den Weg hinaus gefunden hatte.

Wieder war sie erschüttert, gerührt, voller Mitgefühl und Anerkennung, diesmal für uns beide. „Was seid ihr bloß für ein tolles
Paar, wisst ihr das eigentlich? Unglaublich, welche Abgründe ihr
gemeinsam überstanden habt. Natürlich bin ich heilfroh, dass
mein Mann nicht diese Neigung hat, dass ich nie harte Drogen genommen oder mich prostituiert habe, dass wir all das nicht erlebt
haben und ich bete, dass auch meine Söhne so etwas nie erleben
werden, aber ich sage dir ganz offen: Ich glaube nicht, dass mein
Mann und ich so für einander eingestanden wären. Dass er das für
mich getan hätte, was Peter für dich getan hat. Dass ich ihm hätte
verzeihen können, wenn er mir als junger Mensch solchen
Schmerz zugefügt hätte. Also, wenn das zwischen euch nicht die
ganz große, die einzig wahre Liebe ist, dann weiß ich auch nicht."

Ihre hochtrabenden Worte, die sie voller Ernsthaftigkeit und
ohne eine Spur von Ironie oder Sarkasmus vorgetragen hatte, öffneten mir die Augen. Sie hatte recht. Wenn man es so betrachte,
war unsere Beziehung eine Erfolgsgeschichte. Wie so oft bedurfte
es einem Blick von außen, um das zu erkennen. Ich hatte mich in
den vergangenen Monaten dermaßen auf das Leid der Vergangenheit konzentriert, dass ich beinahe blind für das Glück unserer
Gegenwart geworden war.

...

Als sie merkte, dass ihre positive Sichtweise sich auf mich über-trug, ging sie noch einen Schritt weiter: „Jetzt, wo das endlich un-eingeschränkt möglich ist, müsst ihr unbedingt heiraten!" Das hat-te sie schon öfter vorgeschlagen und mich damit aufgezogen, ich könne doch nicht ständig flammende Plädoyers für die volle Gleichberechtigung homosexueller Paare verfassen und selbst in wilder Ehe leben, doch bislang war sie damit bei mir auf taube Ohren gestoßen, ich hatte andere Sorgen. Aber nun erschien es mir auf einmal logisch, der richtige Schritt, um nach Innen wie nach Außen uns und unserer Umwelt zu beweisen, dass unsere Partnerschaft keine Laune der Natur, kein Produkt des Zufalls, sondern unser freier, unerschütterlicher Wille war. Angesteckt und belebt von ihrer Bewunderung für unsere Liebe, gab ich mir einen Ruck und machte Peter am nächsten Tag einen Antrag. Ohne auch nur eine Sekunde zu zögern, sagte er ja.

Peter weinte während der Zeremonie minutenlang, wie ich ihn noch niemals zuvor hatte weinen sehen und steckte damit fast alle, mich eingeschlossen, an. Er küsste mich vor der Standesbeamtin mit einer Leidenschaft, die ich ihm in keiner Weise mehr zugetraut hatte. Es wurde eine Traumhochzeit im Taschenformat: eine handvoll Gäste bloß, niemand aus der Familie, niemand den wir vermissten. Ganz vorn meine Freundin, Nachbarin und Trauzeu-gin mit Mann und Kindern, die sich einen Spaß daraus machten, uns mit Blütenblättern und Reis zu bewerfen. Ein abgelegenes Wasserschlösschen irgendwo in Norddeutschland bei untypisch strahlendem Sonnenschein, danach Torte, Kaffee und friesischer Tee auf der Terrasse vor dem reetgedeckten Bauernhaus. Und schließlich vierzehn Tage Flitterwochen in Italien zwischen Meer und sanften Gebirgsketten. Nur Sonne, gutes Essen und das Ge-fühl, endlich angekommen zu sein, ein normales, glückliches Le-ben zu führen.

Mein Mann (wie ungewohnt und dennoch vertraut diese Be-zeichnung noch immer klang) versprach mir, nicht mehr so viel zu arbeiten und verbrachte tatsächlich deutlich weniger Abende am Rechner. Sex hatten wir unverändert selten, dafür waren wir sehr zärtlich zueinander. Beide schienen wir froh zu sein, dass nach der von mir so vehement eingeforderten Phase der schonungslosen Aufarbeitung nun ruhigere Zeiten angebrochen waren. Sexualität machte, wenn man es nüchtern betrachte, nur einen winzigen Teil des Lebens aus und wir hatten diesem Thema nun lang genug unsere Aufmerksamkeit gewidmet. Manchmal fragte ich mich, ob all der Streit und das Rühren in alten Wunden wirklich nötig gewesen waren, doch dann besann ich mich auf das, was daraus an Gutem entstanden war: der Beginn einer bescheidenen literarischen Karriere, die Vertiefung einer wunderbaren Freundschaft – und schließlich sogar eine glückliche Ehe.

Wenn ich die an unseren Wände hängenden, elegant gerahmten Hochzeitsbilder betrachtete, dachte ich jedes Mal: Wie wunderschön ist doch ein blauer Himmel, gerade wenn man wie wir auch die tiefste Finsternis kennt. Und konnte mir dabei nicht im Mindesten vorstellen, dass die Schatten unserer dunklen Vergangenheit uns dichter denn je auf den Versen waren.

...

Es war ein Mittwochnachmittag an einem milden Frühlingstag, ich befand mich gerade in den letzten Zügen des wöchentlichen Hausputzes, war mit dem Staubsauger zugange und trug dabei auch noch Kopfhörer, so dass ich das Sturmklingeln überhört haben musste. Ich erschrak mich fast zu Tode, als ich aus dem Schlafzimmerfenster im ersten Stock auf einmal zwei Männer auf der Terrasse erblickte, die unverhohlen ins Wohnzimmer guckten. Mein erster Gedanke war, dass es sich um Einbrecher handeln musste, die unser Haus ausspähten. Ich stellte den Staubsauger und die Musik aus, ging zum Festnetztelefon, das im Flur stand, und wollte den Notruf wählen. Doch dann sah ich auch hier aus dem Fenster und bemerkte, dass die Polizei bereits da war: Ein halbes Dutzend Menschen stand vor unserem Hauseingang, teils in Uniform, teils in zivil, und zwei Streifenwagen davor auf der Straße.

Sie fragten, ob ich allein zu Hause sei, was ich wahrheitsgemäß bejahte, Peter kam nie so früh zurück. Ohne weitere Erklärungen betraten sie das Haus, einer nach dem anderen. Einer der Beamten – er trug als einziger einen Anzug – drückte mir schließlich ein Papier in die Hand. Erst als ich Peters Namen und das Wort „Durchsuchungsbeschluss" las, begriff ich, dass es hier keinesfalls um Einbruch ging, dass es auch keine Verwechslung oder Vorsichtsmaßnahme war.

Der Anzugträger redete irgendetwas von meinen Rechten und Pflichten, während die anderen Polizisten sich auf die Räume verteilten und begannen, mit Plastikhandschuhen in unseren Sachen zu wühlen. Er bot an, einen weiteren Zeugen, etwa einen Nachbarn, hinzuzurufen, was ich sofort verneinte (ich betete, dass meine Nachbarin und vor allem die Kinder nicht zu Hause waren, nichts von alledem mitbekamen). Trotz meines Schockzustandes schaffte ich es, die entscheidende Frage zu stellen: „Was soll mein Mann denn eigentlich getan haben?". Bereitwillig erteilte er mir Auskunft: „Wir ermitteln gegen ihn unter anderem wegen des Verdachts auf schweren sexuellen Missbrauch zum Nachteil eines Kindes."

Ich sagte, wovon ich noch immer überzeugt bin: Das könne gar nicht sein, er habe keinerlei Umgang mit Kindern und wollte wissen, wie sie darauf kamen, wer so etwas behaupte, doch er antwortete mir nicht mehr, berief sich nun auf einmal auf Daten- und Zeugenschutz. Als ich Peter anrufen wollte, bat er mich, es nicht zu tun und mein Telefon beiseite zu legen. Ich gehorchte. Eine Frau, ebenfalls in zivil, die mir bislang gar nicht aufgefallen war und die sich auch nicht an der Durchsuchung zu beteiligen schien, kam auf mich zu, nannte ihren Namen, den ich wieder vergaß, kaum dass sie ihn ausgesprochen hatte. „Können wir reden, uns irgendwo hinsetzen?"

Ich bat sie in die Küche, den einzigen Raum, in dem sich die Ermittler bislang noch nicht breitgemacht hatten. Da sie mich im Vergleich zu ihren Kollegen recht freundlich ansah, hatte auch ich das Gefühl, freundlich sein zu müssen, bot ihr einen Kaffee an, den sie ausschlug (so sehr wie meine Hände zitterten wäre ich ohnehin nicht in der Lage gewesen, unsere komplexe Maschine zu bedienen).

„Wir wissen, dass Sie hinter dem Pseudonym Max Meier-Jobst stecken. Einer Ihrer Leser hat Anzeige gegen Ihren Mann erstattet." Endlich dämmerte mir, woher der Wind wehte und obwohl das die Situation nicht weniger schrecklich machte, spürte ich etwas Erleichterung. Ich erklärte der Polizistin, ich hätte einige absonderliche Mails mit wüsten Unterstellungen bekommen und dass die Anschuldigungen frei erfunden sein mussten. Ich wiederholte, was ich schon dem Anzugträger erklärt hatte: Niemals traute ich Peter zu, sich an Kindern zu vergehen.

„Aber Sie schildern den von Ihnen als Minderjähriger erlittenen Missbrauch durch Ihren heutigen Ehemann in Ihrem Buch doch selbst." Anstelle das einzig Vernünftige zu sagen, also mich auf die im Grundgesetz verankerte Freiheit der Kunst zu berufen und zu bekräftigen, dass es ein autobiografischer Roman, sprich vom Leben inspirierte Fiktion und nicht ein wörtlich zu nehmender Erlebnisbericht war, redete ich mich um Kopf und Kragen, indem ich behauptete, das sei doch alles Ewigkeiten her, längst vergeben und vergessen.

„Wir sehen die Verjährungsfrist in Ihrem Fall als genauso wenig gegeben wie in der Angelegenheit, in der wir hier ermitteln", antwortete sie umständlich. „Wie Sie wissen, sind Sie nicht der Erste, der als Kind sexuelle Kontakte zu Ihrem Gefährten hatte." Ich war so durcheinander, so verunsichert von ihrem unvermittelt schärfer gewordenen Tonfall, dass ich keine Ahnung hatte, wovon sie sprach. Doch plötzlich änderte sie ihre Stimmlage, wurde wieder freundlicher. „Sie helfen ihm und sich selbst am meisten, wenn Sie mit uns reden." Sie gab sich verständnisvoll, redete davon, wie vielen Opfern sie schon nach vielen Jahren durch ihre Ermittlungen hatte helfen können und wie auch die Täter durch Geständnis und Reue zur Vernunft gekommen waren, fabulierte von Spezialisten und Psychologen, von Therapien und Beratungsstellen.

Ich sagte, ich hätte keinen Bedarf, ich hätte Peter verziehen und würde ihn über alles lieben, doch sie blieb hartnäckig. Und konfrontierte mich mit meinem bislang größten Fehler, dem verhängnisvollen letzten Satz. „Uns liegt eine umfassende Aussage Ihres Vorgängers vor. Er hat Ihr Buch aufmerksam bis zum Schluss gelesen und nicht nur seinen Peiniger darin wiedererkannt, sondern auch, dass Sie ihn und seine offenbar anhaltenden Straftaten bis heute decken. Das hat ihn dazu bewogen, sein Schweigen endlich zu brechen und den damaligen Missbrauch anzuzeigen. Ich bin mir darüber hinaus aufgrund meiner Erfahrung in ähnlich gelagerten Fällen sicher, dass die Auswertungen des Rechners Ihres Mannes die Vorwürfe stützen und belegen werden, dass von ihm aufgrund verfestigter pädosexueller Neigungen noch immer eine Gefahr ausgeht."

...

Sie sagte es nicht so direkt, vertröstete mich auf eine anstehende Vorladung als Zeuge, bei der wir unser Gespräch fortsetzen würden und bis zu der ich mir noch einmal Gedanken machen sollte, ob ich nicht doch umfassend aussagen wolle, aber ich spürte es sofort: Die Polizistin glaubte mir nicht, dass ich Peter wirklich vergeben hatte, zweifelte an der Aufrichtigkeit meiner Liebe für ihn. Anscheinend hielt sie mich für eine labile Person, die an einer Art Stockholm-Syndrom litt und der man mit aller Macht die Augen zu öffnen hatte, um sie aus der Geisel verklärter Vergangenheit zu befreien. Sie schien tatsächlich überzeugt davon, mir sei damit geholfen, wenn ich dazu beitragen würde, Peter für seine Taten zu verurteilen.

Ich hatte viel von Opfern gelesen, denen man nicht glaubte, denen man absprach, jemals Opfer gewesen zu sein und wie schrecklich das für die Betroffenen war. Doch jetzt wusste ich, dass selbst die Tatsache, dass man ein Opfer als solches anerkannte, nicht automatisch bedeutete, dass man diesem auch glaubte, ihm gerecht wurde. Und ja, auch das war schrecklich.

Und das war nicht einmal das Schlimmste an diesem Abend. Es war auch nicht der Moment, in dem zwei Polizisten mich festhielten, während ich tatenlos zusehen musste, wie der Anzugträger Peter den Haftbefehl verlas, kaum dass er durch die Tür gekommen war, und ein weiterer Polizist ihm Handschellen anlegte. Das Schlimmste war Peters Gesichtsausdruck. Er war nicht imstande, mich anzusehen. Obwohl ich verzweifelt nach ihm rief, starrte er teilnahmslos an mir vorbei ins Leere. Als er sich anschließend widerstands- und kommentarlos abführen ließ, senkte er den Blick zum Boden und drehte sich nicht mehr zu mir um, so sehr ich auch immer wieder seinen Namen wiederholte wie ein Stoßgebet.

Waren es der Schock und die Scham, die ihn so apathisch, so gar nicht überrascht hatten aussehen lassen – oder handelte es sich um ein Schuldeingeständnis? Was hatten sie wirklich gegen ihn in der Hand, hatte er mir etwas verheimlicht? Und andererseits: Welches Recht hatte ich, so an meinem mich über alles liebenden Mann zu zweifeln, wo es doch allein meine Schuld war, dass sie unser Haus durchsucht und ihn verhaftet hatten?

Ich tat kein Auge zu, selbst nachdem ich alle drei Flaschen Wein, die ich noch im Keller fand, geleert hatte. Sogar die Kater wandten sich von mir ab. Es war die schlimmste und einsamste Nacht meines Lebens, schlimmer als die Zeit nach meiner Vergewaltigung, in der mir zumindest die Entdeckung der neuen Droge Trost gespendet hatte. Ich wünschte mir mein altes Leben zurück, ich verfluchte meinen Roman, meinen Geltungsdrang, meine Sorglosigkeit und nicht zuletzt auch Peter und seinen Trieb, seine Unfähigkeit, stärker als seine Neigung zu sein. Und doch vermisste ich ihn. Es zerriss mir das Herz, nicht zu wissen, wie es ihm ging und wann ich ihn wiedersehen würde.

Ich verspürte ein unbändiges Verlangen nach Heroin, dem einzigen mir bekannten Gegengift bei solch unerträglichen Schmerzen. Ich war kurz davor, mich mitten in der Nacht und stockbesoffen wie ich war hinters Steuer zu setzen und in die Stadt zu fahren. Es war bloß meine alte Angst, einen Unfall zu bauen und wie mein Vater zu enden, die mich davon abhielt.

· · ·

Am frühen Morgen bin ich dann doch noch für ein paar Stunden eingeschlafen, traumlos, wie betäubt von Alkohol und Angst. Seit gestern Mittag habe ich nichts mehr gegessen. Den Katern habe ich zu fressen gegeben, aber auch ihnen scheint der Appetit vergangen zu sein. Als ob sie wüssten, dass hier etwas nicht mehr stimmt, laufen sie unruhig zwischen den überall verstreuten Sachen umher. Die Polizei hat nichts als Chaos hinterlassen, in unserem Haus genauso wie in meinem Kopf.

Ich hocke immer noch auf dem Teppich im Wohnzimmer, vor

den halb leergeräumten Regalen, deren Inhalt sich auf dem Sofa und dem Boden ausgebreitet befindet, und bin weiterhin unfähig, mit dem Aufräumen zu beginnen. Ich bin jetzt wieder nüchtern, was alles nur noch unerträglicher macht. Vielleicht muss ich nicht einmal bis Hamburg, selbst in Norderstedt, einem nahe gelegenem Vorort, sieht man in der Nähe des Bahnhofs ständig Typen herumlungern, die definitiv so aussehen, als hätten sie Stoff.

Ich sitze schon im Auto, schaue verschämt zu Haus meiner Freundin hinüber, erblicke zum Glück niemanden und doch muss ich an etwas denken, das sie mal gesagt hat: „Du hast Peter mit deiner Liebe gerettet."

Ich habe ihr widersprochen, behauptet, es wäre genau andersherum gewesen. Aber vielleicht hat sie doch recht und sich bloß in den Zeiten, in der Reihenfolge geirrt. Vielleicht sollte ich nicht fahren, denn vor den Drogen wird er mich nun kein zweites Mal mehr retten können. Jetzt bin ich an der Reihe, ihm zu helfen. Was auch immer er getan hat.

Ich steige wieder aus dem Wagen, gehe zurück ins Haus, hoch an meinen Schreibtisch, starte das Notebook und suche nach einem Fachanwalt für Sexualstrafrecht. In Hamburg werde ich fündig, bekomme noch für den Nachmittag einen Termin. Statt nun doch die Wohnung aufzuräumen oder endlich etwas zu essen, öffne ich eine leere Seite in meinem Schreibprogramm. Ich weiß jetzt, wie ich diesen verfluchten letzten Satz womöglich doch noch aus der Welt bekommen kann: indem es nicht der letzte bleibt.

Ich denke an das launige Zitat von Oscar Wilde auf der Homepage des Anwalts, der mir soeben am Telefon glaubhaft zugesagt hat, alles in seiner Macht stehende zu unternehmen, um Peter schnellstmöglich aus der Untersuchungshaft zu holen: „Am Ende wird alles gut. Wenn es nicht gut wird, ist es noch nicht das Ende."

Ich weiß zwar noch nicht wann und wie – aber unsere Geschichte wird ein Happy End bekommen. Egal für wie unwahrscheinlich oder kitschig du das hältst: Das verspreche ich dir, lieber Peter.